À PROPOS DE L'AUTEUR

Le jour, quand elle ne s'occupe pas de ses enfants ou de ses trois chats, Elisabeth Hobbes enseigne l'histoire à ses élèves. Le soir, c'est l'histoire qui revit sous la plume de cette éternelle romantique, à travers des romans intenses et sulfureux à la passion communicative.

Le naufragé sans passé

ELISABETH HOBBES

Le naufragé sans passé

Traduction française de
MARINE DEPRET

Les Historiques

HARLEQUIN

Collection : LES HISTORIQUES

Titre original :
UNCOVERING THE MERCHANT'S SECRET

HARPERCOLLINS FRANCE
83-85, boulevard Vincent-Auriol, 75646 PARIS CEDEX 13
Service Lectrices — Tél. : 01 45 82 47 47 - www.harlequin.fr
ISBN 978-2-2804-4346-3 — ISSN 1159-5981

Composé et édité par HarperCollins France. Achevé d'imprimer en décembre 2020.
par CPI Black Print - Barcelone - Espagne
Dépôt légal : janvier 2021.

FSC
www.fsc.org
MIXTE
Papier issu de sources responsables
FSC® C108412

Pour limiter l'empreinte environnementale de ses livres, HarperCollins France s'engage à n'utiliser que du papier fabriqué à partir de bois provenant de forêts gérées durablement et de manière responsable.

NOTE DE L'AUTEUR

J'ai passé de nombreux étés radieux en Bretagne, à faire du camping avec ma famille et mes amis, et voulais depuis longtemps écrire un roman dont l'intrigue se déroulerait là-bas.

L'histoire de Blanche s'inspire étroitement de la vie réelle de la Lionne de Bretagne, Jeanne de Clisson. Après l'exécution de son mari pendant la guerre de succession de la Bretagne, elle a fait régner la terreur le long des côtes, attaquant tous les vaisseaux français qui s'opposaient à Jean de Montfort. Sa vengeance dura treize ans, au terme desquels elle épousa un Anglais et renonça à sa vie sur les mers.

Le récit des villageois qui allument un feu dans l'église pour attirer les navires sur les récifs s'appuie sur des archives historiques relatant de tels incidents.

Tous ces éléments, combinés à la description de Geoffrey Chaucer dans *Les Contes de Canterbury* de « ces horribles et diaboliques rochers noirs », ont posé les fondations de l'histoire que je souhaitais rédiger.

Et afin que la boucle soit bouclée, j'ai relu ces écrits le long de la côte de Concarneau, là où commence le récit de Jack.

J'espère que vous prendrez plaisir à lire ce livre.

Au personnel formidable de The Day Job. Les meilleurs amis et collègues dont je pouvais rêver.

Chapitre 1

Mars 1346

— Vous dites qu'il n'y a pas un seul navire à destination de Saint-Malo avant la fin de la semaine ?

Excédé, le capitaine John Sutton plaqua les deux paumes sur la table et se pencha vers son interlocuteur, assis en face de lui, en tentant de garder le contrôle de son humeur.

— Vous m'aviez assuré que je n'aurais pas à attendre plus de deux jours, et ce délai est déjà révolu !

Le capitaine du port haussa les épaules avec désinvolture et leva les yeux au ciel à l'intention d'un groupe d'hommes rassemblés autour du feu et d'une bouteille de vin, comme pour leur demander de convenir avec lui que les exigences de cet Anglais étaient déraisonnables. Au vu des difficultés que John rencontrait pour établir l'existence du moindre navire, il commençait à s'interroger sur la véritable utilité de la capitainerie. De toute évidence, c'était davantage un rendez-vous nocturne pour marchands et marins en quête de vin qu'un endroit où réserver un moyen de transport.

Frustré, John agrippa le bord de la table, ses ongles s'enfonçant dans le solide plateau de chêne. Un capitaine aurait dû naviguer sur son propre navire, et non quémander une place sur celui d'un autre ! Il aurait volontiers tordu le cou du Breton, histoire de lui insuffler un peu de bon sens, mais doutait que la clientèle le laisse quitter la pièce sans mot dire. La tentation de céder à ses pulsions et de faire face aux conséquences le démangeait malgré tout. Depuis la mort de sa femme, il luttait chaque jour contre le besoin irrationnel de mettre sa vie en jeu dans l'espoir qu'un jour quelqu'un la lui ôterait à sa place. Il lui restait si peu de raisons de vivre désormais, que rejoindre Margaret dans l'au-delà en devenait une option séduisante.

— Les temps sont durs, argua le capitaine du port en haussant à nouveau les épaules. La guerre contre les Anglais a exigé un lourd tribut de notre industrie, et la plupart des marchands ont dû renoncer à faire du commerce. Et c'est sans compter la situation incertaine de la Bretagne…

Le capitaine du port s'interrompit en voyant John montrer les dents. La situation de la Bretagne était justement la raison pour laquelle John tenait à quitter Concarneau pour rejoindre Saint-Malo si prestement. Bien que le roi de France et le roi d'Angleterre aient déclaré une trêve, le sort du duché de Bretagne n'avait toujours pas été décidé. Charles de Blois et Jean de Montfort se le disputaient âprement. La victoire des Anglais à Cadoret puis le siège de Quimper avaient engendré de terribles pertes dans les deux camps, et le décès de Jean de Montfort l'automne dernier n'avait laissé qu'un garçonnet de cinq ans en guise de prétendant au duché. C'était le moment idéal pour rentrer sans encombre en Angleterre.

— C'est précisément pour cela que je tiens à partir sans attendre. J'ai un rapport urgent à transmettre à mes associés de Bristol concernant l'état de leurs vignobles. Nous devrions faire tout notre possible pour que le commerce entre nos deux pays ne soit pas perturbé plus que nécessaire, vous ne croyez pas ? C'est aussi dans l'intérêt des marchands de votre région !

John esquissa un sourire pincé, parlant suffisamment fort pour que toute la salle puisse entendre ce qu'il disait :

— On m'avait vanté Concarneau comme un port florissant où je n'aurais aucune difficulté à trouver un navire capable de m'emmener jusqu'à Plymouth. Et je découvre qu'il est impossible de voyager le long de la côte bretonne ! De toute évidence, on m'a mal renseigné. Une fois rentré, je compte bien en informer tous mes compatriotes pour qu'ils ne se retrouvent pas dans le même bagne que moi, captifs de ce village crapoteux où l'on vous sert des boniments à la graisse de chevaux de bois !

Des murmures s'élevèrent parmi les hommes autour du feu, qui n'avaient pas manqué une miette de son discours insultant. Tant mieux, il avait haussé le ton en espérant susciter une réaction. Les marins du coin ne toléreraient pas que l'on dénigre leur foyer de la sorte. John fit volte-face afin d'affronter son auditoire, les poings serrés. Il rêvait d'une bonne bagarre pour soulager sa frustration et alléger le poids de la boule de plomb qui avait pris la place de son cœur dans sa poitrine.

Le capitaine du port, poussé par l'indignation du public à défendre le village contre ces provocations, se hissa sur ses pieds et fit le tour de la table. Il leva vers John, qui le dépassait d'une bonne tête, un regard dolent :

— Nous ne sommes qu'au mois de mars, monsieur. La plupart des capitaines ne tenteront pas de prendre la mer avant que la saison ne soit plus avancée. Pourquoi ne pas voyager par la rivière à bord d'un navire plus lent ? Je connais au moins trois capitaines qui seront prêts à partir d'ici dix jours.

La saison n'aurait pu être moins propice. John sentit ses épaules s'affaisser à l'idée de devoir répéter ce manège tous les jours pendant les deux prochains mois, jusqu'à ce que le temps soit enfin favorable au voyage en mer. Mais d'ici là, la faction de Jean de Montfort aurait rallié ses troupes et les hostilités reprendraient. À ce rythme, il serait presque plus rapide de louer un cheval et de gagner Saint-Malo par la route.

— Je reviendrai demain vous poser la même question.

John carra les épaules et réajusta le fermoir de sa cape.

— Peut-être aurez-vous de meilleures nouvelles à m'annoncer. Bonne soirée.

Le regard du capitaine du port dansa en direction de la bourse accrochée à la ceinture de John. Il avait déjà quotidiennement profité de la générosité de l'Anglais, lequel avait ainsi espéré faire accélérer les choses. Mais pas ce soir. John croisa les bras et ancra solidement ses pieds dans le sol en terre battue, un signe clair qu'il ne paierait plus. Il hocha la tête avec raideur et quitta la capitainerie en claquant la lourde porte derrière lui.

Une fois dans la rue, il souffla avec colère et lâcha une flopée de jurons en anglais. Plusieurs badauds sursautèrent et tournèrent des regards noirs ou incrédules dans sa direction, avant de reprendre leur route. Les mots, courts et explosifs, étaient parfaits pour exprimer son emportement et sa frustration, si bien qu'il se sentit un peu mieux. C'était si étrange… Cela faisait près de quatre ans qu'il passait le plus clair de son temps en France, au point que sa langue natale était devenue discordante à ses oreilles. Il parlait français aussi aisément que n'importe qui ici, ce qui lui facilitait la tâche. Il rêvait même dans cette langue, à présent. Ses réflexions sur le chemin qu'il avait parcouru au cours de cet exil auto-imposé lui donnèrent brusquement le mal du pays. Le chagrin s'abattit à nouveau sur lui, et il chancela.

Sa gorge se serra. Il savait d'expérience qu'il n'y avait rien de plus efficace pour guérir de cette maladie que quelques pichets de vin. Pas à l'auberge respectable dans laquelle il avait pris ses quartiers, mais n'importe quel bouge conviendrait, tant que la présence d'un Anglais blond et bien habillé déliait les langues, tournait les têtes et, avec un peu de chance, faisait voler les poings.

Il s'éloigna de la capitainerie, toujours furieux, mais, au lieu de prendre la direction du centre-ville, il emprunta les ruelles sinueuses qui menaient au port. Il avait l'intention de dénicher une gargote accueillante où noyer son irritation, mais au bout d'une dizaine de pas un inconnu le rejoignit. John l'étudia un instant et reconnut un des clients de la capitainerie.

— Quel est votre nom, monsieur, et quelle affaire urgente vous oblige à voyager avec tant de hâte ? s'enquit l'étranger.

L'indiscrétion de l'homme poussa John à s'arrêter. Sa main se porta instinctivement à sa dague, mais il se retint et baissa le bras. D'un rapide coup d'œil, il examina la tenue de son interlocuteur. Le type arborait une épaisse cape de cuir huilé doublée de fourrure et le genre de chapeau que de nombreux marins portaient. Et si cet inconnu était le salut tant attendu ?

— Je m'appelle Jack Langdon, répondit John. Je suis un agent commis par une association de grands acheteurs de vin, à Bristol. Ils m'ont demandé d'évaluer l'état actuel de la production et sa qualité. Je dois maintenant rentrer au plus vite en Angleterre pour leur faire part de mes découvertes.

Ce n'était pas un mensonge, mais pas toute la vérité non plus. Le capitaine John Sutton, officier du lord lieutenant du roi d'Angleterre en France, n'existait plus. Il était désormais l'insignifiant Jack Langdon, un marchand voyageant le long des côtes occidentales françaises, une couverture idéale pour assister à de nombreux événements qu'il rapportait à ses *autres* maîtres.

Le visage de l'inconnu s'éclaira, irradiant une telle sincérité que John le trouva immédiatement suspect.

— Dans ce cas, c'est la fortune qui vous a placé sur mon chemin, monsieur. J'ai entendu ce que cet enfant de catin vous a raconté tout à l'heure, et il se trompe. Je m'appelle Petrus Nevez. Je suis le capitaine du *Saint-Christophe*. Je transporte des marchandises par la route côtière jusqu'à mon village, Roscoff. Nous mettrons les voiles à l'aube. Mon vaisseau est petit, mais, si vous avez de quoi payer, j'ai de la place à bord, monsieur.

John réfléchit à son offre. Il lui resterait du chemin à parcourir, entre Roscoff et Saint-Malo, mais cela le rapprocherait considérablement de sa destination. De là, il pourrait trouver un autre navire ou, si nécessaire, voyager à cheval.

— Vous ne craignez pas de naviguer à cette période de l'année ? l'interrogea-t-il.

Petrus Nevez eut un sourire en coin, et John se demanda alors si la marchandise transportée était bien légale. Il pourrait peut-être enquêter davantage une fois à bord… Les contrebandiers étaient utiles en temps de guerre, tant qu'ils prêtaient allégeance au bon camp.

— Quel est votre prix ?

Petrus Nevez lui annonça un chiffre qui le fit tressaillir intérieurement. Il n'avait cependant guère le choix, aussi serra-t-il la main de l'homme avec un enthousiasme tout relatif avant de retenir le lieu de mouillage du *Saint-Christophe.*

Petrus Nevez s'éloigna d'un pas félin en direction du port. Préférant éviter sa compagnie, John abandonna l'idée d'aller boire un verre, et regagna l'auberge qui lui servait de logement depuis une éternité. Il s'assit sur le banc le plus près du feu qu'il trouva et commanda un repas arrosé de vin. Jeanne, la plus jeune fille du patron, s'approcha avec son plateau en roulant harmonieusement des hanches, les épaules droites pour mettre en avant les rondeurs de sa poitrine. Elle l'accueillit avec un sourire que John aurait presque pu croire sincère.

— Avez-vous trouvé un navire, monsieur Langdon ? s'enquit la jeune femme en lui tendant un bol fumant.

John avala deux cuillerées du ragoût de poisson crémeux avant de répondre. Le plat était excellent.

— En effet, mademoiselle. Auriez-vous l'obligeance

d'informer votre père que je quitterai l'auberge demain, dès l'aube ?

Jeanne fit la moue et tint la bouteille de vin hors de portée.

— Quel dommage ! Je serai bien triste de vous voir partir.

John tendit le bras pour récupérer sa boisson. La jeune femme bougea rapidement sa main pour que ses doigts effleurent les siens. Elle lui adressa un sourire pudique que démentait son regard dur.

— Peut-être préféreriez-vous ne pas passer cette nuit seul ? minauda-t-elle.

John soupira intérieurement et libéra ses phalanges avant de placer sa coupe sur la table, à côté de son bol.

— Merci pour cette proposition, mais je dois décliner. Ma réponse demeure inchangée, et il en sera toujours ainsi. Je ne veux pas de femme dans mon lit.

Tout comme les autres filles de l'aubergiste, Jeanne lui avait offert ses services tous les soirs depuis qu'il était arrivé. Après avoir essuyé plusieurs rejets, elle avait accepté son refus sans rancœur et s'était empressée de chercher un prochain client potentiel. Mais ce soir-là, elle s'attarda à sa table, observant John de ses yeux sombres et brillants.

— Monsieur Langdon, je vous vois régulièrement me dévisager avec envie, pourtant vous vous obstinez à repousser mon offre, alors que je vous propose un bon prix. Cela fait-il donc si longtemps que vous refusez de partager vos nuits ?

Trop longtemps, faillit-il répondre. Le chagrin qui l'accablait aurait pu l'entraîner dans deux directions : s'abandonner aux caresses de toutes les femmes consentantes jusqu'à ce que leurs visages se brouillent, ou provoquer des bagarres pour lui fouetter le sang et infliger à son corps la même douleur physique qu'à son cœur. John avait choisi la seconde option ; cela faisait plus d'un an qu'il s'était écroulé dans le lit d'une prostituée hors de prix, à La Rochelle, ivre et incapable de résister au désir qui le consumait. Deux ans avant cet épisode, il s'était éveillé pour la dernière fois dans les bras de Margaret, son épouse qui lui manquait toujours.

Il étudia Jeanne du regard. La jeune femme était de plaisante compagnie et passablement jolie. Sans doute avait-elle été belle à une époque, mais des années de travail, de jour comme de nuit, avaient durci les coins de ses lèvres et de ses yeux. Il aurait pu l'engager pour la nuit et soulager les pulsions physiques qui le tourmentaient tant. Il ne doutait pas de trouver en Jeanne une partenaire divertissante pendant une heure ou deux, mais ensuite ? Elle pourrait certainement apaiser la douleur de ses reins, mais rien ne guérirait la plaie béante qui affligeait son cœur.

— Je suis désolé, Jeanne, dit-il avec douceur. J'ai fait le serment de rester fidèle à ma femme, et c'est une parole que j'ai l'intention de tenir.

John saisit la petite croix qui pendait à son cou contre sa peau nue et la serra au creux de son poing. Du pouce, il caressa les minuscules grenats sertis sur l'endroit, puis les initiales *J* et *M* gravées côte à côte sur l'envers.

— Elle appartient à votre femme ? l'interrogea Jeanne.

— Oui.

— Elle vous attend en Angleterre ?

John sentit sa gorge se serrer. Il se tourna vers elle et sourit tristement.

— Elle m'attend dans la tombe.

— Oh ! pardonnez-moi.

Jeanne le dévisagea avec peine et embarras. John secoua la tête.

— Ne vous excusez pas. Vous ne pouviez pas savoir.

Il porta la croix à ses lèvres, puis la glissa de nouveau sous sa tunique avant de repousser son bol. Son appétit s'était envolé.

— Bonne nuit, mademoiselle.

Il emporta la bouteille avec lui et regagna sa petite chambre sous les combles. Sa location lui coûtait cher, mais au moins il n'avait pas à partager un dortoir avec neuf autres clients… Préserver son intimité valait bien chaque pièce dépensée. Il alluma une chandelle et, à sa maigre lueur, empaqueta ses affaires. Il rédigea une courte note détaillant ce qu'il avait découvert au cours de ses excursions, la scella à la cire à l'aide de sa chevalière et l'adressa aux maîtres Fortin et Rudhale, à leur entrepôt de vin de Bristol. Il demanderait à Jeanne d'envoyer la missive par les voies de navigation intérieure, plus sûres, au cas où il n'atteindrait pas sa destination pour rendre son rapport en mains propres. Il existait toutefois un autre rapport, rédigé pour d'autres yeux, qu'il ne pouvait confier à nul autre que lui. John possédait une paire de tablettes de cire au fond en bois qu'il pouvait lier ensemble afin de leur donner l'apparence d'un livre. Au besoin, il lui suffisait de l'exposer à la chaleur pour en effacer le contenu. John ajouta quelques lignes sur la cire en utilisant le code connu d'à peine une vingtaine d'hommes en Angleterre, puis il rangea le livre factice dans un étui en cuir qu'il plaça dans un coffret rempli de documents. La boîte en bois était un cadeau de son père, suffisamment petite pour être transportée sans trop de difficulté et étanche, au cas où il voyagerait par mauvais temps.

Ce ne fut que lorsqu'il eut terminé ses préparatifs que John Sutton s'autorisa à vider sa bouteille de vin, à poser sa tête sur ses bras et à pleurer à la mémoire de sa femme, désormais enterrée dans le sol du Devonshire.

Leur périple devint vraiment rude lorsqu'ils atteignirent le bout de la péninsule et gagnèrent enfin le large, mais cela n'avait rien d'étonnant en cette saison. Toutefois, John s'admit soulagé quand la longue courbe de la côte réapparut à l'horizon.

Le cogue ressemblait suffisamment à l'ancien navire de John, le *King's Rose*, pour qu'il se sente chez lui à bord. Il passait le temps en buvant, riant et jouant aux cartes avec l'équipage et, contre toute attente, il se trouva d'excellente humeur. Cela faisait tant d'années que le chagrin étouffait la moindre flamme de joie dans sa vie… Il s'était coupé de ses amis lorsqu'il avait quitté l'Angleterre en plein deuil, incapable de supporter le souvenir d'un temps heureux mais révolu. Peut-être avait-il réellement besoin de compagnie, au fond, plutôt que de s'isoler et d'affronter des étrangers dans une vaine tentative de faire à nouveau battre son cœur indolent ?

Trois jours après leur départ de Concarneau, la météo se détériora. En milieu d'après-midi, d'énormes nuages vinrent obscurcir le ciel, bloquant toute lumière, et le petit cogue se mit à grincer de façon inquiétante sur une mer de plus en plus démontée. À présent, la nuit tombait, et le port que M. Nevez avait juré d'atteindre avant le crépuscule n'était nulle part en vue.

John quitta son étroite cabine et traversa les planches posées au-dessus du pont pour rejoindre la proue. Petrus Nevez et son second gesticulaient l'un vers l'autre, désignant parfois la côte, laquelle dominait la houle de toute la hauteur de ses falaises.

— Que se passe-t-il ?

— Une tempête. Pire que ce que nous avions anticipé, grogna le capitaine Nevez.

Le vent s'engouffrait dans la cape de John avec violence, comme pour la lui arracher. Il frissonna et inspira une grande bouffée de l'air iodé et glacé.

— Nous pourrions peut-être trouver refuge quelque part le long de la côte, suggéra-t-il.

Une puissante lame s'écrasa sur la proue du cogue qui tangua dangereusement, propulsant les trois hommes les uns contre les autres.

— Pas ici. Il existe bien des criques dans lesquelles un

navire peut se dissimuler, expliqua le capitaine, étayant les soupçons de John concernant ses activités de contrebande, mais ces eaux sont le territoire des pirates.

— Ils naviguent le long de ces côtes sous la bannière de Bleiz Mor, ajouta le second.

John plissa les yeux. Ce nom ne lui disait rien.

— Le *Loup de mer*, monsieur Langdon. C'est la traduction de Bleiz Mor, expliqua Petrus Nevez avec une grimace. On reconnaît ses navires à leur pavillon noir orné d'une fourrure blanche. Il harcèle les vaisseaux français depuis le siège de Quimper, mais il est possible qu'il ne fasse pas dans le détail, à cette période de l'année.

Si Petrus Nevez disait vrai, alors ce pirate au nom étrange était davantage un corsaire qui partageait les allégeances des Anglais. John se promit d'en toucher un mot dans son rapport, au cas où ses maîtres ne seraient pas au courant des activités de ce Bleiz Mor.

Soudain, un vacarme menaçant se répercuta à travers tout le navire, dont la coque trépida, tirant John de ses réflexions.

— Nous avons heurté quelque chose ! s'exclama-t-il.

— Impossible. Il n'y a aucun récif, dans les parages.

Petrus Nevez rit en attrapant l'épaule de John pour lui montrer un point au loin.

— Regardez ces lumières, sur la falaise. Elles sont toutes proches. C'est le port ! Nous avons dû voyager plus vite que je ne le pensais. Nous ne mourrons pas ce soir, mes amis !

John plissa les yeux. Le faisceau qui brillait avec éclat sur la côte lointaine les guiderait vers la terre ferme… et la sécurité. Il aurait toutefois aimé être aux commandes, plutôt que simple passager, car ce bruit le troublait.

Le capitaine Nevez lança ses ordres, et le *Saint—Christophe* s'inclina légèrement en prenant la direction de la côte. John scruta l'obscurité. Les histoires de pirates des deux marins l'avaient alerté, mais il n'y avait aucun signe d'un autre navire…

— Vous devriez descendre, monsieur Langdon, lui suggéra M. Nevez. Il y a une excellente bouteille de rouge, dans ma cabine. Peut-être pourrez-vous la recommander à vos associés, une fois rentré en Angleterre. Je vous en offrirai un bon prix.

— Dans un instant, promit John. Je dois d'abord terminer un courrier.

Il regagna ses quartiers, au fond de la coque, où un espace fermé d'un rideau l'isolait du reste de l'équipage. À la lueur d'une lanterne, il ajouta une note sur ses tablettes au sujet du pirate au nom étrange, le Loup de mer, mais s'interrompit avant d'écrire quoi que ce soit sur Petrus Nevez. Le capitaine était sans doute un contrebandier, mais le désigner dans son rapport était une piètre façon de le remercier pour sa gentillesse. Au final, il n'inscrivit qu'une note généraliste à propos des trafiquants, puis rangea soigneusement son livre factice dans son coffret étanche. Il dissimula la clé dans un ourlet de sa chemise, à côté d'une fine mèche de cheveux tressés de Margaret. Il caressa du pouce la toison blonde comme le blé, et sentit le chagrin et le remords s'engouffrer douloureusement dans sa poitrine. Il peinait encore à croire que sa bien-aimée n'était plus en Angleterre à l'attendre, comme chaque fois qu'il était rentré chez lui. Il avait fait si peu de cas de sa dévotion ; pas un instant il n'avait imaginé qu'elle pourrait sortir si vite de sa vie.

Un nouveau raclement bruyant le fit sursauter, le tirant de ses sombres souvenirs. C'était comme si quelque chose éventrait le fond du navire ; tout le plancher vibrait ! Des cris de désarroi retentirent au-dessus de lui, et John comprit soudain qu'il ne rêvait pas : le cogue avait bel et bien percuté quelque chose. Il se précipita sur le pont et aperçut Petrus Nevez, penché par-dessus le bastingage, son regard brillant de colère.

— Ce n'est pas un phare ! Ce sont des naufrageurs. On nous a trompés.

— Que peut-on faire ? l'interrogea John.

Le capitaine frappa le garde-corps d'un poing furieux.

— Rien ! Il y a une brèche dans la coque. Nous avons un petit canot de sauvetage, mais rien de plus. Je crains que nos vies ne reposent entre les mains du Seigneur.

Autour d'eux, les marins jetaient barils et coffres par-dessus bord dans l'espoir de pouvoir s'y accrocher pour rejoindre la côte.

— Vite, au canot ! cria Petrus Nevez.

— Attendez, lança John.

Il retraversa au pas de course le pont qui commençait à sombrer. Ses missives pour les maîtres Fortin et Rudhale pourraient être réécrites, de même que son rapport pour le lord lieutenant du roi Édouard, mais son coffret renfermait également les correspondances que lui avait écrites Margaret et il ne supportait pas l'idée de les perdre. Il dévala les marches quatre à quatre et, lorsqu'il atteignit les quartiers de l'équipage, il se retrouva avec de l'eau jusqu'aux chevilles. Fourrant la boîte dans une sacoche, il en glissa la sangle en travers de son torse afin qu'elle pende sous son bras, et rattacha sa cape par-dessus. Échapper à la noyade n'aurait aucun intérêt s'il finissait par mourir de froid.

Le bateau fit une nouvelle embardée, et il dut rejoindre le pont sur les genoux. Mais le navire était à présent désert. Le canot du capitaine Nevez s'éloignait.

— Attendez-moi ! hurla John.

— Nagez jusqu'à nous ! répondit l'homme.

John prit son élan et se jeta à l'eau. Les vagues se refermèrent sur lui telles des mâchoires, si froides que leur morsure lui coupait le souffle, l'entraînant vers les ténèbres des profondeurs. Il lutta, refit surface, ses poumons l'implorant pour la moindre goulée d'air. Alors qu'il se débattait contre les éléments, John découvrit que, contrairement à ce qu'il avait cru, il tenait encore beaucoup à la vie !

Mais il n'eut guère le temps de se réjouir d'avoir retrouvé son goût pour l'existence, ni même de reprendre son souffle, car un énorme morceau de bois le frappa dans le dos au niveau de l'épaule et lui paralysa le bras. Il poussa sur ses jambes pour se propulser en direction du canot, mais autre chose heurta son mollet et Jorn réalisa qu'il était bien plus proche des récifs qu'il ne l'avait cru. La petite barque s'échouerait en un éclair, si ses camarades revenaient le chercher. S'il se trouvait si près des rochers, alors la côte ne pouvait être bien loin.

— Continuez sans moi ! hurla-t-il à pleins poumons pour couvrir le rugissement de la tempête.

Il pourrait sans doute se hisser sur les récifs et regagner la terre ferme de cette façon. Mais alors qu'il se tournait vers le littoral, un autre débris vint le cueillir à la nuque, le propulsant tête la première contre un affleurement. La force de l'impact l'étourdit violemment. Malgré ses tentatives de lutte, il fut projeté une nouvelle fois contre les récifs. Quelque chose de chaud et de visqueux coula sur son front, mais il n'avait pas le temps d'examiner sa blessure.

John escalada les rochers grâce au peu de force qu'il lui restait et rampa en direction de la lumière qui brûlait sur la côte. Il préférait encore affronter de cruels naufrageurs plutôt qu'une mort certaine au milieu des flots déchaînés. À force de se traîner laborieusement sur les récifs, il tituba, couvert de bleus et d'écorchures, sur une plage de sable. Après quelques pas, il trébucha sur le corps d'un membre de l'équipage qui n'avait, lui, pas survécu à la fureur des flots, et retint un sanglot.

Sa tête tournait. Étaient-ce… deux lunes qui brillaient timidement au firmament, au milieu d'un océan de nuages noirs ? Il toucha son crâne et découvrit avec effroi que ses doigts revenaient poisseux de sang. Cette vision lui donna la nausée.

John fit quelques pas chancelants pour se mettre en sûreté loin des vagues, jusqu'à ce que le sable disparaisse, remplacé par un tapis de galets froids sur lequel il s'effondra. Il trouva tout juste la force de rouler sur le dos, enchevêtré dans sa propre cape, et demeura là, étendu. Il perdit toute notion du temps ; il aurait pu s'écouler une journée ou une minute avant qu'il n'entende pour la première fois des éclats de voix qui s'interpellaient d'un bout à l'autre de la plage. Les naufrageurs allaient le trouver.

Au milieu des appels rauques, John fut convaincu de discerner de douces tonalités féminines, qui paraissaient tout à fait incongrues au cœur de cette scène de dévastation et de mort. Il perçut une fragrance florale qui dénotait avec la puanteur du sang et l'odeur de l'iode. Il décida alors qu'il était en train de rêver, à moins qu'il ne soit enfin sur le point de retrouver sa femme bien-aimée ? Un profond sentiment de sérénité l'enveloppa.

— Margaret ? marmonna-t-il. Je suis prêt à vous rejoindre.

Ses paupières étaient si lourdes qu'il les referma. Ses forces l'abandonnèrent, et il capitula, laissant le destin décider de son sort.

[illegible]

[illegible]

[illegible]

Chapitre 2

Ils avaient à nouveau allumé les feux de l'église.

Blanche Tanet posa brutalement son peigne dès qu'elle perçut la légère odeur de fumée. Sa chambre, idéalement située au sommet de la tour du château, possédait des fenêtres sur chaque pan, lesquelles offraient un point de vue privilégié sur l'intégralité de la côte. Elle sortit la tête pour mieux distinguer le village de Plomarc'h, en contrebas. Aucun doute : aux vitraux de l'église de Saint-Pétroc luisait une puissante flambée. Le lieu saint avait été érigé à une courte distance du village, au sommet de la falaise et visible depuis la mer, afin que les marins et pêcheurs sachent que le Seigneur veillait sur eux… mais ce faux signal était tout sauf pieux.

Blanche était sur le point de se mettre au lit, mais elle ne pouvait passer outre un tel affront. Marmonnant un juron, elle se débarrassa prestement de sa blouse et revêtit une culotte ainsi qu'une chemise. Par-dessus son jaque matelassé sans manches, elle épingla une lourde cape avant d'enfiler une paire de bottes en cuir qui lui enserrèrent les mollets jusqu'aux genoux. Elle n'avait pas le temps de tresser ses cheveux, aussi se contenta-t-elle de les rassembler et de les coincer sous un chapeau de marin à larges bords avant de descendre l'escalier quatre à quatre, saisissant au passage une torche accrochée au mur. Quand elle arriva au sentier qui menait au rivage, elle se mit à courir et atteignit la mer légèrement essoufflée.

Les corps des noyés jonchaient la plage. Lorsque la lune émergea un instant de sa prison de nuages noirs, ses rayons illuminèrent les brisants qui avaient pris une allure de champ de bataille. Cette vision d'horreur lui souleva l'estomac. Blanche lutta contre la nausée qui menaçait de la submerger en resserrant l'étreinte de ses doigts sur la torche. Elle parcourut la plage à grandes enjambées en examinant les rochers noirs, luisants d'écume et aussi affûtés que des rasoirs, à peine visibles à la surface des vagues. Ces monstres sournois s'étendaient loin jusque sous la mer et avaient causé au fil des siècles bien plus de morts que Blanche ne pourrait jamais l'imaginer.

Des tonneaux flottaient, avançant et reculant au gré de la marée. Du vin. Ce vaisseau était certainement un navire marchand. Autour d'elle, les villageois sortaient les débris de valeur de l'eau pour les emmener ou les charger dans des charrettes, amenées là précisément dans l'espoir de telles trouvailles.

Était-elle donc la seule à ressentir un tant soit peu de culpabilité à la façon dont ils traitaient ces morts ? Un peu plus loin sur la côte, un homme trapu se tenait debout au milieu des vagues, de l'eau jusqu'aux genoux, et traînait un fût jusqu'à la plage. Blanche le reconnut. Andrey était son cousin par sa deuxième alliance et le capitaine du navire de Blanche, le *Loup blanc*.

Elle l'interpella tandis qu'il laissait tomber son butin sur le tapis de galets et se redressait en étirant ses bras, malmenés par l'effort.

— Qui a ordonné qu'on allume les feux ? s'enquit-elle avec fureur.

Andrey fronça les sourcils et cracha dans la mer.

— À ton avis ? C'est Ronec !

Blanche serra le poing dans lequel elle tenait sa torche.

Jagu Ronec était un propriétaire terrien dont le domaine bordait celui de Blanche. Il était également le capitaine de son second navire, le *Faucon blanc*, qu'il avait en partie financé. C'était un homme riche, puissant et, comme Blanche ne l'avait découvert qu'après s'être alliée avec lui, cruel et sans scrupules. Elle compta mentalement jusqu'à dix et inhala profondément avant de répondre, souhaitant en son for intérieur ne jamais l'avoir impliqué dans sa croisade contre les Français. Et malgré sa tentative de ne pas laisser le dégoût que lui inspirait le nom de Ronec l'emporter sur sa raison, elle répondit en serrant les dents, sa voix chargée de colère :

— Et tu lui as obéi ?

— Bien sûr que non, répliqua Andrey. Mais nos équipages sont las d'attendre que tu donnes l'ordre de prendre la mer et ils ne saisissent pas pourquoi tu t'obstines à n'attaquer que des navires français. Alors ils se tournent vers Ronec. Ils espèrent une alliance entre vous.

Blanche rougit. Elle avait perçu les accusations implicites d'Andrey et comprenait ses raisons, mais Ronec lui avait déjà pris bien plus qu'elle n'aurait souhaité lui donner et le mariage était le genre d'alliance qu'elle s'était juré d'éviter jusqu'à la tombe. Il lui faudrait toutefois apaiser rapidement le mécontentement des villageois. Jetant un œil aux environs, elle ne vit Ronec nulle part. Évidemment. Il ne s'abaisserait jamais à descendre patauger dans l'eau salée, de nuit, alors que d'autres pouvaient s'en charger à sa place.

— Emportez les corps au château, commanda-t-elle à Andrey. Ils méritent au moins un enterrement décent.

Andrey acquiesça et relaya ses ordres aux hommes qui s'étaient rassemblés autour d'eux pour les écouter parler. Andrey vouait à Blanche une loyauté sans faille, et elle savait que les morts seraient traités avec respect.

Elle entreprit alors de rouler le fût jusqu'au sommet de la plage afin de l'ajouter aux piles de butin. Ces méthodes étaient méprisables, mais il était hors de question de gâcher toute cette bonne cargaison qui avait le pouvoir d'améliorer considérablement les conditions de vie des gens qui vivaient sur ses terres.

Le fût était lourd. Blanche s'arrêta pour reprendre son souffle près d'un corps qui s'était échoué bien plus haut sur la plage que tous les autres. L'homme gisait sur le dos, un bras enroulé dans une épaisse cape qui l'avait sans doute gêné pour nager. En général, ce genre de vêtement vous entraînait comme une pierre jusqu'au fond de l'océan. Pourtant, l'homme était bel et bien là, allongé sur la plage, ses membres élancés négligemment étendus autour de lui. Il aurait pu être en train de dormir au bord d'une rivière sous le soleil d'un après-midi d'été.

Il n'était plus vraiment jeune, mais pas encore aussi âgé qu'Andrey. Sans doute devait-il avoir une trentaine d'années, devina Blanche, une poignée de moins qu'elle. Sans prévenir, une image de son premier mari, mort avant son temps, surgit dans son esprit. Cet homme était très différent de Maël, mais la pensée de toutes ces années volées la contraria plus qu'elle ne l'aurait cru, et la poigne du chagrin se referma sur son cœur.

Elle s'agenouilla auprès de lui, oubliant son fût de vin, et approcha la torche de son visage. C'était sans doute un très bel homme de son vivant, et elle fut frappée par l'injustice de son sort ; on l'avait arraché à la vie d'une façon si brutale… Une entaille profonde partait du centre de son sourcil droit et courait jusqu'à sa tempe pour se perdre dans ses cheveux d'un brun sablonneux. La chair y était d'un rouge vif qui contrastait avec la pâleur de sa peau, même si le froid et l'eau de mer avaient arrêté l'hémorragie, ne laissant plus qu'une blessure livide et irrégulière.

Le cordon de sa chemise était défait jusqu'au milieu de son torse. Sans doute avait-il été pris par surprise ; il n'avait guère eu le temps de se vêtir entièrement avant que le cogue ne s'écrase contre les écueils. À la lueur vacillante de la torche, Blanche remarqua soudain un éclat d'or sur sa poitrine, au milieu d'une toison de poils châtains. Elle glissa un doigt sous son col et en tira une chaînette au bout de laquelle pendait une délicate petite croix.

Si les naufrageurs la trouvaient, ils l'arracheraient de son cou en brisant les maillons, et Blanche ne put supporter l'idée que l'on détruise si sauvagement un si bel objet. Elle planta la torche dans le sol et souleva la tête de l'homme avec douceur pour libérer le bijou. De minuscules pierres rouges scintillaient sur la croix. C'était décidément un bien trop précieux pour le laisser aux mains des naufrageurs, qui le dilapideraient en alcool, en femmes ou en jeux. D'ordinaire, Blanche se moquait bien des butins volés aux Français, tant qu'ils aidaient la Bretagne ou ses gens, mais en cet instant elle ressentait le besoin impérieux de protéger le trésor de cet inconnu, en mémoire de sa vie gâchée. Hors de question qu'elle le partage avec quiconque... Elle fit glisser la chaînette autour de son propre cou et dissimula la croix dans le corset de sa robe, entre ses seins. Un étrange frisson la parcourut lorsque le petit objet effleura sa peau, telle une caresse.

Alors qu'elle reposait avec délicatesse la tête de l'homme, ce dernier battit des paupières en poussant un faible gémissement. Il était vivant ! La puissance du soulagement et de la joie qui réchauffèrent son cœur la prit par surprise. Il toussa lourdement et de l'eau gargouilla entre ses lèvres. Blanche appuya ses mains contre sa cage thoracique pour l'obliger à tout recracher. Il montra les dents et siffla de douleur. Mortifiée d'avoir aggravé ses souffrances, Blanche glissa gentiment ses paumes jusqu'à ses joues et bougea sa tête dans une position qu'elle espéra plus confortable pour lui. Il ouvrit à nouveau les yeux, un peu plus largement cette fois, et la fixa du regard. Ses pupilles étaient d'un bleu clair empreint de confusion et d'agonie. Bien que brumeuses, elles étaient d'une intensité captivante, et Blanche se sentit incapable de détourner les yeux.

En sursautant, elle avait fait glisser son chapeau sur sa tête et décida de le retirer complètement. Lorsqu'il vit ses longues boucles noires cascader sur ses épaules, l'homme sourit et murmura dans une langue qui ressemblait à de l'anglais.

— Je ne comprends pas, répondit-elle en breton, avant de répéter en français.

Il tendit une main tremblante et maladroite vers sa chevelure. Blanche recula instinctivement, comme toujours face aux avances d'un homme, mais, lorsqu'il effleura tendrement sa joue du bout des doigts, elle sentit son cœur palpiter.

Il devait être à bout de forces, car son bras fut saisi de violentes convulsions. Il ne survivrait plus très longtemps, et son réveil ne faisait que retarder l'inévitable. La perte de sang et le choc auraient raison de lui avant l'aube ; sa main était déjà froide comme la mort. Instinctivement, Blanche faillit se libérer de son étreinte, mais la culpabilité revint la ronger. Ses gens étaient responsables de son état ; le moins qu'elle puisse faire à présent était de supporter l'inconfort de sa proximité pour accompagner son départ. Elle lui devait bien cela. Couvrant sa main de la sienne, elle la tint contre sa joue et perçut les frémissements qui parcouraient son bras.

Il tenta de l'attirer vers lui, inclinant la tête et ouvrant ses lèvres comme dans l'intention de l'embrasser. Elle sentit ses doigts glisser doucement dans ses cheveux jusqu'au creux de sa nuque, et sa caresse, si intime, lui tira un frisson. Son cœur battait la chamade.

— Je suis tellement désolée, murmura-t-elle en repoussant les mèches collées sur son front.

Son regard se focalisa à nouveau sur elle et s'ancra dans le sien ; c'est alors qu'il lui adressa un sourire empreint d'une telle tendresse qu'elle se sentit submergée, au bord des larmes. De la tendresse. Cela faisait si longtemps que personne ne l'avait regardée ainsi. Blanche ferma les yeux avec nostalgie et, se penchant, effleura son front d'un baiser. L'inconnu redressa la tête, et ses lèvres trouvèrent les siennes avec une vivacité qu'elle n'aurait pas anticipée de la part d'un moribond.

Elles avaient le goût de sel et se murent contre sa bouche avec une passion plus dévorante que tout ce qu'elle avait connu. Il luttait jusqu'au bout ; c'était l'ultime tentative d'un mourant de trouver un peu de réconfort ou un souvenir heureux à emporter dans la tombe. Elle perçut du désespoir sous son désir, si puissant qu'elle se sentit attirée vers lui sans avoir la volonté de lui résister. Blanche lui rendit son baiser, ses lèvres se coulèrent contre les siennes dans un instant de chagrin partagé.

Elle sut précisément lorsque ses forces l'abandonnèrent. Les yeux embués de larmes, elle s'écarta et reposa délicatement sa tête sur le sol.

Il souriait à nouveau.

— Mon ange. Je suis prêt à te rejoindre, murmura-t-il en français avant que ses paupières ne retombent lourdement.

Un ange ?

Le terme amusa Blanche malgré sa mélancolie. Il la prenait pour une autre. Si seulement cet homme savait quel genre de femme se tenait penchée sur lui, il n'userait pas d'aussi belles flatteries. Elle était Jaël. Jézabel. Elle était Marie Madeleine avant sa rédemption.

La main de l'inconnu devint flasque, et Blanche la déposa sur son torse. Elle fit courir ses doigts le long de la blessure sur sa tête, l'examinant avec autant de douceur que possible pour ne pas lui causer davantage de douleur, même si elle le soupçonnait de glisser rapidement vers une fin qui l'en libèrerait pour toujours. La coupure était profonde, et elle pouvait sentir l'os sous le moelleux de la chair. La poitrine de l'homme se souleva, et il grogna en se tortillant dans le sable. Il lui restait donc quelques forces. Si son corps était aussi puissant que son baiser, peut-être demeurait-il un espoir…

— Andrey, par ici ! cria-t-elle. Viens m'aider. Celui-ci est un survivant.

Andrey se précipita vers elle et se pencha sur lui.

— Bah, mieux vaut l'achever rapidement, grogna-t-il en tendant la main pour saisir la dague pendue à sa ceinture.

Blanche se jeta entre lui et le blessé, les bras en croix et les yeux brillants de défi.

— Non, nous allons le transporter jusqu'au château et lui trouver un endroit où se reposer.

Il ne passerait sans doute pas la nuit, mais elle n'avait pas le cœur de le laisser mourir sur la plage, dans la solitude et le chagrin.

Andrey l'observa avec effarement.

— Nous ignorons tout de ces hommes. Il pourrait être un espion de Charles de Blois. Tu tiens vraiment à prendre le risque d'offrir l'asile à un étranger ?

Blanche se leva brusquement. Les poings serrés contre ses hanches, elle carra les épaules. Elle avait beau n'être qu'une femme, elle avait appris qu'imiter la posture d'un homme suscitait davantage de respect et lui conférait l'autorité dont son sexe la privait.

— Nous sommes sur *mon* domaine, et je ne laisserai personne discuter mes ordres.

Mais Andrey semblait toujours mécontent. Blanche se radoucit légèrement, et sourit.

— Je comprends ton raisonnement, mais regarde-le. Dans son état, il n'est pas un danger pour nous, même si c'est un espion. Va chercher une charrette et aide-moi à le transporter, mais tâche de passer inaperçu. Moins il y aura de monde au courant et mieux ce sera. Je préfère éviter que la nouvelle atteigne des oreilles indiscrètes.

Surtout celles de Ronec. Andrey croisa son regard, et

Blanche comprit qu'ils pensaient à la même chose. Il opina du chef, visiblement satisfait d'observer de telles précautions.

Tandis qu'Andrey s'éloignait à grands pas, Blanche se pencha de nouveau sur le blessé et prit sa main. Elle devait au moins essayer de découvrir ses allégeances, par sécurité.

— Comment vous appelez-vous ? l'interrogea-t-elle. Pouvez-vous parler ?

Il ouvrit les yeux et marmonna une parole qui n'avait aucun sens.

— Votre nom, répéta-t-elle en approchant son oreille de ses lèvres. Qui êtes-vous ?

Il murmura quelque chose qui ressemblait à Jacques, puis referma les paupières. Andrey mena une charrette jusqu'à eux et commença à en agencer le contenu pour pouvoir charger le corps du blessé. Blanche repoussa la cape de l'inconnu et découvrit qu'il portait une sacoche à l'épaule, dont elle le délesta. À l'intérieur se trouvait un étroit coffret de bois sombre.

— Au moins, nous serons récompensés pour notre peine, grommela Andrey avec un sourire de flibustier.

Blanche l'examina à la lueur d'une torche. C'était une boîte quelconque et visiblement abîmée à force d'usage, un genre d'étui à documents, mais peut-être dissimulait-il des bijoux ?

— Il contient peut-être la clé de son identité, marmonna Blanche en réfléchissant à voix haute.

— En parlant de clé, je n'en ai trouvé aucune, ricana Andrey. Il sera plus simple de le briser pour l'ouvrir.

Blanche posa la sacoche et le coffret dans la charrette.

— Nous nous en soucierons plus tard. Pour l'instant, mettons-le à l'abri.

Si l'homme survivait, elle l'interrogerait elle-même. Dans le cas contraire, elle autoriserait Andrey à casser la boîte pour assouvir leur curiosité. Blanche aida son cousin à hisser le blessé en glissant ses bras sous ses genoux et s'assura qu'il soit déposé avec douceur dans la charrette. Avec ses longues jambes repliées, il avait l'air d'une marionnette désarticulée. Elle s'empressa de les redresser avant de placer le coffret à côté de lui. Blanche suivit le véhicule à pied le long de la plage et du sentier parsemé d'ornières qui menait au portail littoral du château. Elle s'arrêta dans la cour, tandis que les premières graines de doute germaient dans son esprit.

— Les chambres ne sont pas assez sûres, décida-t-elle. Il y a une petite réserve dans les caves de la dépendance. Mettons-le là.

Elle s'assura que l'on transporte l'homme selon ses instructions et qu'une paillasse matelassée soit installée. Andrey lui suggéra d'appeler un domestique pour s'occuper des blessures de l'inconnu, mais Blanche refusa.

— Nous devons préserver le secret le plus longtemps possible, pour notre sécurité à tous.

Mais la vérité, c'était que Blanche se sentait coupable et tenait à soigner elle-même le blessé. Un rayon de lune filtrait à travers le soupirail barré et tombait sur le visage de l'inconnu qui, même dans la pénombre, était frappé d'une pâleur cadavérique. Elle délaça sa chemise mouillée et la lui retira, et ce geste lui rappela que cela faisait bien longtemps qu'elle n'avait plus déshabillé un homme. Qu'il était agréable de savoir que celui-ci n'était pas en position d'exiger de la triturer ou de s'approprier son corps ! Elle pressa sa paume contre le cœur du blessé. Son battement était à peine perceptible sous les épais muscles de sa poitrine. Il se mit à trembler, de longs frissons parcourant ce corps qui, Blanche devait bien l'admettre, exsudait la puissance. Elle le couvrit d'un drap jusqu'au menton et de deux lourdes peaux de loup, puis elle prit un bol de bière mélangée à un remède contre la douleur et en glissa une cuillère entre ses lèvres.

S'il passait la nuit, ce serait un miracle… Blanche l'abandonna malgré tout et regagna son propre lit avec la satisfaction d'avoir fait tout son possible pour l'étranger.

Chapitre 3

De longs filaments de lumière papillonnaient sur le mur. Ils taquinaient ses jambes, puis se mouvaient avec lenteur à travers son corps jusqu'à son visage, puis plus haut encore. C'était la seule notion qu'il avait du temps qui passait, car ses membres étaient aussi lourds que du plomb et il n'avait aucune envie de bouger. Il était allongé sur un matelas, même si le sac informe et rêche rempli de paille malodorante ne méritait guère ce nom. Rien ne lui était familier, ici. Il n'était pas chez lui.

Sa tête n'était que douleur, comme si elle avait été frappée à répétition, et ses muscles le tiraillaient violemment, bien qu'il ne sache pas pourquoi. Il leva la main pour toucher la source des palpitations lancinantes au niveau de sa tempe, mais découvrit que son bras était affreusement faible et que ce simple geste l'épuisait au point de faire perler de la sueur sur son front. Il parvint cependant à sentir sa tête. Elle était bandée ; il avait donc bien une blessure, mais ignorait si elle était grave ou même comment il se l'était infligée. Il n'avait pas non plus la moindre idée de la façon dont il s'était retrouvé en ce lieu.

La dernière chose dont il se souvenait…

Mais il fut contraint de s'interrompre, car, en dehors de quelques odeurs, d'un goût de sel et de fer, d'un vacarme de cris et de bois qui se brise résonnant à ses oreilles, il n'avait aucun souvenir de ce qui lui était arrivé. Il était certain de ne pas connaître cet endroit, mais comment le savait-il ? Il aurait été incapable de l'expliquer. La pièce sentait le renfermé et la poussière, avec un léger parfum de levure. Il devait se trouver dans l'arrière-salle d'une boulangerie… ou dans une réserve.

Il roula sa tête sur le côté pour examiner la source de lumière et découvrit que l'étroite fenêtre était barrée. La panique lui serra la gorge lorsqu'il réalisa qu'il était sans doute prisonnier, et s'amplifia à l'idée qu'il ignorait tout de ses geôliers et de la raison pour laquelle ils le gardaient captif. La terreur lui brûla le corps et lui fouetta les sangs. Il prit une profonde inspiration et décida d'aller marteler la porte jusqu'à ce que quelqu'un vienne ; hélas, lorsqu'il voulut mettre son plan à exécution, ses jambes l'abandonnèrent avant même qu'il n'ait traversé la moitié de la petite pièce et il s'étala de tout son long par terre. Il demeura ainsi sur les dalles froides et remarqua pour la première fois qu'il était torse nu. *Réfléchis*. Il était dans une salle verrouillée avec un sol en pierre, un soupirail en guise de fenêtre et une petite porte. Cela signifiait qu'il se trouvait dans une cave, et donc dans un grand bâtiment. L'effort de concentration pour en arriver à cette conclusion lui fit tourner la tête sans pour autant lui apporter une aide quelconque, mais une part de lui-même se réjouit de cette maigre victoire. Il n'avait pas perdu tous ses moyens.

Il cria en anglais, mais, lorsque personne ne répondit, une petite voix dans son esprit lui murmura que ce n'était pas l'unique langue qu'il savait manier. Il répéta ses appels en français, ravi de constater que les mots lui venaient aisément. Aucune réaction. Quand il se sentit un peu plus fort, il rampa jusqu'à sa paillasse et tira le drap et les couvertures sur lui. Il se recroquevilla, tremblant, l'esprit agité, conscient qu'il n'avait d'autre choix que d'attendre que ses geôliers daignent lui rendre visite. Il se rendormit.

Lorsqu'il s'éveilla à nouveau, il faisait jour. Le soleil était d'un safran chaud, et il flottait dans l'air une douceur iodée rehaussée d'une fragrance florale, légère et sucrée. Il inspira profondément, humant avec plaisir cette unique composante agréable à laquelle il pouvait se raccrocher dans une routine bien sombre.

Un grincement métallique attira son attention, et il se rendit compte qu'il venait de l'autre côté de la porte. C'était le son d'un verrou rouillé. Il tourna la tête un peu trop rapidement, et le mouvement sec l'étourdit. Sa vue se brouilla, et il cligna furieusement des paupières, si bien que, lorsque l'huis pivota, il fixait le plafond avec des yeux larmoyants et ne put étudier la personne qui venait d'entrer.

Quelqu'un marcha vers un coin de la pièce, et il l'entendit déposer un genre de pot sur une table qu'il n'avait jusque-là pas remarquée. Il attendit patiemment de voir ce qui allait se passer. Son instinct de survie lui intimait de dominer son geôlier et de tenter une échappée, mais il savait qu'il n'en aurait pas la force. Il ouvrit les yeux et tourna faiblement la tête. Une jeune femme dans une robe simple plaçait une carafe sur la petite table.

— Où suis-je ? demanda-t-il en anglais. Aidez-moi !

Sa gorge était si sèche que sa voix n'était guère plus qu'un coassement rauque. La demoiselle poussa un cri aigu, et le récipient bascula. Avant qu'il n'ait le temps d'ajouter quoi que ce soit, elle avait fui la pièce en claquant la porte derrière elle. Il entendit le grincement du verrou que l'on remet en place. Avec un faible grognement, il s'humecta les lèvres, la soif presque intolérable et le ventre douloureusement vide. Il ne se sentait pas capable de se rendormir ; pourtant, sa tête se mit à tourner, et il plongea dans un sommeil agité.

Il en fut tiré de nouveau par le crissement du verrou, suivi par les pas d'une personne qui pénétrait dans la pièce en fredonnant avec douceur d'une voix féminine. Cette fois-ci, il eut le bon sens de demeurer silencieux et immobile, les paupières à demi closes. C'était une autre femme, plus grande et vêtue d'une tunique fluide d'un brun profond. Elle se tenait près de la petite table, mais il ne parvenait pas à voir ce qu'elle faisait. Puis elle s'approcha du lit, et il comprit qu'elle apportait un bol d'eau ainsi qu'un tissu. Sans doute une autre domestique au service de ses geôliers, qui qu'ils soient.

Il ferma les yeux pour cacher qu'il était réveillé. La femme défit le bandage à sa tête et nettoya sa blessure, puis entreprit de faire de même avec les diverses écorchures qui lardaient son corps. Elle posa sa main fraîche avec délicatesse sur le bas de son ventre nu et remonta doucement, aussi tendre qu'une amante qui commence une caresse. Il inspira vivement, surpris par la sensation de plaisir qui le submergeait et se mêlait à la douleur de ses blessures. Comprenant qu'il ne pouvait plus feindre le sommeil, il ouvrit les yeux.

— Ah, vous êtes de nouveau éveillé, constata-t-elle dans un dialecte qu'il reconnut comme étant du breton.

Il eut l'impression de raccommoder un autre trou dans le tissu de sa mémoire. Il savait à présent dans quelle partie du monde il se trouvait. La femme, en revanche, ne semblait pas particulièrement contente.

— Vous avez fait peur à Marie, reprocha-t-elle.

Elle l'observait d'un air sévère de ses yeux noirs et orageux.

— Elle est venue me chercher en courant, en racontant que vous lui aviez crié dessus des mots qui n'avaient aucun sens.

Il déglutit et ouvrit la bouche pour tenter de lui expliquer ce qui s'était passé.

— N'essayez pas de parler, lui ordonna-t-elle. Attendez.

Elle alla ramasser une coupe en faïence à larges bords sur la table, puis revint à son chevet. Glissant une paume sous sa nuque, elle souleva légèrement sa tête et approcha le récipient de ses lèvres. C'était du cidre, et il vida la tasse avidement.

La femme reposa sa tête et retira sa main en laissant ses doigts glisser en travers de sa nuque. Il frémit une nouvelle fois, submergé par une vague de désir inattendue qui lui tira un petit gémissement. Elle dut le prendre pour un cri de douleur, car elle l'examina avec une inquiétude qui fit disparaître l'air sévère de son visage. Quelque chose en lui s'éveilla alors que ses traits féminins emplissaient son champ de vision : un profond sentiment de familiarité et la certitude de l'avoir déjà rencontrée par le passé. Les souvenirs tourbillonnaient dans son esprit tels des papillons autour d'une lampe, lui glissant entre les doigts chaque fois qu'il tentait de les saisir. Il ne restait que des formes vagues et une sensation d'intimité. Comme les papillons, il se sentait attiré par la flamme qui émanait de cette femme. Ses lèvres tremblèrent.

— Pouvez-vous parler, à présent ?

— Je ne voulais pas lui faire peur, coassa-t-il.

— Je suis heureuse de l'apprendre. Il n'est pas dans mes habitudes d'héberger un homme qui terrifie les jeunes filles.

Ainsi, ils ne se connaissaient pas l'un l'autre ? Mais alors pourquoi ressentait-il un lien si fort avec elle ? Il fronça les sourcils.

Elle esquissa un léger sourire.

— Oubliez cela. Marie est un peu sotte et sursaute dès que le chat miaule trop fort.

Il fit un effort de concentration afin de la distinguer plus clairement, malgré sa vision qui ne cessait de se troubler. À sa voix aiguë et chantante, il l'avait imaginée à peine plus vieille qu'une enfant, mais il constatait à présent que sa jeunesse était derrière elle. Des rides bordaient les coins de ses yeux et de sa bouche, et l'inquiétude avait creusé un sillon entre ses sourcils, au sommet d'un nez droit et aquilin. Son expression sévère était sans doute habituelle.

Il réévalua son idée selon laquelle elle n'était qu'une simple domestique. Sa tunique brune était modeste et les manches amples, mais la cotte verte et ajustée qu'il remarqua en dessous était ornée de jolies broderies au niveau du cou et des poignets, lesquelles trahissaient sa qualité. Il aperçut également l'éclat de peignes en or qui enroulaient élégamment ses cheveux de chaque côté de sa tête. Ils devaient être chers, tout comme les trois anneaux qui paraient ses doigts : autant de signes de richesse.

Par ailleurs, sa façon de se tenir et son expression sévère laissaient à penser qu'elle était habituée à commander et à être obéie sans discuter. Et de toute évidence, elle attendait une réponse. Il bougea sa langue et la sentit plus à l'aise.

— J'ai mal à la tête, admit-il d'une voix rauque. Je ne connais pas cet endroit. Que m'est-il arrivé ?

Elle fronça ses sourcils noirs bien droits, ce qui creusa davantage la ridule qui les séparait.

— Vous rappelez-vous quoi que ce soit sur ce qui vous a conduit ici ?

Il préféra ne pas secouer la tête, et murmura simplement :

— Rien du tout, madame. Je ne me souviens de rien. Que pouvez-vous me dire ?

Elle resta coite, mais prit un air méfiant. Il se redressa du mieux qu'il put et agrippa la main de la femme, sentant ses doigts se raidir. Elle écarquilla les yeux et, sans savoir pourquoi, il toucha sa joue. En un éclair, toute trace de la douceur avec laquelle elle l'avait soigné disparut, remplacée par un éclat glacial.

— Bas les pattes ! s'exclama-t-elle, le visage à l'image même d'une tempête en mer.

D'une torsion du poignet, elle se libéra.

— Pardonnez-moi, bredouilla-t-il, confus.

Il retomba sur son oreiller, essoufflé par les efforts que ces mouvements lui avaient coûtés.

— Mais s'il vous plaît, si vous pouvez m'apprendre quoi que ce soit, je vous conjure de le faire.

— Je vous dirai le peu que je sais. Mais je vous préviens, monsieur, aucun homme ne me touche sans ma permission, pas même un invalide.

— Je comprends.

Elle lui accorda un bref sourire d'approbation, puis s'installa sur ses genoux et arrangea son jupon avec une élégance née de la pratique, avant de poser ses mains sur ses cuisses.

— Vous étiez à bord d'un navire.

Elle marqua une pause et détourna le regard, le visage fermé. Elle paraissait lasse et, en dépit de ses traits durs et saisissants, cette incertitude lui donnait l'air vulnérable. Il patienta, profitant de cette pause pour l'examiner à la lueur resplendissante du soleil. Les yeux de la femme parcouraient rapidement la pièce. Il aurait souhaité lui caresser le bras pour l'encourager à continuer, mais son avertissement résonnait toujours à ses oreilles.

— Que savez-vous ? insista-t-il doucement.

— Il y a eu un naufrage. Nous vous avons trouvé sur la plage au milieu des débris et des corps.

Elle se pencha vers lui et le scruta ouvertement avec une telle intensité qu'il eut l'impression d'être déshabillé du regard.

— Vous ne vous rappelez vraiment rien ? Quel est votre nom ?

Ce fut à cet instant qu'il commença à paniquer sérieusement. La terreur s'empara de lui lorsqu'il réalisa brusquement qu'il ne connaissait pas la réponse à cette question.

— Je… je ne m'en souviens pas !

Il perçut l'affolement dans sa propre voix, mais la femme l'observait avec méfiance. Son visage se fit de marbre.

— Vraiment ? insista-t-elle en s'approchant davantage.

Êtes-vous un espion ? Comment puis-je savoir si vous dites la vérité ?

Il voulut saisir sa manche pour l'implorer de le croire, mais se souvint de son avertissement juste à temps pour interrompre son geste. Ils observèrent tous les deux sa main levée, immobile à quelques pouces de son bras. Il serra le poing et le laissa retomber sur les fourrures. Leurs regards se croisèrent, et la femme acquiesça. L'espace d'un instant, ils se comprirent. En d'autres circonstances, il aurait trouvé la situation très romantique, mais la fascination qu'elle exerçait sur lui rivalisait avec un sentiment de confusion et de faiblesse.

— Je ne peux le prouver, mais je vous en prie, vous devez me croire. Je dis la vérité. Je n'arrive pas à me rappeler qui je suis.

Il enfonça ses ongles dans l'épaisse fourrure blanche qui le recouvrait et la supplia du regard, souhaitant de tout son cœur qu'elle le croie. Elle le jaugea, ses yeux noirs voyageant lentement de son visage à sa blessure crânienne, puis plus bas vers le reste de son corps. Il éprouvait un certain malaise à se faire ainsi examiner si ouvertement par une étrangère. Et plus particulièrement par une femme. Elle avait beau le subjuguer, il ressentait une force plus puissante et plus douloureuse le pousser à se montrer prudent et à résister à ses attraits. La présence d'une dame à ses côtés lui paraissait plus inconfortable encore que ce lieu inconnu, mais il réalisa que ce n'était pas seulement elle. Il eut soudain la certitude, sans savoir comment ni pourquoi, qu'il serait incapable de partager son lit avec n'importe quelle femme. C'était une pensée rassurante, car cela signifiait qu'une part de lui existait toujours, enfouie au fond de son esprit, et qu'il parviendrait peut-être à l'exhumer.

— Souhaitez-vous que je vous suggère quelques prénoms, afin de voir si l'un d'eux vous semble familier ? proposa la femme.

Il acquiesça légèrement.

Elle énuméra des prénoms avec un regard interrogateur, prenant le soin de s'interrompre après chacun pour lui laisser le temps de répondre.

— Philippe… Michel… Charles… James… Jacques…

Une pointe s'enfonça dans son estomac. Jack.

Celui-ci lui était familier. Elle inclina la tête sur le côté.

— Vous vous appelez Jacques ? Ou « Jack » si vous êtes, comme je le pense, un Anglais. Vous avez murmuré quelque chose qui ressemblait à « Jacques » lorsque nous vous avons trouvé sur la plage.

— Vous y étiez ?

Il se redressa sur les coudes, plus surpris par cette révélation que par la découverte de sa potentielle nationalité ou même de son prénom.

— En effet.

Elle se releva et s'éloigna, traversant gracieusement la pièce jusqu'à la table. Dos à lui, elle trempa le tissu et l'essora avant de revenir à son chevet, puis le pressa contre son front et en profita pour le pousser à se rallonger.

— C'est moi qui vous ai trouvé. Pour autant que je sache, vous étiez le seul survivant.

Elle mordilla ses jolies lèvres pleines d'un air triste, et Jack, puisque ce prénom devrait faire l'affaire pour l'instant, sentit son cœur se mouvoir à la vue de tant de compassion. Qui prenait le temps de pleurer pour des étrangers ? Il n'avait aucun souvenir des hommes qui avaient péri, mais il les avait sans doute connus et fut soudain perclus de remords.

— J'ai cru que vous étiez mort, mais vous avez ouvert les yeux, reprit-elle d'un ton plus factuel. Je n'étais pas sûre que vous surviviez, mais nous vous avons malgré tout transporté jusqu'ici. J'ai prié pour vous.

Nous ? Avait-elle un mari ? se demanda-t-il brusquement. C'était généralement le cas, pour les femmes de son âge… à moins qu'elle ne soit veuve.

— À qui appartient cette maison ? s'enquit-il soudain. Où se trouve son maître ?

Le sourire de son hôtesse tressaillit, et elle demeura à nouveau coite un long moment, si bien que Jack soupçonna qu'il devait lui manquer des éléments pour comprendre la situation.

— Vous souhaitez rencontrer le maître de ce domaine ? Vous ignorez où vous séjournez, mais vous supposez tout naturellement qu'il doit y avoir un homme aux commandes.

Jack préféra ne rien répondre, se demandant s'il avait mal présumé. Cette femme était réellement fascinante. Se pouvait-il qu'elle soit la maîtresse des lieux et la seule châtelaine ?

— Dois-je vous appeler Jack ? l'interrogea-t-elle.

Il acquiesça. Le son, court et familier, lui plaisait. Il n'aurait aucun problème à se satisfaire de ce prénom pour le moment. S'il retrouvait sa véritable identité, alors il l'abandonnerait sans hésiter. Et s'il ne recouvrait jamais la mémoire, bien que cette idée lui donne envie de hurler d'horreur, un prénom quelconque conviendrait parfaitement à l'homme égaré qu'il était.

— Vous devriez dormir, lui recommanda son hôtesse. Je vais vous faire porter de quoi manger, ainsi que de l'eau pour vous laver et des vêtements propres.

Elle l'examina une nouvelle fois d'un regard inquisiteur.

— Nous avons préféré ne pas trop vous toucher, de peur d'aggraver vos blessures, mais j'imagine que vous souhaitez vous rafraîchir.

Elle retroussa légèrement le nez, et Jack réalisa soudain, et non sans honte, que son corps et ses cheveux étaient fort crasseux. Une odeur rance d'eau de mer et de sueur macérées lui collait à la peau. Profiter d'un bon bain chaud devint brusquement la perspective la plus séduisante de sa journée.

— La nuit dernière, dit-il. Sur la plage…

La femme haussa les sourcils et l'interrompit :

— Monsieur Jack, vous êtes demeuré inconscient pendant cinq jours.

Cinq jours ! Subitement pris d'étourdissements, il secoua la tête pour s'éclaircir les idées, mais cela ne fit qu'aggraver son vertige.

— Mais… Comment ?

— La fièvre a bien failli vous emporter… J'ai cru que vous allier mourir. Elle n'est tombée que la nuit dernière, ce qui vous a permis de vous reposer.

Son hôtesse, l'air songeur, plaça une main délicate sur son torse, au niveau de son cœur. Jack sentit sa peau s'enflammer à son contact. En dépit du profond sentiment de malaise intérieur qui le poussait à garder ses distances, il n'avait aucune envie de la décourager de le toucher ainsi.

Bien au contraire.

Il la dévisagea, se demandant si elle était aussi troublée que lui. Il croisa son regard et sentit son cœur bondir contre ses côtes : les yeux de son hôtesse pétillaient comme ceux d'un chat face à une souris.

— Vous avez un cœur remarquablement solide, monsieur, malgré la faiblesse de votre corps. J'imagine que vous êtes d'une bonne constitution, en temps normal ?

Jack fit rouler les muscles de ses bras, qui se tendirent avec aisance. Il se sentait affreusement vulnérable et malingre, mais il pouvait en effet percevoir une puissance latente, qui finirait par refaire surface. Son cœur battait la chamade, mais c'était dû à la sensation de sa main féminine sur sa peau.

— Peut-être, acquiesça-t-il.

Elle opina du chef à la manière d'une reine qui reçoit un hommage de son sujet, puis s'en alla. Jack tendit l'oreille, s'attendant à capter le grincement caractéristique du verrou que l'on referme, mais il n'en fut rien. Visiblement, il n'était plus considéré comme un prisonnier. En vérité, même s'il avait souhaité quitter cette pièce, il n'en avait pas encore la force, et son hôtesse le savait certainement.

Ce fut seulement lorsqu'il eut terminé son gobelet de cidre et reposé sa tête sur la paillasse pour tenter de dormir qu'il se rendit compte qu'il ne lui avait pas demandé son nom. Et cette ensorcelante créature s'était bien gardée de le lui donner !

Chapitre 4

Blanche traversa le corridor, puis prit trois profondes inspirations afin de retrouver son aplomb. Elle sourit ensuite à Andrey qui l'observait, assis sur un tabouret.

— Une rencontre intéressante, déclara-t-elle.

C'était un bel euphémisme !

Andrey grogna et rengaina l'épée qu'il portait de façon ostentatoire.

— Qu'as-tu découvert ?

— Pas grand-chose, répondit Blanche en fronçant les sourcils. Il prétend ne pas se rappeler qui il est ni d'où il vient.

— Le crois-tu ? Ou penses-tu qu'il t'a menti ?

Blanche se remémora la conversation qu'elle avait eue avec le survivant. Cet homme, *Jack*, avait réellement paru troublé ; l'expression d'horreur qui avait déformé son visage lorsqu'il avait échoué à retrouver son prénom avait semblé authentique. La sueur apparue sur son front et sa poitrine pendant cet instant de panique n'était pas une chose que l'on pouvait feindre. Blanche sentit ses doigts tressaillir au souvenir de la forme sculpturale de son torse sous sa paume, ferme et douce. Cela faisait des années qu'elle n'avait plus touché de corps si jeune. Elle s'était retenue in extremis de ne pas pousser son exploration jusqu'aux aplats de ses abdominaux et plus bas encore, curieuse de découvrir si tout était aussi harmonieux. Elle secoua la tête pour se débarrasser de cette image :

— Je le crois, répondit-elle. Et c'est bien triste.

Elle jeta un regard en arrière vers la réserve et fut surprise de ressentir une légère pointe de culpabilité en songeant à la froideur d'une telle pièce pour un homme dans sa situation. Avec ses murs nus, ce n'était guère plus qu'une cellule. Elle n'avait pas verrouillé la porte, mais se demanda s'il en avait conscience. Peut-être n'avait-il même pas remarqué qu'il était enfermé ? Il y avait de bien meilleures chambres disponibles, avec de vrais lits. Blanche cligna des yeux, surprise par la direction que prenaient ses pensées. C'était ce baiser qui l'avait perturbée. Elle n'aurait jamais dû céder à la tentation, sur la plage.

— Nous allons devoir le garder encore un peu.

— Pourquoi ? s'étonna Andrey en haussant les sourcils.

— Il n'a pas d'argent, aucune possession.

À nouveau, Blanche sentit le poids de sa propre conscience ; il possédait un coffret, qui devait se trouver quelque part, et la croix qu'elle dissimulait dans sa chambre.

— Il n'a même pas de nom.

— Si l'on admet qu'il dit vrai, rappela Andrey.

— En effet, soupira Blanche, souhaitant soudain ne jamais avoir ramené cet homme au château. Quoi qu'il en soit, nous ne pouvons pas le laisser errer à travers la campagne comme un vagabond. Il pourrait faire de mauvaises rencontres. Ici, au moins, il est en sécurité.

— Il va nous causer des ennuis, fit remarquer Andrey. Il a fait peur à Marie.

— Il l'a juste surprise, rétorqua Blanche, agacée.

L'attitude protectrice d'Andrey envers sa femme frôlait souvent l'ineptie, et hélas la réaction de Marie ne jouait pas en la faveur de Jack.

Ils remontèrent ensemble l'escalier et sortirent dans la cour. La fenêtre qui se trouvait en hauteur dans la réserve qui tenait lieu de chambre à Jack se situait en fait au niveau du sol extérieur et permettait d'aérer le grain. Si Blanche s'agenouillait, elle pourrait voir sa paillasse… Était-il en train de dormir ou de fixer le plafond à se demander « qui suis-je ? » et « où suis-je ? ». La fièvre qui avait failli l'emporter était particulièrement virulente ; Blanche n'oublierait pas de sitôt ses affreux tremblements, alors même que sa peau était brûlante. Les muscles ne mentaient pas, il devait en effet être quelqu'un de très fort, pour survivre à une telle épreuve.

Elle se contraignit à ne pas céder à la curiosité, de crainte qu'il ne l'aperçoive à travers la fenêtre, s'il était éveillé.

— Place un garde devant sa porte, ordonna-t-elle à Andrey. Quelqu'un de loyal.

Elle lissa ses manches et repensa à la façon dont Jack lui avait saisi le poignet. Il s'était mû si vite. Pourtant, son geste n'avait suscité aucune panique en elle. L'aversion qu'elle éprouvait d'ordinaire quand on la touchait sans sa permission l'avait rapidement quittée, et elle ne l'avait houspillé que pour le principe. Lorsqu'il avait ressenti le besoin de la toucher une seconde fois, il avait figé son geste, un effort qui l'avait émue encore davantage.

— Quel dommage qu'il ne se souvienne de rien, réfléchit-elle tout haut. J'aimerais beaucoup savoir qui il est.

Elle traversa la cour, s'éloignant du bâtiment où Jack était logé, et grimpa l'escalier extérieur de la tour principale du fort. Comme toujours, elle s'arrêta sur le seuil et posa sa paume sur la porte. Par rapport à la grande demeure qu'elle avait partagée avec Yann, son second mari, son nouveau foyer n'avait rien de luxueux, mais il n'appartenait qu'à elle et cela le rendait bien plus précieux à ses yeux. Jack avait naturellement présumé que cette maison dépendait d'un homme, et cela l'agaçait au plus haut point. Mais comment aurait-il pu penser autrement ?

Elle leva le menton, fière d'avoir accompli ce que si peu

de femmes osaient même rêver d'obtenir. Plusieurs fois après la mort de Yann, pourtant, son courage avait failli, mais elle n'avait jamais baissé les bras ; Bleiz Mor vivait et combattait, et son nom était un hommage aux fourrures blanches qui décoraient leurs murs.

— La Bretagne triomphera, murmura-t-elle au fantôme de Yann. Vous ne serez pas mort en vain, mon époux.

Elle monta les marches jusqu'à sa chambre privée au sommet de la tour et s'assit dans un fauteuil à haut dossier, près de la fenêtre, frissonnant lorsqu'une brise contourna la toile élimée qui en protégeait l'ouverture. L'hiver n'avait pas encore complètement relâché sa froide étreinte, mais, chaque fois qu'elle envisageait de dépenser une partie de leurs butins pour son propre confort, elle pensait aux veuves dans leurs maisonnettes humides qui luttaient pour nourrir leurs enfants, ou aux hommes qui s'usaient la santé à faire pousser des cultures dans leurs champs transformés en charniers par la guerre. Ils en avaient bien plus besoin qu'elle.

Son regard fut soudain attiré par la croix en or posée sur son bureau. Garder ce bijou était une exception à la règle. Elle l'avait examinée, encore et encore, pendant les jours qui avaient précédé le réveil de Jack, et aurait pu la décrire avec exactitude les yeux fermés.

Les initiales *J* et *M* étaient gravées au dos du pendentif, sur les branches.

Elle avait eu raison de penser que son prénom commençait peut-être par cette lettre. Qui pouvait bien être *M* ? se demandait-elle, une pointe d'ardente jalousie lui transperçant chaque fois la poitrine. Elle espérait qu'il s'agisse de son nom de famille et non de l'initiale d'une épouse ou d'une amante. Peut-être retrouverait-il la mémoire si elle lui montrait la croix ? Mais mieux valait attendre qu'il recouvre la santé… Il avait besoin de calme, pas d'une source d'agitation.

Elle serra le pendentif entre ses doigts et grimaça. Ce n'était pas l'unique raison pour laquelle elle souhaitait retarder cette échéance. Si la mémoire lui revenait et qu'il s'avérait être un partisan de Charles de Blois, Blanche devrait faire face à une situation difficile. Prendre la vie d'un homme au combat ou en mer était une chose, mais l'exécuter froidement au sein de sa demeure après l'avoir hébergé et soigné en était une autre. Était-il possible qu'elle soit en train de laisser sa propre compassion pour les blessures et le malheur de cet homme obscurcir son jugement ? Peut-être pensait-il qu'une femme était plus facile à attendrir, ou que son avis n'avait aucune valeur ? Il ne serait pas le premier à la sous-estimer de la sorte.

Elle passa derrière la toile en tapisserie qui masquait l'étroite alcôve de la fenêtre et observa la mer, perdue dans ses pensées. Blanche occupait la totalité du dernier étage, où se trouvaient sa chambre et son solarium privé. Depuis ce promontoire, et seulement depuis celui-là, au sommet de la plus haute tour, il était possible de voir que la côte, avec ses criques exiguës et ses saillies rocheuses, s'incurvait plus profondément derrière la falaise, formant un genre de boucle.

C'était au cœur de cette baie secrète, à l'abri des marées et des regards, que ses deux navires mouillaient. Blanche inspira longuement, laissant l'air iodé lui chatouiller les narines et le palais tandis que le vent l'enveloppait tel un voile. Elle n'avait plus pris la mer depuis la nuit du naufrage de Jack.

Bien qu'elle soit toujours furieuse contre les villageois qui l'avaient défiée en allumant un feu dans l'église, elle connaissait la source de leur agitation : les assauts incessants sur les foyers loyaux à la cause de Jean de Montfort. Elle avait juré de se venger des Français. Pourtant, aucun de ses vaisseaux n'avait quitté son point d'ancrage depuis cette fameuse nuit ; l'idée de faire davantage de morts encore lui retournait l'estomac… et c'était bien la première fois. Elle avait cependant reçu des nouvelles fraîches de son réseau d'hommes de main, plus tôt dans la journée : un navire français avait été aperçu en train de longer la côte.

Il n'irait pas plus loin.

Blanche appela Marie, la seule personne qu'elle autorisait à l'intérieur de son sanctuaire privé, pour qu'elle transmette à Andrey l'ordre de faire apprêter les deux bâtiments, le *Loup blanc* et le *Faucon blanc*, pour un appareillage au crépuscule.

Puis elle descendit l'escalier, gagna la vaste pièce au rez-de-chaussée où toute la maisonnée se retrouvait pour manger, et se joignit à eux, circulant entre les tables pour parler à chaque homme et femme. Comme elle, ils avaient tous perdu un être cher pendant le siège de Quimper ou d'autres batailles contre les Français. Comme elle, ils avaient juré de châtier ceux qui avaient pris les armes contre l'héritier légitime du duché de Bretagne, mais seule Blanche avait eu la détermination et le courage de faire le nécessaire pour rebâtir sa vie, plus forte que jamais. Ils l'aimaient pour cela et lui étaient férocement loyaux. Elle savait que personne ne divulguerait son identité au sein des murs de ce château et, tandis qu'elle balayait la salle du regard, elle ne pouvait s'empêcher de ressentir de la fierté pour ce qu'elle avait accompli. Des lampes brûlaient avec éclat sur chacune des tables, des tapisseries aux couleurs chatoyantes pendaient aux murs, et hommes et femmes buvaient dans des gobelets de belle facture. Quiconque visitait ce château pouvait constater sa richesse, preuve que l'esprit combatif de Blanche Tanet avait survécu à l'exécution de son mari, Yann.

Elle monta sur l'estrade dressée devant la cheminée, et se tint droite, consciente de l'effet dramatique de sa silhouette qui se détachait sur les flammes, puis patienta jusqu'à ce que l'assemblée soit silencieuse.

— Attirer le navire sur les rochers était un acte couard et irréfléchi. Nous aurions pu nuire à nos alliés autant qu'à nos ennemis. Cet incident ne se reproduira plus.

Elle attendit que les inévitables murmures s'estompent. Jagu Ronec, assis à côté d'Andrey, l'observait d'un air aussi sombre qu'une nuit d'orage. Blanche lui offrit un sourire chaleureux en dépit de l'anxiété qui lui nouait l'estomac, et lui adressa sa prochaine flatterie :

— Vous êtes tous des hommes courageux, forts et déterminés. Vous n'avez nul besoin de recourir à d'aussi vils stratagèmes. Ce soir, mes amis, nous prendrons d'assaut un navire français qui longe impunément notre côte depuis Concarneau. Nous vaincrons et la Bretagne triomphera. Bonne chasse à tous !

Elle leva son gobelet incrusté de joyaux à leur santé ; le vin du vaisseau échoué qu'ils avaient pu récupérer était d'excellente qualité. Puis elle redescendit de l'estrade et s'adressa à Ronec :

— Je prendrai la mer avec vous, ce soir. *Le Faucon blanc* mènera la charge.

Un éclat froid comme l'acier étincela dans le regard de Ronec. Blanche masqua sa révulsion lorsqu'il effleura le dos de sa main du bout des lèvres ; elle avait rudement manqué de bon sens, le jour où elle s'était acoquinée à un tel homme, mais à l'époque il avait semblé sa meilleure option. Il était son voisin le plus proche et un ami de feu son premier mari. Il était alors profondément passionné par la cause que Blanche défendait, et manquait simplement de vision pour monter lui-même une entreprise de cette envergure. Sept nuits dans son lit. Tel était le prix qu'elle avait consenti à payer, malgré sa révulsion, pour obtenir argent et équipages pour ses navires ; mais, de toute évidence, Ronec s'attendait à ce que leur transaction se poursuive, bien que le dernier versement pour le *Faucon blanc* ait été payé. D'aucuns s'étonnaient qu'elle soit parvenue à le tenir à distance depuis plus d'un an, et Blanche craignait que cela ne puisse durer éternellement.

L'assaut fut un succès. Le *Loup blanc* prit le cogue français en chasse, qui tomba tout droit dans l'embuscade du *Faucon blanc*. Quand ils hissèrent le pavillon noir, ce dernier se déploya aussitôt sous le vent, arborant fièrement le symbole de la fourrure blanche. Lorsqu'elle vit le *Faucon blanc* faire de même, Blanche sentit son humeur prendre son essor avec le rectangle d'étoffe, comme chaque fois que les vagues dansaient sous ses pieds. La fourrure blanche du pavillon, un hommage à la proie de prédilection de Yann, instillait désormais la peur dans les cœurs de ceux qui l'avaient si sauvagement abattu.

L'équipage français fut neutralisé avec aisance et peu d'effusion de sang. À présent, Blanche arpentait le pont devant ses ennemis ligotés et agenouillés à la merci de leurs épées. Dans son costume de Bleiz Mor, elle se sentait si puissante que cette liberté la galvanisait. Même au plus chaud de l'été, elle portait un jaque épais sous un lourd surcot de cuir qui, en plus de la protéger, lui conféraient une silhouette masculine, donnant à ses ennemis l'impression de faire face à un homme trapu. Pour compléter son déguisement, Blanche arborait un chapeau à larges bords rabattus et un masque de jongleur grotesque en cuir, imitant la partie supérieure d'une tête de loup. L'ensemble dissimulait son visage et lui conférait une apparence suffisamment menaçante pour que ses adversaires n'aient pas conscience qu'ils affrontaient une femme. Blanche était parfois tentée de renoncer au jaque qui lui servait de rembourrage, persuadée que personne ne découvrirait la supercherie… Après tout, combien de femmes avaient jamais affronté et vaincu autant d'hommes ?

— Merci pour votre contribution à notre cause, déclara-t-elle d'un ton goguenard. Jean de Montfort vous remercie pour ces armes, et la Bretagne mangera à sa faim grâce à l'argent de votre solde.

Le capitaine la dévisagea avec une haine sourde, mais perdit de sa superbe lorsque Blanche vint se tenir au-dessus de lui. Elle lui arracha son chapeau et l'agrippa par les cheveux, prête à lui trancher la gorge pour faire bonne mesure. Il avait une crinière blonde rebelle et des cicatrices sur le front… Blanche retint son geste. Cet homme n'était pas sans lui rappeler le curieux inconnu qui dormait dans sa réserve.

— Laissons-leur la vie sauve, pour cette fois, afin qu'ils puissent transmettre notre message, ordonna-t-elle en se redressant.

L'équipage ennemi fut balancé sans ménagement à bord d'un canot de sauvetage, tandis que Blanche jetait un brandon enflammé sur le pont de leur vaisseau, le *Charles Roi*.

Puis les deux navires de Blanche regagnèrent leur baie de mouillage, bien plus lourds de leurs larcins. Ronec, de bonne humeur à l'idée de rentrer chargé d'or, n'émit presque aucune objection lorsque Blanche profita de cette occasion pour mentionner rapidement la présence du survivant chez elle.

L'aube commençait à pointer à l'horizon lorsque Blanche regagna le château, l'odeur du bois brûlé dans les narines et les cris de supplication résonnant encore à ses oreilles. Dès que Ronec les quitta pour rentrer chez lui, Andrey murmura à l'intention de Blanche :

— Le garde que j'avais laissé en faction devant la chambre de l'étranger est venu me voir. Apparemment, ton survivant a causé un sacré grabuge. Il a exigé un entretien avec toi.

— Exigé ?

S'il était capable d'émettre une telle réclamation, sans doute avait-il récupéré une partie de ses forces depuis leur dernière conversation.

— Oui, enfin, il a demandé à te parler. Avec insistance et de façon régulière. Il a mangé et s'est lavé pour ne plus sentir, ajouta Andrey en fronçant les sourcils. Sa présence ici ne me plaît pas. Nous devrions lui trancher la gorge, ou au moins le passer aux mains d'un professionnel qui saura lui tirer les vers du nez. Ce serait un excellent moyen de regagner un peu de crédibilité.

Blanche eut un mouvement de recul.

— Tu me parles de torture ? C'est non !

Andrey eut un large sourire.

— Fais-tu à nouveau preuve de clémence, ce soir, chère cousine ? Depuis quand te montres-tu aussi magnanime envers tes ennemis ? Tu as taillé des dizaines d'hommes en pièces sans la moindre hésitation.

Blanche ferma les yeux, et cela suffit à raviver dans son esprit l'odeur de rouille du sang versé et le poids glacé de l'acier dans sa main. Chaque soldat du *Charles Roi* qu'elle avait tué était un coup porté à Charles de Blois et à son armée. C'était sa vengeance, en l'honneur de tous les loyaux Bretons qu'il avait fait massacrer. Alors pourquoi la présence de cet étranger en particulier tiraillait-elle si durement sa conscience ? C'était à cause de lui qu'elle avait eu un accès de miséricorde envers l'équipage français.

— Nous sommes en guerre. Je tue lorsque je sais qui sont mes ennemis, répondit-elle avec brusquerie. J'ignore tout de cet homme. Il pourrait être un allié ou, s'il travaille pour Charles de Blois, une excellente monnaie d'échange.

Elle jeta un coup d'œil en direction du bâtiment où Jack était retenu. Peu de domestiques étaient employés au château, mais, même à l'aube, l'endroit bourdonnait de vie et des activités du quotidien. En écoutant les bavardages des bonnes en train de laver le linge, un visiteur aurait pu se croire dans une maison tout à fait normale, et non dans le repaire d'un redoutable pirate.

— Peut-être se montrera-t-il plus loquace si c'est un

homme qui pose les questions. La plupart d'entre vous estimez que les femmes sont trop fragiles pour entendre la dure réalité.

Peut-être était-il temps pour Jack de rencontrer le Loup de mer ? Ce serait un excellent test, qui permettrait à Blanche de s'assurer qu'il ne lui servait pas deux versions de l'histoire.

— Je vais aller lui parler immédiatement.

Andrey la dévisagea de pied en cap.

— Dans cette tenue ? Et s'il te reconnaît ?

Blanche eut un sourire crispé.

— C'est fort peu probable. Il verra ce qu'il s'attend à voir : un homme avec un masque. Pourquoi s'imaginerait-il que je suis une femme sous ce déguisement, alors que je me comporte comme le ferait un homme ? Et puis, il ne m'a rencontrée qu'une seule fois, et brièvement.

Blanche prit la direction de la réserve. Le garde d'Andrey était assis au bout du corridor, à moitié assoupi. Agacée, Blanche le siffla et il se réveilla en sursaut.

— A-t-il causé des ennuis cette nuit ? s'enquit Blanche.

L'homme secoua la tête.

— Restez ici et attendez mes instructions, lui ordonna-t-elle en ramassant la lanterne sur la table.

Elle réajusta son masque et rabattit davantage le bord de son chapeau sur son visage avant d'ouvrir la porte.

Jack était allongé de tout son long sur les fourrures de sa paillasse, les mains croisées derrière la tête et une jambe pliée par-dessus l'autre. Il paraissait endormi, identique en tout point à l'homme qu'elle avait trouvé sur la plage la première fois. Elle fut presque tentée de le réveiller pour voir s'il renouvellerait son baiser et retrouverait une partie de sa mémoire, mais il redressa la tête dès qu'elle franchit le seuil.

— Madame, est-ce que c'est vous ? lança-t-il d'un ton avide.

Blanche s'interrompit, se demandant comment il avait pu si aisément la reconnaître. Elle adopta une voix plus grave, semblable à un grognement rauque.

— Non.

Blanche suspendit la lanterne au crochet cloué au dos de la porte et se tint devant lui, bras croisés et jambes écartées. Les hanches en avant à la manière d'un homme, elle haussa le menton d'un air supérieur. Le masque dissimulait son visage tandis qu'un grognement éraillé remplaçait les tonalités féminines de sa voix.

— Mes camarades disent que vous avez demandé à lui parler. Pourquoi ? De quoi d'autre avez-vous besoin ?

Blanche gesticula avec nonchalance en direction de son matelas couvert de riches fourrures, puis lança un regard appuyé à la bouteille de vin débouchée posée sur la table, près d'une assiette en bois vidée de son contenu. Elle savait également qu'il avait reçu de quoi se laver plus tôt dans la journée.

La mâchoire de Jack se raidit.

— Je n'ai pas à me plaindre de la façon dont je suis traité. J'ai tout ce qu'il me faut, à l'exception de ma liberté.

Un air de défi dans le regard, il s'assit, mais vacilla légèrement.

— Êtes-vous le maître de ce domaine ?

— Non. Mais vous en avez rencontré l'unique maîtresse, Mme Tanet.

Elle l'observa tandis qu'il digérait l'information. Lorsqu'il la dévisagea à nouveau, elle put lire la méfiance dans ses pupilles.

— Est-elle votre épouse ?

Blanche partit d'un grand rire.

— Mme Tanet est veuve. Elle n'appartient à aucun homme.

Jack inclina la tête sur le côté, comme si cette nouvelle suscitait son intérêt. Blanche sentit ses paumes devenir moites à l'intérieur de ses gants en cuir. La plupart des femmes avaient un *propriétaire*, et Blanche s'éveillait chaque matin consciente de la fragilité et du caractère inhabituel de son indépendance.

— Dans ce cas, que faites-vous ici ? l'interrogea Jack.

— La dame du château et moi avons un arrangement qui nous sied à tous deux.

Par précaution, elle exagéra davantage son accent pour s'assurer de parler comme les pêcheurs du village.

Jack écarquilla les yeux avant de les plisser de méfiance. Intéressant. Sans doute était-il en train de spéculer sur le type d'arrangement en question et d'en arriver à la conclusion la plus logique dans l'esprit d'un homme. Blanche avait à présent la certitude que Jack ignorait sa véritable identité, et cela lui conféra soudain une sensation de plaisir et de pouvoir. Elle tira son épée, mais n'esquissa aucun geste menaçant. Jack suivit son mouvement des yeux, ses larges épaules tendues.

— D'après Mme Tanet, vous prétendez ne pas vous rappeler qui vous êtes.

Le survivant lui lança un regard noir.

— Je ne le « prétends » pas ! C'est vrai !

Il avait revêtu une tunique lâche et une culotte appartenant aux domestiques. Sa chemise n'était nouée qu'à moitié, et Blanche dut s'efforcer de ne pas fixer trop ouvertement son torse. Jack jeta ses jambes par-dessus le bord de sa paillasse et lui désigna la table.

— Puis-je avoir du papier et de quoi écrire ? s'enquit-il.

— Vous savez écrire ? s'étonna Blanche en haussant un sourcil sous son masque. Vous savez cela, mais vous ne connaissez pas votre nom ?

Jack parut perplexe.

— Je sais certaines choses, même si j'ignore comment ou pourquoi. Je peux parler. Je peux également m'habiller, comme vous le voyez. J'espérais qu'avec de quoi écrire ou dessiner je pourrais retrouver une partie de ma mémoire.

Il tâta du bout des doigts les bords du bandage sur son crâne. Ses mains étaient longues et graciles, et ses ongles bien entretenus. Elle savait, depuis qu'elle avait veillé sur sa santé, qu'il avait d'anciens cals à la base de chaque doigt qui commençaient à se résorber. Un marin aurait eu des paumes bien plus cornées. Cet homme était un mystère, qu'elle mourait d'envie d'élucider.

— Qui êtes-vous ? murmura-t-elle.

Il parut surpris, et Blanche réalisa avec horreur qu'elle en avait presque oublié son déguisement, l'espace d'un instant. Une parole de plus, et il l'aurait percée à jour !

— Dites-moi la vérité, reprit-elle d'une voix plus dure. Je n'ai pas de temps à perdre avec des bonimenteurs !

— Je n'en sais rien, rétorqua-t-il en haussant le ton sous le coup de la frustration.

Il serra les poings et appuya sur ses tempes avec rage, avant de les envoyer dans le mur comme pour soulager sa colère. Son visage s'assombrit et, contre toute attente, il parut brusquement dangereux. Il se leva et fit face à Blanche, bras croisés et menton droit en signe de défi. Ses manches étaient relevées et dévoilaient ses avant-bras, hâlés sans être totalement brunis, contrairement aux hommes habitués à travailler dehors toute la journée. De bons bras. Des bras forts, songea Blanche, avant de se fustiger intérieurement d'avoir remarqué un tel détail.

— Je vous ai raconté tout ce que j'ai déjà expliqué à Mme Tanet. Présentez-moi à un autre résident et je lui dirai exactement la même chose. Où suis-je ? Je vous ai narré tout ce qu'il m'était possible de me rappeler, et pourtant aucun d'entre vous ne m'a expliqué où nous sommes ni pourquoi on me retient.

Il avança vers Blanche, qui leva sa lame.

— Pas un pas de plus.

— Qui êtes-vous ? gronda Jack. Vous entrez ici et me menacez avec une épée. J'exige de savoir pourquoi je suis prisonnier.

— Je ne menace personne, feula Blanche. Cette épée n'est là que pour ma protection.

— Contre quoi ? s'agaça Jack en montrant les dents.

Il écarta les bras et tourna lentement, offrant à Blanche une vision nette de son grand corps musclé. Cet homme n'aurait aucun mal à la maîtriser s'il décidait de passer à l'attaque. Elle resserra sa poigne sur son épée.

Lorsqu'il lui fit à nouveau face, il n'y avait aucune trace de crainte dans ses yeux, seulement de la colère, tenue en laisse tel un molosse. Contrairement au capitaine du *Charles Roi*, Jack n'était pas homme à trembler, même avec une lame sous la gorge.

— Je n'ai aucun moyen de vous attaquer ou de me défendre. Jusqu'à ce matin, c'est à peine si je pouvais me lever de ce lit. Vous me traitez avec fort peu d'égards, monsieur, quand tout ce que je demande, ce sont des réponses. Si je n'étais pas si faible et désarmé, je vous les arracherais au fil de mon épée !

— Dans ce cas, vous n'auriez guère besoin de vous battre pour obtenir ces réponses, fit remarquer Blanche.

Elle abaissa sa lame, sa main tremblant légèrement à l'idée de ce que cet homme avait déjà fait à ses lèvres...

— Mais de toute évidence, vous croyez en votre force, ce qui nous en dit long sur vous, n'est-ce pas ?

Il lui adressa un regard noir, puis se détourna et s'avança vers la fenêtre, sa frustration évidente. L'ouverture était étroite et en hauteur, comme un soupirail. Il se hissa sur la pointe des pieds et tendit le cou pour mieux scruter l'extérieur, saisissant les barreaux comme s'il espérait soulever son corps du sol. Ses bras étaient si musclés qu'il n'aurait sans doute aucun mal à y parvenir.

— Que voyez-vous ? l'interrogea Blanche, curieuse de

découvrir quel détail attirerait son attention. Dites-moi ce que cela vous évoque.

La lumière du jour inondait sa chevelure sable, faisant scintiller les mèches dorées et jetant une ombre sur ses pommettes sculptées.

— Est-ce une épreuve ? Aurai-je gagné ma liberté si je donne la bonne réponse ?

Elle haussa les épaules avec nonchalance. Leurs regards se croisèrent et, pendant un moment, Blanche demeura immobile, certaine que Jack l'avait reconnue en dépit du masque. Mais, finalement, il détourna les yeux et garda le silence, tournant la tête de part et d'autre. Blanche retint son souffle.

— Il y a une tour ronde dans le bâtiment d'en face, avec une fenêtre tout au sommet. Je sais que je suis dans un sous-sol, car je peux voir des portes et des marches.

Il renifla avant d'ajouter :

— Par ailleurs, je sens une odeur de grain, nous devons donc nous trouver dans une réserve, et non une cellule.

Il inhala à nouveau, plus lentement et plus profondément. Ses épaules se soulevèrent et son torse se gonfla. Il avait un corps si puissant, songea Blanche. Elle se surprit à se demander ce qu'elle ressentirait en caressant les muscles saillants de son dos qui dansaient sous sa tunique. Sans doute étaient-ils aussi durs et sculpturaux que ceux de son torse ? Elle avança d'un pas.

— Je peux sentir la mer, murmura Jack. Et la nuit, lorsque tout est calme, je crois entendre le chant des vagues.

Il lâcha les barreaux et retomba sur ses pieds avec une légèreté qui surprit Blanche, avant de se redresser.

— Je sais déjà que je me trouve sur la côte, car Mme Tanet m'a expliqué que l'on m'avait repêché tout près d'ici. Où est-elle, d'ailleurs ?

Blanche fut choquée par l'avidité qu'elle perçut dans sa voix. À la façon dont ses yeux se mettaient à scintiller lorsqu'il parlait d'elle, elle devina qu'il devait la trouver attirante. Elle se demanda à quel point le souvenir de leur baiser s'était effacé de sa mémoire et ce qu'il faudrait pour le faire resurgir.

— Vous aimeriez la revoir ? l'interrogea-t-elle. C'est une jolie femme, n'est-ce pas ? Même si elle est bien plus vieille que vous, je pense. Les hommes de votre âge ne préfèrent-ils pas courir après les beautés virginales ?

— Je ne cours après personne, répliqua Jack avec agacement.

Il leva le menton, son regard dur, mais Blanche pouvait percevoir de la douleur dans sa voix.

— J'aimerais lui parler parce qu'elle s'est montrée charitable envers moi lorsque je me suis réveillé et que je pense que c'est à elle que je dois ma survie. Je voudrais la remercier.

Blanche rengaina son épée et ajusta sa cape et ses gants.

— Peut-être la reverrez-vous. Je peux également lui faire parvenir tout message que vous souhaiterez lui transmettre. À présent, je dois vous laisser. J'ai d'autres affaires à régler.

— Suis-je un prisonnier ? l'interrogea Jack, une note de colère dans la voix. Allez-vous de nouveau verrouiller la porte ?

Blanche dut masquer un sursaut de surprise. Elle n'avait pas verrouillé la porte lorsqu'elle l'avait quitté la dernière fois ; s'il connaissait l'existence du verrou, cela voulait dire qu'il avait tenté d'ouvrir l'huis ou bien qu'il l'avait entendu avant cela. Dans ce cas, cela signifiait également qu'il avait feint le sommeil quand elle était entrée pour le laver. Son sens de l'impartialité lui fit remarquer qu'il n'était alors peut-être qu'à moitié conscient, et qu'il n'avait pas sciemment cherché à la duper. La part la plus méfiante d'elle-même, qui connaissait les hommes, ne pouvait s'empêcher de douter.

Jack fléchit ses bras.

— Je suis allongé dans ce lit depuis bien trop longtemps, je meurs d'envie de me dégourdir les jambes.

Blanche observa ces dernières : fièrement fichées dans le sol, elles étaient élancées et souples avec, elle ne put s'empêcher de le remarquer, un imposant dôme de tissu entre les deux. Elle avait cru son désir pour les hommes à jamais terni par les performances avilissantes qu'elle s'était infligées depuis la mort de Yann, mais elle sentit avec consternation la chaleur lui infuser les joues. De torrides images de passion commencèrent à germer dans son esprit tels des bourgeons ayant survécu aux gelées hivernales.

— Vous allez rester ici pour l'instant, ne serait-ce que pour votre sécurité. Mme Tanet a dû se battre pour que l'on vous évacue ; ses hommes sont bien plus méfiants qu'elle envers les étrangers. Nous vivons une époque dangereuse.

Elle frappa du poing contre la porte. Jack se tendit, comme s'il s'apprêtait à bondir en avant, mais, lorsqu'elle leva la main, il recula. De toute évidence, cette réponse ne lui plaisait pas du tout. Elle ne pouvait l'en blâmer.

Lorsque l'huis pivota, Blanche se fendit d'une profonde révérence, ôtant son chapeau de sa tête d'un large moulinet, avant de se glisser hors de la pièce. Elle verrouilla la porte, en s'assurant de faire un maximum de bruit pour que Jack comprenne ce qu'elle faisait.

Elle s'appuya dos contre la porte et retira son masque avant de s'éventer avec son chapeau. Andrey l'attendait au bout du corridor.

— Je pense qu'il dit la vérité.

— Lui as-tu parlé de ce que nous avons trouvé dans les tonneaux ? s'enquit Andrey.

Blanche secoua la tête. Le contenu de la marchandise s'était effectivement révélé surprenant, mais le moment ne lui avait pas semblé opportun pour lui lancer une telle information à la figure. Cet échange s'était avéré fort intéressant, car il avait permis à Blanche de voir comment

Jack se comportait lorsqu'il s'imaginait en présence d'un homme. Il s'était montré courtois, mais elle avait perçu la façon qu'il avait de chercher inconsciemment le conflit, un aspect de sa personnalité totalement absent quand il discutait avec Blanche. Elle s'était presque attendue à ce qu'il l'attaque à mains nues.

Sa perte de mémoire était réelle, elle n'en doutait pas, mais l'aider à guérir d'un tel mal constituerait un véritable défi. Elle comptait bien faire tout son possible, cependant. Cet homme la fascinait sans qu'elle puisse se l'expliquer. Elle avait besoin d'y réfléchir, mais pour l'instant elle rêvait juste de regagner son lit.

— Je tiens à avoir une autre discussion avec lui, plus tard, insista Blanche.

Elle pressa son oreille contre l'huis et entendit Jack qui marmonnait pour lui-même, sans parvenir à distinguer ce qu'il disait. Quel genre de combattant était-il ? Quel genre d'amant était-il ? Elle ignorait lequel des deux l'émoustillait le plus.

Chapitre 5

Jack fut tiré des bras de Morphée par un claquement de porte et le fracas du bois contre la pierre. Il était resté éveillé jusqu'à l'aube, ressassant sa conversation avec le mystérieux visiteur, avant de finalement s'endormir, épuisé.

Le vacarme le fit sursauter, et il tourna son regard embué de fatigue vers les deux silhouettes qui venaient d'envahir sa « chambre ». Des inconnus, vêtus de manteaux de laine bien taillés, aux ceinturons chargés de diverses armes.

— Debout, lança sèchement le plus jeune des deux, un bel homme aux cheveux bruns qui devait avoir la quarantaine. On te demande.

Jack fronça les sourcils et se redressa sur les coudes, jurant silencieusement lorsque le mouvement un peu trop vif lui fit tourner la tête.

— Qui ?

— Tu verras quand on y sera, répliqua son interlocuteur. Si tu ne viens pas de ton propre chef, nous avons ordre de t'y « conduire ».

Il repoussa un pan de sa cape pour dévoiler une paire de menottes reliées par une épaisse chaîne. Jack se leva aussitôt de sa paillasse, les poings serrés, et sentit la colère monter en lui. Il s'efforça de la contenir. Bien que le ton employé par son geôlier lui hérisse le poil, il n'était pas encore prêt à subir l'indignité d'être menotté. Par ailleurs, c'était la première fois qu'une occasion se présentait de quitter cette pièce ; il aurait été idiot de s'en priver par simple excès de fierté.

Il enfila un surcot ample par-dessus sa tunique et ses chausses, et trouva, posée au pied de son lit, une paire de bottes en cuir usé, éraflées aux talons et aux orteils, et hautes jusqu'aux genoux. Il les chaussa et constata avec étonnement qu'elles épousaient parfaitement la forme de ses pieds. Jack comprit aussitôt qu'elles étaient à lui. Il les examina un moment avec curiosité, espérant les reconnaître, mais en vain.

Les hommes l'attendaient ; celui qui avait parlé tapotait ses bras croisés du bout des doigts avec un air impatient. Une étincelle mutine s'éveilla en Jack, qui prit le temps de coiffer à l'aide de ses doigts la partie de sa chevelure qui n'était pas recouverte d'un bandage, de réajuster ses vêtements d'emprunt et de frotter son pouce sur ses dents pour les rafraîchir. Il perçut un sourire fugace sur le visage du second geôlier, plus vieux et trapu.

— Je suis prêt, annonça Jack à celui-ci. Où allons-nous ?

— Tu verras quand on y sera, répéta d'un ton agacé le premier homme aux cheveux bruns.

Ils le menèrent le long d'un corridor, et Jack jeta des coups d'œil curieux aux pièces qu'ils croisèrent. Sa chambre était bel et bien une réserve : les salles voisines étaient toutes utilisées pour stocker de la nourriture, y compris un fromage à l'odeur particulièrement forte qui lui mit l'eau à la bouche.

Ils grimpèrent un escalier et se retrouvèrent à l'extérieur, dans la petite cour que Jack pouvait voir depuis sa fenêtre. Il se retourna vers le bâtiment et identifia ce qui devait être l'emplacement de sa réserve, à l'autre bout de l'édifice. Il s'évertuait à ne pas la considérer comme une cellule, car la simple idée d'être emprisonné lui donnait la nausée. Alors qu'il s'apprêtait à traverser la cour en direction de la tour ronde, l'unique autre bâtiment dans l'enceinte du fort, le petit homme l'interrompit :

— Pas par là. Suivez-nous.

Ils le flanquèrent de chaque côté et le menèrent jusqu'à la grande porte située derrière la tour. Le vent les accueillit, soulevant ses cheveux et gonflant les manches trop amples de sa tunique. Il inspira profondément, se délectant de l'air frais marin après avoir vécu si longtemps dans les effluves de levure de la réserve. Un sentier parsemé d'ornières partait du château et sinuait en descendant vers la côte. Jack ignora les exhortations de ses gardes et jeta un regard en arrière. La tour ronde, basse et large semblait tassée sur elle-même, avec de hautes fenêtres à intervalles réguliers sur trois étages. Elle s'agrippait au sommet de la falaise, au bord d'un précipice profond de plusieurs dizaines de pieds et tapissé de rochers. Le simple fait de l'observer lui donna le tournis.

— Venez, l'encouragea l'homme trapu, tandis que le beau brun se contentait de le pousser sans douceur entre les omoplates.

Finalement, ils émergèrent sur une longue plage incurvée. Lorsqu'ils atteignirent enfin leur destination, Jack pouvait sentir une incommodante sueur froide couvrir son dos et ses aisselles et coller sa tunique à sa peau. Ce fut seulement à cet instant qu'il prit conscience de la gravité de son état de santé et de sa faiblesse. Il marcha toutefois sans soutien, déterminé à ne pas montrer sa fragilité, bien que sa lenteur irrite quelque peu ses geôliers.

Lorsque ses pieds s'enfoncèrent dans le sable, il dut lutter pour ne pas se laisser tomber à genoux. Au lieu de cela, il se redressa et but les environs du regard.

Des amas de rochers noirs et lisses émergeaient des vagues à chaque extrémité de la baie, lui offrant une délimitation naturelle, tandis que d'autres gisaient épars sur la plage, à moitié ensevelis sous les galets gris. Au gré du flux et du reflux, d'autres monstres de pierre sombre apparaissaient çà et là, tapis sous les eaux. La brise du large, féroce et mordante, poussait la marée en direction du littoral, où elle venait écraser ses puissants rouleaux gris dont l'écume recouvrait le sable. Plus loin, le ressac provoquait d'impressionnantes éclaboussures et trahissait la présence d'autres récifs. Au-dessus d'eux, des mouettes se laissaient paresseusement glisser à travers le ciel cendré, et leurs piaillements étaient l'unique mélodie à oser troubler le fracas des vagues.

Une silhouette solitaire se dressait fièrement sur un amas de pierres noires et plates, juste au-dessus de la marée. Face aux éléments, l'homme portait son chapeau bas sur son visage et avait revêtu une lourde cape d'ébène bordée de fourrure blanche, qui dansait avec la brise marine. C'était une posture digne d'une scène de théâtre, imaginée pour offrir un effet dramatique. Jack reconnut l'étranger qui lui avait rendu visite dans la réserve un peu plus tôt.

— Le voici, capitaine, lança l'homme trapu.

Le loup sur son rocher se tourna lentement vers lui, d'un pas assuré malgré le sol traître. Il portait à nouveau ce troublant masque bestial, et leva le menton.

— Merci, Andrey. Amène-le par ici.

Cet Andrey était le plus amical de ses deux geôliers. Il fit mine de prendre son bras, sans le contraindre, mais Jack se dégagea gentiment. Andrey ne parut pas en prendre ombrage, mais le suivit de près lorsque Jack traversa l'étendue de galets qui bordait les rochers. Incapable d'escalader la paroi pour rejoindre l'homme masqué, il s'arrêta. La pierre noire était humide et couverte de mousse, et Jack ressentit une violente nausée à l'idée de se hisser sur ce promontoire, de glisser et de s'écraser dans les flots en contrebas.

Le loup désigna les alentours d'un vaste geste de la main.

— Eh bien, maître Jack ?

— Eh bien quoi ? le singea Jack avec un regard de défi.

Il était plus petit que les deux autres, mais compensait sa taille par sa posture. Sous sa cape, qui le couvrait jusqu'aux genoux, une ceinture retenait lâchement sa tunique en cuir épais à ses hanches. De toute évidence, son torse était râblé, et Jack pouvait aisément imaginer un cou et un menton corpulents sous cette écharpe étroitement nouée. Mais l'homme ne semblait pas décidé à montrer sa bobine. C'était si troublant de ne voir que ces deux pupilles d'un noir de jais le fixer avec curiosité.

Sans doute pensait-il l'intimider par son déguisement ? Jack sentit son esprit se rebeller à cette idée… Il croisa les bras et écarta les pieds, les plantant fermement dans le sol.

— Je crains que vous n'ayez un injuste avantage, dans cette conversation. Après tout, j'ignore toujours votre nom.

L'homme lança un regard à Andrey et à son compagnon. Étaient-ils ses sbires ou ses complices ? Il fléchit ses bras.

— Je m'appelle Bleiz Mor.

Jack fit un pas en avant, la bouche ouverte, puis s'arrêta et eut un mouvement de recul lorsque le brouillard envahit une nouvelle fois son esprit.

— Vous avez déjà entendu mon nom, semble-t-il, ajouta l'inconnu.

Le soupçon dans la voix de l'homme était le premier signe d'émotion qu'il trahissait devant Jack.

— Non. Oui…

Jack sentit le doute l'assaillir ; il venait pourtant bien de ressentir quelque chose, à l'instant.

— Tous les marins et les Français ont entendu parler du Loup de mer, grogna le bel homme brun. Ils ont appris à le craindre.

— Merci, Ronec, le coupa Bleiz Mor avant d'incliner la tête sur le côté, visiblement curieux. Ronec a-t-il raison ?

— Je ne sais pas, répondit Jack avec un long soupir frustré. Votre nom me dit quelque chose, mais je n'arrive pas à me rappeler où je l'ai entendu. Vous-même m'êtes familier, pourtant j'ignore si nous nous étions déjà rencontrés. Mais j'aimerais pouvoir m'en souvenir.

— Cela pourrait vous tirer de cette situation épineuse, fit remarquer Bleiz Mor.

Je le sais bien, songea Jack avec amertume. Il s'approcha des rochers ; le Loup de mer n'esquissa pas un geste.

— Une partie de ma mémoire est comme perdue dans le brouillard, tenta d'expliquer Jack. Je me souviens de certains goûts et odeurs, parfois de voix ou de visages, mais tout se bouscule et leur origine m'échappe.

Il ferma les yeux et tendit la main, comme pour mieux saisir les images qui tournoyaient dans sa tête. L'homme l'observait avec curiosité et, cette fois encore, Jack eut une bouleversante sensation de familiarité qu'il ne parvenait pas à s'expliquer.

— Bleiz Mor… Est-ce votre nom ou votre titre ?

— Une question clairvoyante ! S'il vous est familier, vous devez donc savoir qu'il suscite la crainte. J'ignore si je peux me fier à vous. Vous pourriez être un allié des Français ou un espion de Charles de Blois… Dans ce cas, vous accorder ma confiance pourrait me valoir un couteau dans le dos.

— Dans ce cas, il aurait mieux valu que vous ne me disiez rien du tout, fit remarquer Jack.

— C'était aussi mon avis, grogna Ronec.

Apparemment, l'homme avait parlé sans autorisation, car Bleiz Mor tourna sèchement la tête vers lui et lui cracha une flopée de mots si rapides que Jack ne parvint pas à en saisir le sens. Son intention était claire, cependant, et la lueur de mépris dans le regard de Ronec lorsque celui-ci baissa les yeux lui confirma qu'il existait de l'animosité entre les deux hommes.

— M'avez-vous fait venir ici pour me juger ? demanda-t-il. Quel est mon crime ?

— Votre crime ?

Le loup inclina la tête sur le côté, une inflexion de surprise dans la voix.

— J'imagine que j'ai dû commettre quelque exaction pour me retrouver dans cette situation, menacé d'être traîné devant vous au bout d'une chaîne.

— On ne m'a fait état d'aucun crime, répondit simplement Bleiz Mor.

— D'aucun crime commis par moi, corrigea Jack. Mais quelque chose me dit que vous n'êtes pas un ami de la loi. Sinon pourquoi avoir recours à un tel déguisement ?

Il frappa le sol du pied, envoyant une gerbe de graviers cascader dans la mer, avant de faire à nouveau face à l'homme sur son rocher.

— Le navire sur lequel je voyageais s'est échoué, rappela Jack d'un air sombre. Mais j'ignore encore si c'était le résultat d'un accident ou d'un acte malveillant. Êtes-vous responsable de ma situation ?

Une colère brûlante s'empara de lui. Il était las jusqu'à la moelle et mourait d'envie de s'allonger, de quitter cette plage sinistre et battue par les vents. Et, par-dessus tout, il en avait assez de subir l'interrogatoire d'un malandrin qui n'avait même pas la dignité de montrer son visage.

— Allez-vous me garder prisonnier simplement parce que je n'ai pas eu la bonne fortune de mourir avec les autres ?

Il se tourna vers l'homme, euphorique à l'idée de se jeter dans une lutte à mains nues contre lui. Bleiz Mor manifesta son premier signe d'agitation, mais visiblement ce n'était pas la menace d'une attaque imminente qui le dérangeait.

— Je n'ai *aucun lien* avec cet incident, cracha-t-il d'un ton furieux. Et je ne vous ai pas fait venir ici pour vous juger ou vous condamner.

Il baissa la voix avant d'ajouter :

— Êtes-vous donc si certain que tous vos compagnons d'infortune sont morts ?

Jack réfléchit à cette remarque avant de répondre :

— Je le pense, oui. Mon identité est un mystère et, à l'évidence, vous souhaitez la connaître aussi ardemment que moi. S'il restait quelqu'un ou quelque chose pour vous dévoiler la vérité, je ne crois pas que vous me cacheriez une telle information. Quel intérêt pour vous ?

Bleiz Mor opina du chef.

— Vous êtes un homme intelligent. Nous n'avons trouvé aucun autre survivant. Il est possible que d'autres s'en soient sortis en atteignant la côte un peu plus loin, mais, si tel est le cas, nous ne les avons pas rencontrés. Vous avez eu de la chance.

À la grande surprise de Jack, la voix de l'homme masqué s'adoucit :

— Je vous offre mes condoléances.

Jack baissa la tête lorsqu'un profond chagrin s'abattit sur lui, lui gelant les entrailles. Il découvrit avec stupeur que ce sentiment de perte lui était aussi familier que sa vieille paire de bottes. Mais qui pleurait-il ainsi ?

Bleiz Mor s'adressa une nouvelle fois à Jack :

— Cet endroit vous rappelle-t-il quelque chose ?

Jack s'avança jusqu'au bord des vagues et s'accroupit en examinant les rochers ; rien n'éveillait le moindre souvenir. La mer s'étendait à perte de vue, et des récifs s'élevaient au-dessus de la surface, au loin, mais rien ne le frappa.

— Est-ce ici que vous m'avez trouvé ?

— En effet.

Il semblait y avoir une zone sombre sous les vagues, qui leur donnait une couleur noire et huileuse. À marée basse, on pouvait peut-être y marcher.

— Jusqu'où cela s'étend-il ? s'enquit Jack.

Bleiz Mor haussa les épaules.

— Suffisamment loin pour qu'un navire qui ne connaît pas la baie s'y échoue.

— Comme le mien.

— Comme le vôtre.

— Comment ai-je survécu ?

— Vous avez dû vous agripper aux rochers, et la mer a sans doute fini par vous rabattre sur la plage. Cela expliquerait la coupure sur votre crâne et les écorchures sur votre corps.

Jack porta instinctivement sa main à son bandage. La douleur avait commencé à s'estomper, si bien qu'il parvenait désormais à l'ignorer la plupart du temps. Les lacérations sur son torse et son ventre le grattaient à présent plus qu'elles ne le lançaient. Il toucha son buste, et le souvenir de la main douce de Mme Tanet emplit son esprit. Sa poitrine fourmilla sous ses doigts, et il prit conscience qu'il rêvait de sentir à nouveau sa peau sur la sienne. Il baissa le bras et serra le poing.

Levant les yeux, il croisa le regard de Bleiz Mor qui le fixait avec attention. Le masque et le chapeau empêchaient de distinguer le moindre aspect de son visage, mais l'inclinaison de sa tête irradiait l'arrogance et l'autorité.

— Vous ne m'avez rien appris d'utile, maugréa Jack. Et comme vous l'avez compris, je ne puis rien vous dire que vous ne sachiez déjà.

— Nous aurions sans doute mieux fait de vous abandonner à votre sort, cette nuit-là, acquiesça Bleiz Mor avec un rire cruel.

Jack leva les yeux, son corps rigide de colère.

— Peut-être, en effet, grogna-t-il. Quel intérêt de survivre pour finir captif de cette demi-vie sans aucun souvenir ? Si je me cognais la tête contre ces rochers, cela me rendrait-il la mémoire ou m'arracherait-il le peu qu'il m'en reste ?

— Je ne peux répondre à cette question, mais voici de quoi vous consoler : si vos souvenirs reviennent, je pourrai alors décider de votre sort. Qui sait, vous pourriez même être autorisé à repartir ?

— Et si je ne guéris jamais ? Devrai-je demeurer ici à tout jamais ? demanda Jack avec amertume, habité d'un besoin irréfléchi de mettre un terme aux tourments de son existence. Je suis las de vos insinuations et de cet interrogatoire interminable, poursuivit-il avec véhémence. Je préfère encore que l'on m'exécute sur-le-champ !

Il se précipita vers l'endroit où Bleiz Mor se tenait et tomba à genoux sur les galets, dévoilant sa gorge et désignant du doigt l'épée du loup. Que n'aurait-il pas donné pour que ce mécréant le frappe, ici et maintenant !

Bleiz Mor tira lentement sa lame, recula d'un pas et la pointa vers la poitrine de Jack, à un pouce de son cœur. L'organe en question se mit à marteler contre les parois de sa cage thoracique, comme un oiseau affolé cherchant à fuir, si bruyant qu'il en devenait une cible facile. Jack attendit le coup qui mettrait fin à sa vie sans jamais lâcher le regard de Bleiz Mor, déterminé à affronter la mort en face. Une petite voix lui susurrait que c'était ce qu'il souhaitait, depuis très longtemps.

— Vous ne craignez pas de mourir ? murmura Bleiz Mor.

Jack serra les dents. Ce soudain désir d'être libéré des chaînes de l'existence lui donnait l'impression de retrouver un vieil ami. Était-il donc si avide de quitter ce monde ? Et, si tel était le cas, qu'est-ce qu'une telle constatation lui apprenait sur sa vie ?

— Il semblerait que non, admit-il.

La lame hésita, puis Bleiz Mor la rengaina avec aisance.

— Vous êtes téméraire en plus d'être intelligent. Si vous ne recouvrez jamais la mémoire, je pourrais avoir besoin d'un homme tel que vous.

— D'un pirate ? comprit Jack avec un sourire méprisant.

— D'un protecteur de la Bretagne pour lutter contre ceux qui s'imaginent nous la voler, rétorqua Bleiz Mor avec calme. Nous combattons pour reprendre le contrôle de nos terres au nom du duc légitime. Il y a de bien pires existences que la mienne.

— Et de bien meilleures, cracha Jack avec mépris.

Les hommes honnêtes ne se dissimulent pas derrière des masques et ne menacent pas les gens désarmés.

Bleiz Mor releva le nez, et Jack se raidit, s'attendant à recevoir un coup, mais au lieu de cela le loup se pencha vers lui et murmura avec colère :

— Vous me parlez d'honnêteté, mais savez-vous ce que nous avons trouvé dans les fûts que transportait votre navire ? Cachées sous des bouteilles de picrate ? Des armes. Des épées et des couteaux. Votre vaisseau « marchand » faisait de la contrebande ! Alors ne soyez pas si prompt à nous juger, monsieur, car votre passé recèle peut-être plus d'horreurs que le nôtre. Pouvez-vous jurer ici, devant moi, n'avoir jamais tué ni volé ?

Jack baissa la tête. Il était incapable de répondre à cette question, mais sa soif de combat semblait en effet indiquer qu'il était ce genre d'homme.

Bleiz Mor gloussa, mais au lieu d'insister il s'adressa à Ronec :

— De toute évidence, il ne sait rien. Convaincu ?

— Je suppose. Alors c'est bon, je peux lui trancher la gorge, maintenant ? grogna Ronec en jouant avec la lame de sa dague.

Bleiz Mor parut réfléchir à son offre. Jack leva le menton et lui tendit son cou. Ronec rit et prononça des mots dans un dialecte qu'il ne connaissait pas. Bleiz Mor lui répondit avec colère, et les deux hommes se firent face en s'invectivant furieusement. Ronec était plus grand et plus large, mais le pirate trapu tint sa position sans jamais fléchir et, contre son gré, Jack dut bien avouer qu'il admirait la ténacité du loup. Il rit, et les deux flibustiers se tournèrent vers lui. Cet interlude dut briser la tension, car ils échangèrent une poignée de main.

— Il n'y aura pas de meurtre de sang-froid ici, insista Bleiz Mor.

Ronec rengaina sa dague et lança à Jack un regard aussi glacé que l'acier de sa lame.

— Patientez un moment, puis ramenez-le au château, ordonna le loup.

Il reprit le chemin qui les avait conduits jusqu'ici, laissant les trois autres hommes sur la plage. Jack scruta la petite silhouette qui s'éloignait avec dégoût. Il n'était peut-être pas responsable de sa situation, puisqu'il avait semblé particulièrement outré lorsque Jack l'avait suggéré, mais il n'avait rien fait pour lui faciliter la vie. Ses mauvaises manières l'irritaient profondément.

— Je tuerai ce fils de catin, maugréa Jack entre ses dents.

Où l'homme se rendait-il ? Habitait-il dans la tour avec Mme Tanet ? Jack fit mine de le suivre, mais Ronec et Andrey intervinrent aussitôt et lui saisirent chacun un bras. Il tenta de les repousser, mais ils tinrent bon. Les muscles bandés, il se tortilla pour se défaire de leur poigne ; Jack était puissant malgré la fièvre qui avait drainé son énergie, mais ses geôliers l'étaient tout autant. Au meilleur de sa forme, il aurait peut-être eu une chance de se libérer, mais pas aujourd'hui. Il devait recouvrer ses forces et gagner du temps.

Levant les yeux, il aperçut Bleiz Mor qui remontait le sentier et disparaissait au tournant. Jack jura intérieurement de se venger du loup pour lui avoir parlé de cette façon. Il arracherait sa langue arrogante et l'étranglerait lentement.

Mais une idée inquiétante germa au fond de son esprit ; des couteaux et des épées dissimulés dans les tonneaux de vin ? Se pouvait-il qu'il soit impliqué dans le même genre de truanderie que le Loup de mer ? Saurait-il jamais la vérité ?

Chapitre 6

Que faire, à présent ?

Blanche se débarrassa de son déguisement, plia la cape et les gants, et les rangea dans son armoire avant de déposer sous une petite table, au fond de la pièce, le masque glissé dans le chapeau. Elle prit un bain froid, brossa longuement ses cheveux, puis revêtit une robe. Retirer son costume du Loup de mer était toujours un soulagement, en particulier cet inconfortable masque, mais l'étroitesse de son corset lui faisait regretter de ne pas pouvoir porter une culotte et une tunique comme les hommes.

Elle s'assit devant la fenêtre tout en nettoyant ses ongles à la cire. Si quelqu'un découvrait des traces de crasse ou d'exposition aux éléments sur ses mains, cela pourrait mettre son entreprise en péril. De son poste d'observation, elle pouvait apercevoir le sentier qu'elle venait de remonter et vit Jack être ramené au château. Il marchait d'un pas lent, la tête basse et les épaules avachies. Soulagée que les menottes de Ronec n'aient pas été nécessaires, elle ne put s'empêcher de froncer les sourcils.

Cet étranger semblait si seul, son immense silhouette recroquevillée sur elle-même tandis qu'il marchait à quelques pas en amont de Ronec et d'Andrey. À l'évidence, il était toujours faible et sa sortie l'avait épuisé. Elle s'était presque attendue à le voir s'effondrer sur la plage ; d'ailleurs, lorsqu'il était tombé à genoux devant elle, elle avait cru un instant que ses forces l'abandonnaient.

Tout en tapotant le rebord de la fenêtre du bout des doigts, Blanche se remémora la sensation qu'elle avait éprouvée lorsque Jack s'était prosterné dans le sable, son torse lisse et halé mis à nu pour qu'elle mette fin à ses jours. Les écorchures avaient déjà commencé à disparaître. Même si Blanche avait eu dans l'idée de le tuer, ce qui était loin d'être le cas, la simple pensée de souiller un corps si parfait l'avait révulsée. Elle avait ressenti le besoin impérieux de retirer ses gants et de couvrir cet homme des caresses les plus osées, de palper la rigidité de ses muscles anguleux et de taquiner l'épi de poils soyeux qui tapissait sa peau entre ses deux pectoraux.

Elle s'était attendue à lire de la peur ou de la résignation dans ses yeux lorsqu'elle avait tiré son arme, mais ils flamboyaient d'une lueur de défi. Sa demande de mettre un terme à son existence ne l'avait pas entièrement surprise.

Elle fronça les sourcils.

Pas sa demande. Son injonction. À quoi pouvait bien ressembler son passé pour qu'il cherche à le fuir de façon si définitive ? Jack, qui qu'il soit, était un homme courageux qui ne craignait pas la mort. L'offre d'emploi était sincère, même s'il l'avait prise pour une provocation. S'il ne retrouvait pas ses souvenirs, peut-être réussirait-elle à le persuader ?

Que faire… ?

« S'il restait quelqu'un ou quelque chose pour vous dévoiler la vérité, je ne crois pas que vous me cacheriez une telle information », avait-il dit.

Il avait paru si désespéré et perturbé que Blanche avait commencé à craindre pour sa santé mentale. Elle se dirigea vers l'autre fenêtre et ouvrit son coffret à bijoux pour en sortir la croix de Jack. Ce bijou pourrait bien être la clé pour déverrouiller la mémoire de l'étranger, ou au moins une partie. Blanche se mordit la lèvre en se rappelant qu'elle ne savait toujours pas où se trouvait la boîte qu'ils lui avaient subtilisée. Elle avait dit à Andrey de ne pas l'ouvrir, puis ne s'en était plus souciée et en avait, hélas, perdu la trace parmi les restes du butin depuis leur retour au château. Priver Jack de ces objets semblait injuste, à présent qu'il était réveillé. Blanche caressa du bout des doigts les grenats sur la face avant du pendentif et laissa la fine chaîne couler entre ses phalanges. Elle la rendrait à son propriétaire dans un jour ou deux, lorsqu'il se serait totalement remis…

Blanche quitta son refuge et ordonna aux domestiques de préparer une chambre pour Jack. Bien qu'elle ne soit plus châtelaine que d'un petit fort avec une unique tour, elle n'en avait pas pour autant oublié les règles d'hospitalité qu'on lui avait inculquées pendant son enfance. Elle y avait fait une cruelle entorse à l'arrivée de Jack, mais comptait bien remédier à cela maintenant qu'il avait été décidé que l'homme resterait. Il ne pouvait tout de même pas loger dans sa réserve pour toujours !

Lorsqu'on l'informa que la chambre était prête, elle descendit à la cave. Marie piétinait au bout du corridor avec un bol dans les mains, l'air nerveux.

— Il ne va pas te mordre, la réprimanda-t-elle avec douceur en lui prenant la jatte de fromage blanc au miel avant de l'envoyer retrouver Andrey.

Blanche frappa au lourd panneau de bois. Il y eut un bref silence, puis la voix grave de Jack répondit :

— Qui est là ?

— Mme Tanet.

Elle pressa les mains contre la porte, mais dut patienter un instant avant qu'il ne l'invite à entrer. Il était debout devant la fenêtre, les bras tendus au-dessus de sa tête, comme s'il venait à nouveau de se hisser pour mieux observer la cour. Il se tourna vers elle et lui adressa un tel sourire que Blanche sentit ses orteils se recroqueviller de plaisir dans ses bottes.

— Bien le bonjour, madame. Je vous ai vue quitter la tour et j'espérais que c'était dans le but de me rendre visite.

Blanche déglutit difficilement à l'idée qu'il l'avait observée sans qu'elle en ait conscience. Elle ne put s'empêcher de se demander ce qu'il avait bien pu voir d'autre.

— Vous m'espionnez ?

— Quel verdict sévère ! s'exclama-t-il en jetant un œil à la fenêtre par-dessus son épaule. Je crains d'avoir bien peu de moyens de me distraire. Pouvez-vous me blâmer de souhaiter savoir ce qui se passe dehors ?

Elle inclina la tête pour signifier qu'elle comprenait et s'excusait, puis lui tendit la jatte.

— Je vous ai apporté de quoi vous sustenter.

Jack lui prit le récipient et se mit à manger, avalant délicatement les cuillerées de fromage blanc sucré. Il fit courir son index sur le fond du bol pour s'assurer de ne pas en laisser une miette et le lécha avec voracité. Il n'avait sans doute pas eu l'intention de rendre ce geste suggestif, mais Blanche ressentit des picotements dans la nuque à la vue de sa langue qui nettoyait méticuleusement ses doigts. Elle s'humecta les lèvres avec autant de gourmandise que si elles avaient aussi été couvertes de miel.

Il remarqua alors qu'elle l'observait, et fronça les sourcils.

— Pardonnez mon manque de manières. Je crains que ma faim n'ait eu raison de mon éducation.

— Vous retrouvez votre appétit maintenant que vous passez plus de temps debout, répondit-elle. C'est bon signe.

— En effet. La paillasse s'avère bien moins confortable lorsque l'on n'est plus à l'article de la mort.

Il s'étira la nuque, qui émit des craquements illustrant ses propos, offrant par la même occasion à Blanche une vue splendide sur les tendons de son cou et les muscles vallonneux de ses épaules. Cependant, Jack paraissait toujours fatigué. Les cernes sous ses yeux s'étaient légèrement résorbés et son visage semblait moins tiré, mais à l'évidence il manquait encore de repos. Blanche n'avait pas oublié son apparence pendant les jours de fièvre : des joues rouges sur un teint gris couvert de sueur.

— Dans ce cas, les nouvelles que je vous apporte devraient vous faire plaisir, déclara Blanche. Voulez-vous bien me suivre, je vous prie ?

Il plissa les yeux et jeta un regard au corridor derrière elle, s'attendant sans doute à ce que Ronec et Andrey l'escortent à nouveau.

— Bien sûr.

Jack chaussa ses bottes et lui emboîta le pas. Il marchait avec lenteur et précaution, l'air méfiant et le corps tendu, prêt à riposter. Qu'il en ait le souvenir ou non, cet homme était habitué à évaluer son environnement. Ils traversèrent la cour, mais, lorsque Jack prit la direction de la plage, Blanche le retint par le bras. Elle sentit ses muscles se raidir à ce contact, et il tourna brusquement la tête vers elle, les yeux brillants. Blanche retira aussitôt sa main, se rappelant qu'elle lui avait interdit de la toucher. Avec honte, elle prit conscience qu'elle aurait au moins pu lui accorder la même considération.

— Vous n'aurez pas à affronter les éléments, aujourd'hui, dit-elle en désignant la tour d'un geste.

Jack haussa un sourcil.

— Vous savez donc que j'ai été conduit sur la plage.

— Oui.

Le visage de Jack s'assombrit soudain, et son regard se fit soupçonneux.

— Je sais où vous êtes allé et qui vous avez rencontré, ajouta Blanche.

C'était un test : elle voulait s'assurer que Jack ne l'avait pas reconnue dans son déguisement.

— Étant donné votre état de faiblesse, défier Bleiz Mor était imprudent. La plupart seraient morts d'avoir osé le provoquer de la sorte. Il en a tué pour bien moins que cela.

Le visage de Jack se déforma de rage, et Blanche frémit.

— Je me moque qu'il soit sans pitié, il n'avait pas à jouer ainsi avec moi, à me narguer ni à émettre des accusations que je ne pouvais ni confirmer ni nier !

— Il devait s'assurer que vous n'étiez pas un agent de Charles de Blois, fit remarquer Blanche. Votre perte de mémoire aurait pu être une ruse, ou vous auriez pu involontairement nous mettre en danger par votre présence.

— Quand bien même, je n'apprécie guère ses manières, cracha Jack.

Il parut brusquement se rappeler qu'il s'adressait à une dame et recouvra son calme.

— La prochaine fois que nous nous croiserons, j'espère que ce sera l'épée au poing.

Il dégageait une incroyable aura de puissance. Blanche recroquevilla les doigts avec anxiété et les dissimula entre les plis de sa jupe. Il s'exprimait avec haine, et elle ne pouvait lui reprocher son aversion. Elle se jura alors intérieurement de ne jamais le laisser faire le lien entre le Loup de mer et elle.

— Madame, je dois vous le demander : êtes-vous en danger, ici ?

Sa première réaction fut de rire avec mépris et de rétorquer qu'elle était parfaitement capable de se défendre, comme elle l'avait fait face à Andrey au début de leur entreprise. Mais Jack la dévisageait avec une angoisse si sincère que les mots restèrent coincés dans sa gorge, et elle demeura là, immobile et bouche bée. Jack désigna le sentier de la plage d'un signe de tête.

— Cet infâme brigand vous menace-t-il ? Vous paraissez agitée et vous êtes très pâle.

Blanche leva lentement une main pour toucher sa joue. Sa

peau était brûlante, son sang fouetté par cette démonstration inattendue de sollicitude et par la flamme qui brillait dans les pupilles de Jack.

— Bleiz Mor n'est pas un danger pour moi, répondit-elle dans un murmure.

Ce fut tout ce qu'elle parvint à articuler.

Les iris bleus de Jack s'emplirent de doute. Prenait-il sa voix vacillante pour un aveu, persuadé qu'elle était trop effrayée pour parler ? Il s'approcha d'elle en tendant les mains, comme pour la protéger d'assaillants invisibles sur le point de l'attaquer. Ou pour l'envelopper dans son étreinte…

Blanche ressentit brusquement un besoin qu'elle avait cru éteint depuis des années… celui de se réfugier dans les bras de quelqu'un. Elle fit un pas incertain vers lui. Jack approcha ses doigts de son visage, mais hésita à un pouce d'effleurer sa joue du bout des doigts et interrompit son geste. Blanche sentit le suspens fourmiller dans sa poitrine comme une nuée de papillons ; elle aurait juré pouvoir percevoir la chaleur de sa peau tant ses nerfs étaient à vif. Il avança d'un autre pas, sans pour autant la toucher. Blanche prit soudain conscience qu'elle retenait son souffle. Lentement, Jack baissa sa main.

— Si vous en êtes certaine… Mais si je peux vous être d'une aide quelconque, si petite soit-elle, sachez que je suis à votre service.

Cette déclaration lui serra la gorge ; Jack, un étranger qui n'avait aucune raison de se soucier de son bien-être, lui proposait de devenir son protecteur alors qu'il était lui-même dans les ennuis jusqu'au cou. Cela faisait si longtemps qu'elle ne comptait plus que sur elle-même que la simple idée d'avoir un champion était aussi étrange que déconcertante.

— Merci, chuchota-t-elle en tendant la main. Venez avec moi. Le vent fraîchit.

Il s'approcha et prit son bras. Blanche le guida à l'intérieur de la tour, douloureusement consciente de son corps si près du sien. Une musique entraînante accompagnée du murmure de conversations provenait de la grande salle, où les tables avaient été disposées pour le repas du soir.

— Montons, l'encouragea-t-elle en désignant l'escalier en pierre.

Elle lâcha son bras et passa devant, s'arrêtant au premier virage pour s'assurer que Jack la suivait toujours. Il détourna brusquement les yeux avec un air coupable, qu'il dissimula rapidement. Blanche réfréna un sourire. Il avait profité de la situation pour admirer son corps et semblait avoir apprécié ce qu'il voyait. Comment aurait-elle pu le blâmer pour cela ? Elle-même peinait à ne pas le dévorer du regard à chaque instant. Ses vastes épaules, sa taille et la perfection de sa silhouette étaient si séduisantes…

Elle le mena jusqu'au premier étage et ouvrit l'une des portes en faisant signe à Jack d'entrer.

— Cette chambre est pour vous, annonça-t-elle en pénétrant à sa suite.

Jack s'immobilisa au centre de la salle et en détailla l'intérieur du regard. C'était l'une des pièces réservées aux visiteurs, qui de ce fait était décorée avec goût. Un lit de petite taille, mais confortable, avec une courtepointe luxueuse de laine verte brodée de soie bleue, était disposé contre le mur. Une tapisserie aux couleurs similaires couvrait la paroi opposée, au-dessus d'une modeste cheminée. Une table et une chaise avaient été savamment placées près de la fenêtre.

Jack paraissait méfiant.

— Est-ce ma nouvelle cellule ?

— Pas une cellule, répondit calmement Blanche. Je suis navrée que vous ayez eu l'impression d'être captif.

— La porte était souvent verrouillée, fit-il remarquer.

— Pour votre propre sécurité, rappela-t-elle avec

douceur, et cette pièce-ci possède également un verrou, pour préserver votre intimité.

Elle regagna l'entrée de la chambre et caressa le loquet en fer.

— Jack, vous êtes le bienvenu dans cette maison, en tant qu'invité. Avec un peu de chance, quelque chose finira par vous aider à retrouver la mémoire.

Jack s'approcha de la fenêtre. Contrairement aux quartiers de Blanche, qui occupaient tout le dernier étage, la pièce ne comptait qu'une seule ouverture, mais qui offrait une vue plongeante sur la cour. Il ne pouvait en revanche pas apercevoir la plage depuis là.

— Cela signifie-t-il que vous me faites confiance, à présent ? demanda-t-il en se tournant vers elle.

— Peut-être, répondit Blanche. En tout cas, suffisamment pour savoir que vous ne me mettrez pas volontairement en danger. Et puis, il était indigne de notre part de vous héberger dans la réserve.

Jack sourit.

— Dans ce cas, je vous remercie.

Il se dirigea vers le lit et appuya des deux paumes sur les couvertures pour en tester la fermeté.

— Je dois reconnaître que c'est un agréable changement.

Il fronça soudain les sourcils, comme si la vue du confortable matelas drainait ses dernières forces et lui rappelait à quel point il était encore épuisé. Il s'y assit, puis s'allongea et s'étala de tout son long sur la surface avant de tourner la tête vers Blanche, qui ne put ignorer l'invitation qui scintillait dans ses yeux. Elle sentit son cœur bondir dans sa poitrine. Cet homme étendu de façon suggestive lui rappelait une sombre époque où rejoindre un partenaire dans sa couche ne relevait pas de son propre choix… Elle eut un mouvement de recul.

— Que faites-vous ? Croyez-vous que j'ai l'intention de partager ce lit avec vous ?

Jack se redressa comme si le matelas s'était changé en fer rouge, une expression de surprise consternée sur le visage.

— Non, madame Tanet, pas du tout ! Jamais je ne présumerais une telle chose. Je ne faisais qu'apprécier le confort de ce matelas, par rapport à mon ancienne paillasse… Même si je vous étais déjà très reconnaissant de ce logement d'appoint.

Il se leva et s'éloigna du lit comme s'il regorgeait de puces.

— Je vous en prie, veuillez excuser ma maladresse.

Ils échangèrent un sourire embarrassé.

— Nul besoin, répondit Blanche.

Elle avait atteint cette conclusion erronée par elle-même, imaginant une attente qu'il n'avait pas émise. Elle se dirigea vers la fenêtre et regarda dehors, consciente que Jack suivait des yeux ses moindres gestes. La vague de chaleur nichée entre ses seins et ses reins s'intensifia.

— Vous devez comprendre… Je suis veuve et je vis ici modestement. C'est moi qui devrais m'excuser d'avoir cru que vous vous permettriez une telle chose.

À ces mots, elle sentit le rouge lui monter aux joues. Jack ne pouvait pas savoir que, depuis la mort de Yann, elle avait dû autoriser un certain nombre d'hommes à prendre des libertés avec elle, lorsque la situation l'avait exigé. S'il connaissait son passé, il aurait eu raison de croire qu'elle tomberait si aisément dans son lit. Il se plaça à ses côtés, près de la fenêtre, et posa ses mains sur le linteau en pierre. Baissant les yeux, il observa la cour en contrebas et tendit le cou pour apercevoir les champs et le littoral, loin au-delà des remparts.

— Suis-je confiné dans cette chambre ?

Blanche jeta un regard alentour. La pièce était de belle taille et bien plus luxueuse que la réserve. Elle se souvint de ses longues enjambées rageuses sur la plage, lors de son entretien avec Bleiz Mor. Maintenant que la fièvre était passée, il regagnait petit à petit sa vitalité et Blanche pouvait presque voir ses forces revenir sous ses yeux. C'était un homme qui avait besoin de mouvement, le cloîtrer entre quatre murs allait à l'encontre de sa nature. Sa présence emplissait l'espace, alors même qu'il se tenait immobile juste là. Hélas, elle prévoyait d'attaquer une ville sous contrôle français de l'autre côté de la baie dans deux nuits et ne pouvait risquer qu'il découvre ses plans.

— Je pense qu'il serait plus sage que vous ne quittiez pas votre chambre sans que je ne sois là pour vous accompagner.

Jack lui adressa un regard soupçonneux, ses yeux déjà embués d'épuisement, puis tourna la tête vers la porte.

Blanche soupira.

— Vous n'êtes pas un prisonnier, comme je ne cesse de vous le répéter. Je vais ordonner à mes domestiques de vous traiter comme un invité. Vous pourrez vous joindre au reste de la maisonnée pour notre repas du soir au bout d'une nuit ou deux. Je reçois quelques convives et je n'ai guère l'habitude d'avoir de la compagnie, vous devrez donc m'excuser si j'ai l'air mal à l'aise.

Il inspira profondément, puis inclina la tête sur le côté et dévisagea Blanche d'un regard mesuré.

— Peut-être pourrai-je dîner avec vous ici, ce soir, suggéra-t-elle.

Elle n'aurait pu dire qui d'elle ou de lui fut le plus surpris par son offre. Blanche s'était laissé entraînée par l'impulsion du moment. Cet homme l'attirait, qu'elle le veuille ou non, et l'idée d'en apprendre davantage sur lui l'émoustillait.

Le sourire de Jack toucha ses yeux, et sa fatigue parut s'atténuer.

— J'en serais honoré, dit-il.

Ils se dévisagèrent plus longtemps qu'il n'était raisonnable, et quelque chose passa entre eux, tirant un frisson à Blanche. Il était terriblement séduisant. Une petite voix s'éveilla dans sa tête, telle une mise en garde. Elle détourna brusquement les yeux, brisant le lien qui avait commencé à s'établir entre eux.

— Je vais vous laisser vous habituer à vos nouveaux quartiers. Y a-t-il quoi que ce soit que nous puissions vous faire porter de votre ancienne chambre ?

Jack secoua la tête.

— Je ne possède rien. Ce que j'ai écrit n'a aucune valeur. J'essayais de voir si quoi que ce soit me revenait en posant mes idées sur le papier, mais ce n'était qu'un coup d'épée dans l'eau. Mes sincères remerciements, madame. Il semble que je sois destiné à demeurer éternellement votre débiteur. J'attendrai avec impatience notre prochaine rencontre.

Blanche regagna l'escalier et s'apprêta à monter.

— Qu'y a-t-il là-haut ? l'interrogea Jack.

— Mes quartiers privés.

Blanche soutint fermement son regard.

— C'est le seul endroit dont je vous interdis formellement l'accès. Personne n'est autorisé à s'y rendre à part moi.

Jack s'inclina, mais, lorsqu'il se redressa, il ferma les yeux et vacilla légèrement, soudain livide. Blanche tendit les mains pour lui permettre de retrouver son aplomb, une sur son torse et l'autre sur son bras.

— Je vais bien, marmonna Jack en s'appuyant contre l'encadrement de la porte. Vous n'êtes pas obligée de m'aider.

Il était affreusement pâle à présent et n'allait de toute évidence pas bien du tout, en dépit de ses protestations. Blanche admirait sa détermination, mais lui offrit malgré tout son soutien. Bien qu'elle ait confiance en sa propre force, elle savait qu'elle ne pourrait supporter la totalité de son poids s'il tombait, aussi le guida-t-elle le long du mur pour qu'il puisse y prendre appui. Son corps était chaud et ses muscles fermes. Elle posa sa main bien à plat sur la légère courbe de ses côtes, juste au-dessus de son cœur qui retrouvait progressivement un rythme normal. Ils étaient si proches l'un de l'autre qu'elle pouvait sentir la robustesse de son buste et de sa cuisse contre sa peau. Les muscles de son bras se tendirent et fléchirent au contact de ses doigts, et Blanche fut envahie par une bouffée de désir qui submergea ses membres et ses veines, lui donnant brusquement la sensation d'être aussi faible que Jack.

Il ouvrit les yeux et la couva d'un regard intense et brûlant. Blanche laissa sa paume glisser avidement jusqu'au sommet de son torse, touchant la peau au-dessus de ses clavicules. Elle était si douce et délicate, malgré le voile de sueur qui l'avait recouverte comme de la rosée. Un grondement sourd, à peine perceptible, s'éleva de sa gorge, et Blanche éprouva dans tout son corps le besoin primitif d'y répondre en écho.

— Vous sentez-vous toujours faible ? s'enquit-elle.

Elle-même redoutait de tomber en pâmoison, emportée par une vague d'un désir plus puissant que tout ce qu'elle avait connu.

Jack lui adressa un sourire triste, comme si admettre une telle chose le peinait.

— La journée a été rude. Je crains de ne plus être aussi fort que je l'étais.

— Vous devriez vous asseoir, murmura Blanche.

Plus elle passerait de temps entre ses bras, et plus il serait difficile de résister à la tentation de l'embrasser à nouveau.

— Merci, mais je crois que je préférerais m'allonger, si vous le permettez ?

Il fit un pas mal assuré vers l'avant.

— Vous n'avez pas besoin de ma permission dans votre propre chambre. M'autorisez-vous à vous aider ?

Il lui lança un regard de biais, et Blanche se demanda s'il était trop fier pour accepter l'assistance d'une femme ; mais finalement il sourit.

— Je vous en serais reconnaissant.

Il s'appuya sur son bras tendu, mais Blanche remarqua qu'il s'efforçait de ne pas trop peser sur elle. Elle le guida jusqu'au lit, arrangea son oreiller et l'aida à s'allonger en s'asseyant au bord du matelas à côté de lui.

Alors qu'elle baissait les yeux sur lui, un frisson d'excitation la parcourut ; ils étaient si proches, et le malentendu de tout à l'heure était toujours frais dans sa mémoire. Elle avait déjà connu le plaisir de cette proximité, quand elle avait soigné sa fièvre, mais désormais il était conscient et, en dépit de sa faiblesse, il la dévisageait avec attention. Cela faisait si longtemps qu'elle n'avait plus accueilli d'homme dans son lit, du moins un homme dont elle avait réellement envie, et la vue de cette silhouette immobile, à la fois puissante et vulnérable, la troublait profondément. Elle remonta les fourrures sur ses jambes.

— Merci, murmura-t-il.

Il plongea ses doigts dans l'épaisse peau de loup et soudain une lueur embrasa son regard.

— Vous aimez les loups, madame ?

Blanche sentit ses entrailles se tortiller. La soupçonnait-il ? Essayait-il de la piéger ?

— En effet. Ils sont féroces et loyaux envers leur meute. Et leur fourrure est la plus chaude qui soit, en hiver. Mon époux était un chasseur émérite et en a abattu un grand nombre. Il disait toujours que seul un animal capable de tuer un homme valait la peine d'être traqué.

Le visage impassible, elle remonta davantage la fourrure sur le blessé. Yann n'avait pourtant pas vaincu face aux Français, et sa mort n'avait pas été digne d'un chasseur. Rien qu'une boucherie de plus. Lorsqu'elle avait juré de le venger, Blanche avait choisi sa nouvelle identité de façon à rendre hommage à la proie préférée de Yann, afin de ne jamais oublier pourquoi elle s'était lancée dans cette entreprise.

Jack étouffa un bâillement, et les tendons de son cou ondulèrent.

— Madame Tanet, je crains de devoir décliner votre

offre de dîner ensemble ce soir, j'espère que vous ne m'en tiendrez pas rigueur.

— Pas le moins du monde, répondit Blanche, soulagée de ne pas avoir à passer davantage de temps en sa compagnie ou à expliquer sa présence à ses gens.

— Quelque chose vous tracasse ? demanda doucement Jack, ses sourcils froncés alors même que ses paupières s'alourdissaient visiblement.

— Rien qui nécessite que je m'épanche.

Blanche secoua la tête, touchée par sa sollicitude. Elle posa sa main tout près de celle de Jack, sur le couvre-lit, et remarqua que ses longs doigts graciles se recroquevillaient, preuve qu'il avait conscience de leur proximité. Blanche se leva et lissa sa robe.

— Vous feriez mieux de dormir. Je vous ferai porter de la nourriture et du vin. Mes domestiques se feront un plaisir de vous servir. Mais pour le moment, reposez-vous.

— Vous êtes mon hôtesse. Je ferai selon vos désirs.

Il ferma les yeux. Blanche se dirigea vers la porte, d'où elle le regarda s'apaiser et sa respiration devenir régulière ; il paraissait profondément endormi lorsqu'elle quitta la pièce.

Andrey se réchauffait les mains près du foyer de la grande salle. Le vent du large soufflait rageusement vers la terre et, bien que les fenêtres soient couvertes d'écrans formés de lamelles de cornes trempées et aplaties jointes les unes aux autres, il était impossible de débarrasser le château de tous ses courants d'air.

— Il se repose, annonça-t-elle à son cousin. Il demeurera dans sa chambre jusqu'à ce que je l'invite à en sortir.

— Tu penses qu'il t'obéira ?

Andrey lui lança une œillade sceptique.

— Oui. Il est encore faible. Mais place un garde devant sa porte, juste au cas où. Un domestique qui nous est loyal. Je suis peut-être charitable, mais pas idiote.

— Certains diront que le garder en vie ou lui offrir une chambre prouve le contraire, fit remarquer son cousin.

Ils savaient tous deux à qui il faisait allusion. Ronec et Andrey s'étaient hargneusement disputés au sujet de la « libération » de Jack, mais comme toujours Blanche avait eu le dernier mot dans sa propre maison. Ce qui l'inquiétait vraiment, c'était combien de temps cette situation précaire pourrait durer.

Elle devrait faire preuve de prudence, le jour où Ronec croiserait Jack à nouveau. Son invité n'apprécierait sans doute pas de manger à la table de l'homme qui avait menacé de l'enchaîner, et Ronec se montrerait aussi odieux qu'à l'accoutumée.

— Je refuse de tuer quelqu'un de sang-froid. Plus tôt il se remettra, plus vite il pourra recouvrer la mémoire et rentrer chez lui. Alors nous pourrons reprendre nos affaires en paix.

— Toi, tu refuses de tuer de sang-froid ? répéta Andrey avec un sourire incrédule.

— Je ne faisais que venger la mort d'hommes vaillants et combattre pour notre pays, comme tu le sais. Ces morts étaient honorables.

Ils se serrèrent la main, puis Blanche s'éclipsa sans un regard en arrière. Au lieu d'appeler un domestique pour récupérer les affaires de Jack dans la réserve, elle choisit de s'en charger elle-même. Elle plia les fourrures de la paillasse et les tint près de son visage pour mieux en humer le parfum ; elle se demanda si leur fragrance musquée provenait de la peau de loup ou de l'odeur naturelle de Jack. Elle inspecta les feuillets couverts d'écriture qui avaient été empilés avec soin. Comme son invité le lui avait expliqué, ils contenaient principalement des gribouillis, avec quelques tentatives maladroites de capturer la forme des rochers de la baie. La plupart étaient simplement noircis de multiples colonnes reprenant son nom : « Jack ». Sa calligraphie se faisait plus assurée à mesure qu'il avançait sur la page et se terminait avec des fioritures semblables à une signature.

Blanche les emporta dans sa chambre et les déposa à côté de la croix, sur son bureau. Elle s'y assit, le menton dans les mains, et étudia les maigres possessions de Jack. Chaque minute de plus durant laquelle elle lui dissimulait l'existence de ce bijou faisait du tort à Jack, mais elle se rappela la haine qui avait envahi son regard lorsqu'il l'avait vue dans son déguisement.

Elle lui rendrait le pendentif dans un jour ou deux, lorsqu'il dînerait avec elle… Pour le moment, elle se surprenait à souhaiter sa compagnie bien plus qu'elle ne s'en serait crue capable.

[illegible] qu'il donnait sur le [illegible]
[illegible]
[illegible]
[illegible] qu'il y laisse le manteau
[illegible]
[illegible]
[illegible]
[illegible]
[illegible]

Elle lui rendrait le manteau dans un jour ou deux [illegible] avec elle. Pour [illegible] plus [illegible]

Chapitre 7

Pendant deux jours, Jack obéit aux ordres de Mme Tanet et demeura cloîtré dans sa nouvelle chambre. Il en était même heureux, car ce temps de repos forcé lui permit de récupérer plus rapidement. Sa tête guérissait progressivement, et son corps retrouvait son énergie.

Il dormait un peu moins chaque jour et ne se sentait plus aussi épuisé le soir venu. Ce fut sans doute pour cette raison qu'il se réveilla en pleine nuit, lorsque des voix le tirèrent de son sommeil. Dehors, les ténèbres régnaient ; l'air était froid et humide, et Jack, confus, crut d'abord qu'il vivait un rêve particulièrement réaliste. Puis il entendit un fracas, et les voix haussèrent le ton. Il perçut des inflexions féminines et ouvrit aussitôt les yeux.

Ce n'était pas un songe ; le vacarme provenait de la cour. Et Mme Tanet s'y trouvait. Il se pencha à la fenêtre juste à temps pour voir un petit groupe de silhouettes disparaître au coin des remparts.

Bleiz Mor. C'était forcément lui. Jack revêtit sa tunique et ouvrit sa lourde porte. Il n'avait pas fait deux pas qu'il percuta un homme assis sur un tabouret bas qui avait été installé sur le palier. Il n'était peut-être pas enfermé, mais on le surveillait toujours.

— Que se passe-t-il, dehors ? demanda-t-il.

Le garde se leva, et Jack constata qu'il était plutôt vieux.

— Laissez-moi passer, ajouta-t-il.

Il tenta d'esquiver son geôlier, mais ce dernier le bloqua prestement en écartant les bras.

— Vous devez rester ici. Madame m'a ordonné de veiller sur vous.

— Où est Mme Tanet ? s'enquit Jack. Je veux lui parler.

Il espérait seulement que, là où elle se trouvait, elle était à l'abri de Bleiz Mor. Il pivota pour grimper les marches qui menaient à ses quartiers, mais le garde le retint d'une main tout en tirant son épée de l'autre.

— Personne n'est autorisé à monter. Retournez dans votre chambre et j'irai l'informer que vous souhaitez lui parler.

À contrecœur, Jack obtempéra. Il laissa sa porte ouverte, mais l'homme la referma derrière lui avec un regard chargé de reproches. Jack écouta attentivement : les pas du garde descendaient au lieu de monter. Il n'avait pas imaginé que Mme Tanet puisse se trouver dehors à cette heure.

Celle qu'il attendait se présenta quelques instants plus tard, une lanterne à la main, enveloppée dans une cape fluide qui la couvrait des pieds jusqu'au cou.

— Vous allez bien ? l'interrogea Jack avec inquiétude.

— Bien sûr, pourquoi ?

Elle l'observa avec méfiance, et Jack éprouva un féroce élan protecteur à son encontre. Il voulait la serrer contre lui et lui promettre qu'elle ne craignait rien. Que, quel que soit le danger qui lui avait tiré un cri, tout était terminé et qu'il la défendrait envers et contre tout. Son être tout entier l'exhortait à la mettre à l'abri. Un seul geste de sa part l'encourageant à la prendre dans ses bras et il n'hésiterait pas une seconde… mais elle se contenta de lisser ses cheveux et de resserrer son col autour de sa délicate gorge.

— J'ai entendu des cris, expliqua-t-il. Cela m'a réveillé.

— Tout va bien, le rassura Mme Tanet. Une poignée

d'hommes du village ont bu plus que de raison et ont décidé d'aller pêcher en pleine nuit.

Sa coiffure était défaite, et son visage ainsi que son cou avaient rosi. Elle irradiait la vitalité. Si elle était descendue de sa chambre, Jack en aurait déduit que le scintillement de ses prunelles et le chaos de sa chevelure étaient le résultat d'une nuit de plaisir. Le Loup de mer était-il son amant ? Une pointe de jalousie lui transperça le cœur par surprise, le forçant à reconnaître à quel point il la désirait.

— Que faisaient-ils dans l'enceinte du fort ?

Mme Tanet s'approcha de lui et posa une main sur son bras, ce qui lui fouetta aussitôt les sangs.

— Jack, je vous remercie pour votre sollicitude, mais vraiment elle est inutile.

Elle leva vers lui le regard innocent d'une biche.

— Le problème est résolu, à présent. Retournez vous coucher. Vous n'êtes pas encore complètement remis. Vous avez besoin de repos.

Elle fit rouler sa nuque, allongeant son élégant cou en une sublime courbe d'un blanc crémeux et légèrement rosi.

— J'aimerais aller dormir également, avoua-t-elle.

Jack étouffa un bâillement. Elle avait raison, la fatigue était toujours présente. Il n'était même plus capable de dire quelle part du vacarme était réelle et laquelle provenait de ses rêves. Si Mme Tanet n'avait pas été debout devant lui dans une cape qui recouvrait ses vêtements de nuit, il aurait presque pu douter avoir entendu sa voix. Il se demanda soudain si elle était nue sous cette couche de tissu, mais regretta amèrement cet accès d'égarement qui lui tirailla douloureusement l'entrejambe. C'était une vraie surprise. Quand avait-il ressenti un tel désir pour la dernière fois ? Certainement pas depuis son réveil dans la réserve... Mais l'image de Mme Tanet en tenue d'Ève avait eu sur lui un effet sans équivoque.

Elle glissa ses doigts dans la cascade ondulante de

mèches noires, sans doute dans l'espoir de les lisser, et les fit inconsciemment scintiller d'un éclat pourpre à la lueur de la lanterne. Jack sentit son membre se rigidifier totalement, sa poitrine se comprimer et son souffle se coincer dans sa gorge. Il mourait d'envie de caresser ce flot soyeux, mais une petite voix au fond de son esprit qu'il avait jusque-là oubliée l'incita à la retenue. Une brève image de pâles boucles blondes s'imposa soudain à lui. Jack se figea instantanément et sentit son excitation retomber. Avait-il une épouse qui attendait son retour, quelque part, et dont le visage était enfoui dans les brumes de sa mémoire ? La culpabilité l'envahit. Peu importait combien il désirait Mme Tanet ; il ne devait pas agir avant de connaître la vérité.

— Bonne nuit, madame, déclara-t-il en reculant.

Mme Tanet lui répondit d'un hochement de tête élégant. Elle monta les marches en direction de sa propre chambre, et Jack entendit le son de ses pas résonner contre les murs de pierre. Il la suivit du regard jusqu'à ce qu'elle disparaisse de son champ de vision. Sa longue cape traînait derrière elle et, alors qu'elle la soulevait légèrement pour monter une marche, il aperçut un talon en cuir. Jack regagna son lit, déjà à moitié endormi, se demandant toutefois pourquoi son hôtesse avait pris le temps d'enfiler des bottes de cavalier sous sa cape.

Mme Tanet rendit visite à Jack le lendemain matin avec un large bol d'eau chaude et des bandes de tissu. Jack la laissa les déposer sur la table, tandis qu'il s'asseyait sur la chaise près de la fenêtre, mais, lorsqu'elle trempa l'une des étoffes, il la lui prit délicatement des mains.

— Vous êtes mon hôtesse et la châtelaine de ce domaine, déclara-t-il. C'est un travail de domestique.

Elle lui lança un regard amusé.

— Ne soyez pas ridicule. Marie a toujours un peu peur en votre présence, et je n'ai personne d'autre pour l'instant.

À moins que vous ne préfériez qu'Andrey soigne vos blessures ? Par ailleurs, j'ai fait bien pire dans ma vie.

— Comment cela ?

— J'ai deux enfants. Une fois que vous vous êtes occupé d'eux dans les situations les plus ingrates, un peu de sang ne vous effraie plus.

Elle parlait sur le ton de la plaisanterie, mais il la vit ciller et afficher un sourire figé. Jack n'avait à aucun moment détecté la présence d'enfants dans le château ni même entendu leurs voix. Une boule de plomb lui tomba dans la poitrine, et il se demanda soudain s'il était lui-même un époux et un père.

— Parlez-moi de vos enfants, s'enquit-il pour se distraire de telles pensées.

— Que souhaitez-vous savoir ?

Elle paraissait soupçonneuse, et il se souvint qu'elle ne lui faisait pas encore totalement confiance. Croyait-elle qu'il tentait de la piéger ? Cela ne le rendait que plus avide d'en apprendre davantage.

— C'est juste pour faire la conversation, admit-il avec un haussement d'épaules. Je ne voulais pas me montrer indiscret. Avez-vous des fils ou des filles ?

Il lui adressa ce qu'il espérait être un sourire désarmant mais sincère. Elle hésita, puis répondit :

— Un de chaque. Maëlle est ma fille. Elle a quinze ans maintenant.

Le visage de Mme Tanet s'assombrit de chagrin.

— Son père n'a pas vécu assez longtemps pour la connaître. Maël et moi nous sommes mariés lorsque j'avais moi-même quinze ans, mais il est mort quand j'ai eu dix-huit ans. J'étais enceinte.

Le cœur de Jack palpita de compassion. Quelle triste situation, de se retrouver mère d'un enfant sans père à un âge si jeune ! Il tenta d'imaginer la femme qui lui faisait face telle qu'elle était à dix-huit ans, mais il trouva cela impossible. À quoi ressemblait-elle, au printemps de sa vie ? Elle avait un visage anguleux, et les rides légères aux coins de ses yeux et de sa bouche lui allaient à merveille. Il se demanda si elle était aussi jolie à l'époque, ou si c'était son regard empreint de sagesse et son élégance digne qui conféraient tant d'éclat à sa personnalité.

— Et votre fils ? s'enquit-il.

— Fransez a onze ans.

Il n'avait guère besoin d'être un expert des chiffres pour comprendre que quelque chose ne collait pas. Elle l'observa se débattre avec cette information, un léger sourire adoucissant son expression.

— Vous n'avez pas eu qu'un seul mari ? clarifia-t-il.

— Non, en effet. Yann, mon second époux, était son père.

Jack se demanda combien de temps elle avait attendu avant de se remarier, et depuis quand elle était à nouveau veuve.

— Je n'ai vu aucun enfant, ici.

— C'est parce qu'ils sont ailleurs. Maëlle habite dans un couvent au sud de Brest. Elle a choisi cette voie. Je ne peux pas dire que je comprends sa décision, car un tel isolement serait une torture pour moi, mais sa foi est sincère et elle est heureuse.

Mme Tanet secoua la tête d'un air songeur, comme pour souligner l'excentricité de la jeunesse.

— Fransez est… un garçon qui a besoin d'être entouré d'hommes pour lui montrer comment se comporter. J'ai eu la chance de pouvoir lui assurer une place dans un établissement prestigieux, loin du danger et de la guerre.

Ses yeux brillèrent de fierté.

— Vos enfants ne vous manquent pas ? l'interrogea Jack. N'était-ce pas difficile de les laisser partir ?

Elle se mordit les lèvres jusqu'à les faire blanchir.

— Bien sûr qu'ils me manquent, mais une mère doit accepter qu'elle ne pourra pas garder ses enfants près d'elle pour toujours. Je veux ce qu'il y a de mieux pour eux.

Elle croisa les bras et lança à Jack un regard sévère.

— Vous ne demanderiez pas à un homme s'il supporterait de se séparer de ses enfants, n'est-ce pas ? Pourtant, les hommes le font chaque jour. Avez-vous abandonné les vôtres facilement ?

— J'ignore si j'en ai ! lui rappela Jack avec amertume.

Un silence gêné emplit la pièce. Jack baissa la tête, et ses cheveux tombèrent négligemment sur son front. Mme Tanet tendit la main et repoussa les mèches rebelles derrière ses oreilles avec douceur. C'était un geste délicieusement intime, et Jack sentit son souffle se coincer dans sa poitrine, son cœur battant la chamade.

— Vous pouvez nettoyer vous-même votre blessure, mais ne refusez pas mon aide simplement pour observer de stupides convenances, déclara Mme Tanet d'un ton bourru.

De toute évidence, la conversation était close. Son raisonnement était juste, alors Jack ouvrit la main et elle lui reprit le morceau de tissu. Puis elle détacha son bandage. Il était bien moins ensanglanté que les précédents. L'entaille se refermait et ne le brûlait plus aussi férocement quand elle entrait en contact avec l'air.

Jack l'examina du bout des doigts, constatant à quel point la balafre était longue et profonde.

— Je crains que cela ne laisse une cicatrice, lui annonça Mme Tanet avec regret.

Jack haussa les épaules.

— Peu importe. C'est le cadet de mes soucis.

Il se tint aussi immobile que possible tandis que Mme Tanet commençait à nettoyer le sang séché autour de la blessure. Il trouva l'exercice bien plus difficile qu'il ne l'aurait imaginé, surtout lorsqu'elle se pencha pour examiner son œuvre, son visage à quelques pouces du sien. Elle le surprit et soutint momentanément son regard. C'était une femme remarquablement belle, mais à la façon d'un faucon, avec un menton anguleux sous des lèvres charnues d'un rouge sanguin, des pommettes hautes et des prunelles d'un brun ténébreux qui le transperçaient jusqu'à l'âme.

Elles brillaient d'un éclat intelligent dans leur écrin de cils soyeux et épais, dont la courbe remontait presque jusqu'à ses sourcils d'ébène bien droits. Les ridules aux coins de ses yeux lui allaient si bien que Jack aurait voulu en tracer le contour du bout des doigts. Celles qui encadraient élégamment sa bouche semblaient appeler un baiser. De même que ses lèvres…

— Comment se porte votre tête, à présent ? l'interrogea-t-elle.

Il leva la main pour toucher la blessure, soulagé qu'elle ait changé le sujet.

— Bien mieux.

Mme Tanet sourit.

— Nous recommencerons demain, ou je ferai monter un domestique si je ne peux me libérer. Promettez-moi de ne pas effrayer Marie, la prochaine fois. Je lui ai dit qu'elle n'avait rien à craindre de vous.

Jack fronça les sourcils, légèrement vexé.

— Je n'ai jamais eu l'intention de lui faire peur, s'indigna-t-il.

— Je le sais. C'est elle, la fautive, pas vous. Marie a toujours été une petite souris effrayée.

Mme Tanet reprit le tissu qu'elle avait utilisé pour nettoyer la blessure. Elle effleura du pouce la peau valide de Jack qui bordait l'entaille au niveau de son front, avant de le laisser glisser lentement le long de sa joue. Il ne put refréner le soupir que ce simple contact entraîna, et elle retira hâtivement sa main, se concentrant sur le tissu ensanglanté entre ses doigts.

— Étiez-vous réellement inquiet pour moi, cette nuit ? s'enquit-elle.

— J'ai entendu votre voix, vous aviez l'air en colère, admit Jack. J'ai eu peur pour vous. Que s'est-il passé ?

— Les pêcheurs ont décidé qu'il faisait trop mauvais pour sortir en mer, finalement. Ils ont pénétré sur le domaine pour savoir si mes domestiques pourraient leur fournir de quoi tenir la nuit.

— De l'alcool, vous voulez dire, comprit Jack.

— C'est cela.

Mme Tanet haussa un sourcil et ne put retenir un sourire désabusé. Jack le lui rendit et fut heureux de constater que, l'espace d'un instant, ils étaient alliés et partageaient leur amusement. C'était la première fois qu'il avait la sensation de trouver sa place depuis son réveil.

— Vous avez dû m'entendre ordonner à ces hommes de partir.

— Le Loup de mer était-il présent ?

— Pourquoi cette question ? s'étonna Mme Tanet.

Jack secoua la tête. Parce que cette pensée l'obnubilait…

— J'imagine que dans mon esprit son nom est associé aux problèmes. Mais tant que vous me jurez que vous ne courez aucun danger, je vous crois.

— Même si c'était le cas, j'ai des domestiques loyaux qui ne laisseront aucun mal m'arriver. Mais merci. Vous entendre dire cela me touche beaucoup.

Elle plaça brièvement sa main sur la sienne, mais évita son regard. Jack tourna le poignet pour que leurs paumes se rencontrent. À chaque point de contact entre leurs peaux, Jack avait l'impression que son épiderme le brûlait délicieusement. Elle lui offrit un sourire timide, puis se libéra avec douceur, se redressa et remit le tissu dans le bol.

— Je pense que nous devrions laisser la plaie respirer, Jack. Du moins, tant que vous êtes éveillé. Continuez de couvrir la blessure lorsque vous dormez pour éviter de la rouvrir par inadvertance.

— Ça ne devrait pas se produire. Je dors toujours sur le dos, répondit Jack.

Mme Tanet battit rapidement des cils à cette déclaration.

Il sentit sa nuque chauffer sous l'embarras… Pourquoi lui avait-il décrit la position dans laquelle il se couchait ? Il n'avait pas oublié leur malentendu de l'autre jour, lorsqu'elle avait cru qu'il l'invitait à partager son lit.

— Dans ce cas, vous ne devriez pas avoir de problème, acquiesça son hôtesse. Quoi qu'il en soit, essayez juste de ne pas saigner sur mon beau couvre-lit.

Ses yeux étincelèrent de malice, signe qu'elle plaisantait, au moins en partie, et Jack gloussa. Il fit un effort pour ne pas regarder son lit. À quoi pouvait-elle bien ressembler, lorsqu'elle s'abandonnait aux bras de Morphée ? S'étendait-elle de tout son long sur le dos, ses cheveux formant une auréole autour de sa tête, ou se recroquevillait-elle dans une position qui incitait un homme à l'envelopper de son étreinte ? L'idée de la porter jusqu'à son lit et de découvrir ce que dissimulait cette robe était terriblement envoûtante, mais il doutait qu'elle réagisse favorablement. D'ailleurs, la même petite voix qui l'avait interrompu cette nuit l'incitait à changer la direction de ses pensées. Quelque chose en lui l'exhortait à réprimer ses émotions et ses désirs, et il ne comprenait pas pourquoi.

Il observa la cour par la fenêtre. Elle bourdonnait d'activité ; il y avait plus de personnes qu'il n'en avait jamais vues dans le château jusque-là. Des hommes charriaient des caisses, des faux et de longs couteaux.

— Où vont-ils ? demanda Jack.

Blanche suivit son regard. Elle haussa les épaules et offrit à Jack un sourire désinvolte.

— Aux récoltes. Ils vont moissonner le blé noir qui a poussé pendant l'hiver pour faire de la place aux cultures printanières. Je crois que cela leur permet de garder un sol fertile.

— Là d'où je viens, la plupart des cultures ne sont pas prêtes avant bien plus tard, remarqua-t-il.

Mme Tanet lui adressa un regard étonné.

— Vous vous rappelez votre foyer ?

Jack demeura silencieux un instant, fouillant dans sa mémoire estropiée. Il avait parlé sans réfléchir, mais l'image de collines dorées lui revint soudain. Il lui décrit ce dont il se souvenait.

— J'aimerais tant savoir quel est cet endroit.

Sa gorge se serra, et il baissa la tête pour masquer son trouble. Mme Tanet plaça une main sur son épaule.

— Vous finirez par vous en rappeler, j'en suis certaine. Le fait que vous puissiez visualiser ce lieu est un excellent signe.

Jack leva les yeux vers elle, et croisa son regard empli de compassion. Une étincelle passa dans ses prunelles sombres, avant que son expression retrouve brusquement sa sévérité.

— Lorsque vous serez suffisamment rétabli pour rentrer en Angleterre, d'autres souvenirs vous reviendront sûrement, ajouta-t-elle.

— Je l'espère, acquiesça Jack.

Sa présence n'était qu'à peine tolérée dans ce château, après tout. Mais il ignorait par où commencer ses recherches ou comment regagner l'Angleterre.

Mme Tanet reprit le bol. Lorsqu'elle atteignit la porte, elle fit volte-face.

— Vous sentez-vous suffisamment en forme pour me rejoindre en bas, ce soir ? lui demanda-t-elle. D'autres viendront me tenir compagnie ; mon cousin ainsi que le maître du manoir voisin participeront au dîner, de même que plusieurs villageois. Votre présence n'aura rien d'incongru.

Elle paraissait anxieuse, comme si elle craignait qu'il refuse. Mais elle n'aurait pas pu se tromper davantage. Il la remercia et accepta son invitation, puis se rallongea sur son lit, les bras derrière la tête. Une soirée en présence de l'étonnante Mme Tanet était exactement ce dont il avait besoin pour se remonter le moral.

À la grande frustration de Jack, il ne se trouva pas du tout assis près de Mme Tanet. Elle l'avait prévenu qu'ils ne seraient pas seuls, mais il ne s'était pas attendu à tant de convives dans la grande salle. Deux longues tables en bordaient une plus petite, laquelle reposait sur une estrade basse devant la cheminée en pierre, et formaient un « U ». Une hiérarchie semblait être établie, car les invités aux tenues les plus élaborées s'assirent près du feu, tandis que les autres, comme Jack, durent s'installer plus loin. Une domestique lui désigna un siège au centre de l'une des grandes tables. Il prit place en silence et écouta les villageois parler de leurs vies, sans pouvoir participer. Personne ne lui adressa la parole. Il aurait aussi bien pu être invisible et souhaita soudain ne pas être venu. Il mit donc ce temps à profit pour chercher des indices quant à l'identité de Bleiz Mor, au cas où le pirate se trouverait parmi eux, mais l'homme aurait pu être n'importe qui, car Jack n'en avait aperçu que les yeux. Se pouvait-il que même Mme Tanet et les deux hommes en sa compagnie ne soient pas au courant de sa véritable identité ? Mais Jack se raisonna. Si Andrey et Ronec l'ignoraient, son hôtesse était bien trop intelligente pour se laisser berner.

Mme Tanet était assise à la petite table sur l'estrade et faisait face au reste de la salle. Les deux acolytes qui l'avaient conduit sur la plage siégeaient à ses côtés. Malgré la distance, elle lui adressa un sourire généreux, et l'incita d'un geste de la tête à profiter de son repas.

Jack reporta son attention sur le ragoût de poisson et de légumes fumant dont émanait un doux arôme de cidre. Le plat était divin, et il avala sa portion en quelques cuillères avant de nettoyer le fond de son bol avec du pain jusqu'à ce qu'il n'en reste plus la moindre goutte. Il se redressa et, levant les yeux, découvrit que Mme Tanet l'observait à nouveau. Lorsque Jack croisa son regard, les coins de sa bouche délicate se relevèrent. Il lui rendit son sourire, ravi qu'elle ne l'ait pas oublié. Elle désigna son bol d'un signe de tête et l'interrogea silencieusement. Avec amusement, Jack inclina la jatte vide pour lui montrer combien il avait apprécié le mets. Mme Tanet appela un domestique, murmura une parole à son oreille et le récipient de Jack s'emplit à nouveau avant même qu'il ne s'en rende compte. Il la remercia d'un grand geste de la main et eut le plaisir de voir une étincelle de malice danser dans les yeux de la dame.

Bientôt, Mme Tanet se leva et arpenta la salle pour discuter avec sa maisonnée et ses convives. Ronec la suivait comme son ombre. Il se pencha et murmura quelque chose à son oreille. À l'évidence, Mme Tanet n'appréciait pas du tout les attentions de Ronec : elle s'écarta de lui, les épaules raides. Il ne parut pas remarquer sa brève expression de dégoût, car elle la dissimula rapidement, mais elle n'échappa pas à Jack, qui l'observait avec attention.

Son hôtesse se mouvait avec grâce à travers la pièce. Elle n'était pas aussi jeune que les jolies serveuses qui se faisaient aisément siffler, et Jack se dit qu'il faudrait beaucoup de courage pour oser alpaguer la châtelaine de la sorte, mais elle marchait avec grâce et le regard confiant. De nombreux hommes la suivaient avec des yeux avides lorsqu'elle passait près d'eux, quand bien même leur épouse était assise à côté d'eux. Bon nombre de convives la désiraient, et Jack devait bien admettre qu'il s'incluait dans le lot. Quand elle le frôla, celui-ci était en train de porter sa coupe à ses lèvres. Elle ne s'arrêta pas pour lui parler, mais, alors qu'il l'observait par-dessus le bord de son verre, il vit ses yeux se fixer sur lui pendant un instant. Elle ralentit, papillonna inconsciemment des paupières, puis se détourna.

Regagnant sa table, elle fit face à ses invités et se mit à parler. Le silence s'établit aussitôt. Les domestiques circulèrent pour distribuer de petits verres contenant, à en juger par la maigre quantité, un alcool fort. Jack renifla et capta une odeur de pomme. Mme Tanet remercia les villageois de leur présence, félicita leur travail sur ses terres, leur rappela que c'était le meilleur moyen de prospérer et que provoquer le naufrage de navires innocents était un acte infamant. Elle termina son discours en levant son verre en honneur du légitime duc de Bretagne, et fut imitée avec beaucoup d'enthousiasme. Elle en vida le contenu d'un trait en inclinant gracieusement la tête en arrière, révélant sa gorge crémeuse et sa mâchoire anguleuse. Jack n'aurait guère pu imaginer quelque chose de plus érotique que la courbe de son cou nu. Il se demanda à nouveau de quoi elle aurait l'air sans sa robe, ses seins libérés de l'étroitesse du corset qui les compressait en deux coteaux bien ronds, les courbes de ses cuisses et de son ventre enfin révélées pleinement, au lieu de se dissimuler dans les replis de son jupon. Jack vida sa propre coupe et fut pris d'une quinte de toux lorsque l'alcool lui brûla la gorge et se fraya un chemin ardent jusqu'à son estomac.

Mme Tanet s'éclipsa de la grande salle lorsque les musiciens commencèrent à jouer une mélodie entraînante et que les convives s'empressèrent de former un cercle pour danser comme ils avaient visiblement l'habitude de le faire. Jack les observa avec amusement jusqu'à ce que le chuintement des flûtes transforme sa tête en ruche bourdonnante, puis il prit congé à son tour. Une promenade dans la cour lui permettrait de s'éclaircir les idées avant d'aller se coucher.

Lorsqu'il atteignit la porte, il perçut la voix de Mme Tanet provenant de l'étage supérieur. Elle paraissait furieuse. Soudain, des bruits de pas dévalèrent l'escalier. Un homme marmonna quelque chose en réponse, d'un ton clairement menaçant. Jack sentit un frisson courir dans son dos lorsqu'il reconnut la voix, et il se figea. Il aurait dû retourner dans la grande salle ou sortir du bâtiment, mais laisser Mme Tanet aux griffes d'un Ronec en colère n'était pas dans sa nature. Il se dissimula rapidement dans les ombres, et attendit.

Chapitre 8

Mme Tanet émergea de l'escalier en colimaçon, suivie de près par Ronec. Même si Jack n'avait pas eu l'occasion d'entendre leur échange survolté, l'expression féroce sur le visage de son hôtesse lui aurait suffi à deviner à quel point elle était en colère. Ronec lui saisit le bras pour la stopper dans son élan.

— Écoutez-moi, gronda-t-il.

— Lâchez-moi ! s'exclama Mme Tanet. Tout de suite ! Dans *ma* maison, au milieu de *mes* domestiques, vous osez me traiter ainsi !

Elle était prise d'un véritable accès de rage, mais Jack perçut de la peur sous la fureur et Ronec l'avait sans doute remarqué également, car il n'avait visiblement aucune intention de lui obéir. Jack serra les poings. Il avait détesté ce malandrin dès l'instant où il avait croisé son regard, et son comportement présent ne faisait que renforcer son aversion. Il s'avança.

— Mme Tanet vous a ordonné de la lâcher.

Son hôtesse et son agresseur se tournèrent vers lui. Jack fit en sorte d'apparaître parfaitement détendu en dépit de la colère sourde qui bourdonnait à ses oreilles.

— Faites ce qu'elle vous demande, ajouta-t-il d'une voix doucereuse.

Il fléchit les bras par anticipation ; si Ronec décidait

de lui opposer une résistance, Jack savait qu'il perdrait le combat, mais il se battrait de toutes ses maigres forces. Il ne pouvait qu'espérer que son adversaire ne réalisait pas à quel point il était encore faible.

Lentement, Ronec lâcha le bras de Mme Tanet tout en foudroyant Jack du regard. Il se frotta les mains sur sa tunique comme pour en retirer la crasse, puis affronta l'expression orageuse de Mme Tanet.

— Réfléchissez à ce que je vous ai dit.

La châtelaine se redressa de toute sa hauteur pour le dévisager d'un œil noir.

— Je vous préviens ; si vous me touchez encore une fois sans ma permission, j'arracherai votre membre et j'en ferai de la pâtée pour mes chats.

Le visage de Ronec se transforma en nuage orageux, qu'il tourna brusquement vers Jack avant de s'éloigner d'une foulée hargneuse en direction de la sortie. Mme Tanet attendit qu'il ait disparu pour s'adresser à Jack :

— Votre intervention n'était pas nécessaire, déclara-t-elle.

Elle aurait pu être en train de réprimander un garçonnet pour avoir jeté des cailloux sur un pommier.

— J'aurais fini par me débarrasser de lui.

— Un coup de main n'est jamais de trop.

Jack fronça les sourcils ; elle avait pourtant eu l'air soulagée de le voir apparaître, mais il décida de ne pas insister sur ce détail. À l'évidence, son intervention lui avait permis de retrouver son aplomb, et Jack ne regrettait pas de lui avoir apporté son soutien. Il s'approcha et croisa les bras sur son torse pour bien lui montrer qu'il n'avait aucune intention de la toucher.

— Pourquoi refuser de l'aide si elle vous est proposée ?

— Parce qu'elle est rarement désintéressée, répondit sèchement Mme Tanet. Il est imprudent de croire que l'on peut compter sur les autres pour avancer. Je pense que je vais de nouveau ceindre une dague à ma hanche, lorsque je serai en compagnie de Ronec.

— C'est le meilleur moyen d'être blessée, rétorqua Jack avec colère.

Mécontent, il se demanda pourquoi il s'adressait de façon si grossière à son hôtesse et pourquoi l'idée qu'il puisse lui arriver malheur l'angoissait autant.

— Je suis parfaitement capable de me défendre seule, s'exclama-t-elle en retour. Vous ne savez rien de moi.

Elle referma soudain la bouche, comme si elle regrettait ses paroles, et baissa la tête.

— Mais ce n'était pas une raison pour vous rabrouer de la sorte. Je vous prie d'accepter mes plus plates excuses ainsi que mes remerciements.

Jack lança un coup d'œil dans la direction qu'avait prise Ronec.

— Que voulait-il ?

— Ce que tous les hommes tenteront de s'approprier, s'ils pensent en avoir l'opportunité, expliqua Mme Tanet en levant les yeux au ciel. Il a trop bu et en a oublié les règles de bienséance. Je ne crois pas qu'il réessayera.

— Pas s'il souhaite éviter que sa masculinité ne serve de repas pour chats, plaisanta Jack avec un sourire amusé.

— Ce serait un dîner bien maigre pour ces pauvres bêtes, se moqua Mme Tanet avec mépris. Je n'ai même pas de chat.

— Vous devriez en adopter un. Ce sont d'excellents compagnons, lança Jack avec insouciance.

— Vous aimez les félins ?

— Il… il semblerait, constata-t-il en haussant les sourcils de surprise avant de rire de plaisir. À l'évidence, je viens d'apprendre quelque chose de nouveau à mon sujet ! Merci, Mme Tanet.

Elle lui tendit la main.

— Je vous en prie, vous êtes mon invité, alors appelez-moi Blanche. Il me semble injuste que vous ne puissiez répondre qu'au nom de Jack quand vous vous adressez à moi avec tant d'égards.

C'était la dernière chose à laquelle il s'était attendu, et il en fut frappé de stupeur. Elle semblait hésitante et commença à baisser la main. Ne souhaitant pas qu'elle se sente rejetée alors qu'elle tentait de s'ouvrir à lui, il s'empressa de la serrer, avec un peu plus d'intensité qu'il ne l'aurait dû. Ils échangèrent un sourire gêné et une parole d'excuse et, finalement, Jack porta sa délicate main jusqu'à ses lèvres. Il la sentit frémir, il en était certain, et cela fit naître la chair de poule sur son propre bras. Il aurait voulu retourner son poignet et examiner les longs doigts effilés, glisser son pouce sur les lignes de sa paume et voir si cette simple caresse la faisait à nouveau frissonner de plaisir.

Blanche. Un prénom pur, parfait pour une femme à la peau si pâle qui contrastait au milieu de sa chevelure d'ébène.

— Je suis heureuse que vous ayez pu vous joindre à nous ce soir. J'espère que votre nouvelle chambre est assez confortable ? s'enquit-elle.

— Bien plus que la précédente, reconnut-il. Comme je le pensais, le lit est bien plus adapté au repos.

Il détourna le regard ; il avait été tenté de l'attirer entre les draps et ne souhaitait pas qu'elle remarque à quel point il la désirait.

— Étiez-vous en train de remonter vous coucher lorsque vous nous avez entendus ? l'interrogea-t-elle.

— Je m'apprêtais à sortir prendre l'air, répondit-il en lui tendant son bras. Accepteriez-vous de m'accompagner, Blanche ?

— Ce serait avec plaisir. Si vous voulez bien m'attendre un moment.

Elle disparut dans les étages et revint couverte d'une cape de brocart d'un ocre profond, ceinte élégamment à sa poitrine et comportant des trous pour les bras. Jack lui offrit à nouveau sa main, mais elle refusa d'un signe de tête et sortit. Peut-être craignait-elle de se montrer trop permissive envers un homme, après la scène que lui avait faite Ronec. Ils firent le tour de la cour d'un pas tranquille, marchant côte à côte.

Des dizaines de sujets de conversation lui traversèrent l'esprit, mais Jack les ignora, heureux de profiter d'un instant paisible en compagnie de Blanche. L'endroit était silencieux, à l'exception du chant des vagues, porté par le vent. L'odeur de la marée emplissait ses narines, et il fut pris d'une soudaine lubie.

— J'aimerais me rendre sur la plage.

— Maintenant ? s'étonna Blanche en fronçant les sourcils. Il est tard, et nous ne verrons pas à deux pas devant nous.

— C'est justement pour cela. Lorsque je m'y trouvais la dernière fois, je n'ai rien reconnu. Mais à présent que les circonstances sont identiques, je me souviendrai peut-être de quelque chose.

Elle lui lança un regard dubitatif.

— Je crains de n'avoir personne pour vous accompagner, cette fois. Mes domestiques sont occupés, et Ronec est parti. Je ne souhaite pas qu'il revienne et je ne pense pas qu'il soit la meilleure personne pour vous y emmener, dans tous les cas.

— Pourquoi me faire escorter ? répliqua Jack. Je peux très bien y aller seul.

Blanche lui adressa un regard soupçonneux.

— Je ne peux pas vous laisser errer ainsi alors que nous ignorons toujours tout de votre identité et de vos motivations.

Son raisonnement était logique, et Jack dut ravaler sa frustration.

— Je ne peux pas rester les bras croisés et me contenter

d'espérer que ma mémoire reviendra. Accepteriez-vous de m'y accompagner ?

Il la vit aussitôt se raidir, méfiante, la mâchoire serrée. Sans doute imaginait-elle qu'il tentait de l'attirer dans un recoin isolé dans le même but que Ronec.

— Madame, je ne vous ferai aucun mal. Je vous assure que je ne souhaite m'y rendre que dans un seul objectif : retrouver mes souvenirs. Vous êtes parfaitement en sécurité avec moi.

Elle le jaugea d'un tel regard que Jack eut l'impression qu'elle pouvait voir à travers ses vêtements et sa peau jusqu'aux tréfonds de son âme. Un profond sentiment de familiarité se répandit dans ses veines alors qu'il contemplait l'immensité ténébreuse de ses iris. Quelle torture de ne pouvoir se rappeler pourquoi elle l'attirait autant.

— Je suppose qu'étant donné votre état de santé je ne crains effectivement rien. Je vous remercie toutefois pour ces paroles. Bien peu d'hommes font preuve d'autant de considération.

Blanche jeta un regard songeur au château, puis à la grande porte.

— Très bien. Je vais vous accompagner. Je suis curieuse de découvrir si cela fonctionne. Si vous voulez bien patienter un moment.

Elle retourna rapidement à l'intérieur et en émergea un instant plus tard. À sa ceinture pendait à présent un fourreau contenant une dague à lame courte. Jack grimaça.

— Une arme ? Il me serait aisé de vous la prendre de force, et je pourrais alors vous faire bien plus de mal que vous ne pourriez m'en faire.

— Vous me semblez très sûr de vous, rétorqua-t-elle. Êtes-vous si confiant en vos capacités ?

Elle croisa son regard avec une mine provocante qui lui tira un frisson d'excitation. Était-elle en train de le mettre au défi d'essayer ? Jack la dévisagea de pied en cap. Grande, mais mince. Il pouvait lui voler son couteau et la coincer dans son étreinte avant même qu'elle ne s'en rende compte.

— Je ne pense pas que cela requiert beaucoup d'adresse.

— Pourtant, vous ignorez ce dont moi, je suis capable, rétorqua-t-elle en levant le menton, ses doigts glissant délicatement sur la garde de l'arme. Je garde le couteau, ou nous rentrons.

— Comme vous voudrez, obtempéra Jack sans pouvoir s'empêcher d'admirer son audace.

Une femme aux commandes d'une telle maisonnée devait sans doute faire face à ce genre d'épreuve tous les jours…

Ils franchirent le portail littoral et empruntèrent le sentier qui descendait vers la mer. Lorsqu'ils atteignirent le tournant le plus abrupt, Jack s'arrêta et lança un regard en arrière en direction du château. Le clair de lune dessinait le contour de la silhouette solitaire de la tour de Blanche.

— Votre foyer est magnifique, déclara-t-il.

Blanche renifla d'un ton moqueur. Ce n'était pas très distingué, mais il ne l'en trouva que plus attirante.

— Non, il n'a rien de gracieux. C'est une vieille ferté, laide et tassée, mais elle sert la fonction pour laquelle on l'a bâtie.

Elle désigna d'un geste le précipice qui plongeait dans la mer.

— On l'appelle Fort Carouel. Elle a été construite dans le but de défendre la côte, il y a une soixantaine d'années, et remplit admirablement son office.

— Viviez-vous ici avec votre mari ? l'interrogea-t-il avant de grimacer d'embarras.

Pourquoi s'était-il permis de lui poser une question si intrusive ? La vie que Blanche avait eue avec son époux ne le regardait guère.

Toutefois, elle ne parut pas offensée.

— Nous n'y habitions pas, mais nous venions le visiter de temps en temps. Mon premier mari et moi, je veux dire.

Blanche s'éloigna de quelques pas sans en dire davantage. En dépit de sa curiosité, Jack jugea préférable de ne pas insister, conscient qu'il n'était lui-même pas en capacité de répondre à de telles questions. Un sentiment de solitude l'enveloppa brutalement comme un linceul de plomb. Il la suivit à quelques pieds de distance, silencieux et morose. Au virage, elle s'arrêta et resserra sa cape autour de ses épaules.

— À la mort du père de Maël, c'est son frère aîné qui a hérité du fort, ainsi que du château familial. Il a eu la bonté de bien vouloir me vendre Fort Carouel lorsque, des années plus tard, je cherchais un endroit où vivre.

— Vous l'avez acheté vous-même ?

Elle releva le menton avec détermination et fierté.

— C'était préférable et cela m'a permis de ne pas me retrouver à la merci d'un propriétaire. Un jour, je le lèguerai moi-même à Maëlle, même si je ne doute pas qu'elle en fera don au couvent.

— Votre second époux ne vous a-t-il donc rien laissé ? s'étonna-t-il.

Il vit son visage se fermer à nouveau.

— Rien. Il m'aurait tout transmis s'il l'avait pu…

Ses sourcils noirs et droits se rejoignirent, lui donnant un air si mélancolique que Jack eut le sentiment qu'elle partageait sa solitude. Il se demanda si sa seconde alliance était une union d'amour ou de convenance, mais ce n'était guère ses affaires.

— Ce n'était pas la faute de Yann. On ne lui a pas laissé le choix.

— Que lui est-il arrivé ? s'enquit Jack.

Les yeux de Blanche s'étrécirent.

— Vous rappelez-vous quoi que ce soit au sujet de la guerre de Bretagne, Jack ?

— Très peu. Je crois comprendre qu'il existe un conflit de succession. Votre époux en a-t-il été victime ?

Blanche se mordit la lèvre inférieure d'une façon que Jack trouva fort attrayante. Il eut soudain un tel désir de l'embrasser qu'il faillit en oublier son intérêt pour son mari. C'était sans doute ce que Ronec avait essayé de faire, et Jack ne s'y risquerait pas, même si c'était terriblement tentant.

— Une autre fois, peut-être, finit-elle par répondre en allongeant sa foulée.

Jack la suivit, intrigué. Le sentier devenait meuble sous ses pieds à mesure que les rochers se transformaient en sable. Malgré son regain d'énergie, la promenade demeurait ardue et il sentit la fatigue le gagner. Toutefois, il carra les épaules et avança à grands pas, déterminé à ne pas révéler sa faiblesse devant Blanche.

— Quelque chose ne va pas ? l'interrogea-t-elle.

Surpris, il se tourna vers elle. Il ne s'était pas attendu à ce qu'elle se montre si perceptive.

— Je me disais simplement que, lors de ma dernière visite ici, j'étais sous la menace des menottes. Il est plaisant de retrouver un peu de liberté.

Elle leva les yeux au ciel et posa les mains sur ses hanches.

— Vous n'êtes pas un prisonnier. Combien de fois devrai-je le répéter pour que vous me croyiez enfin ? Vous pouvez partir quand vous le souhaitez. Si vous le vouliez, vous pourriez vous en aller dès maintenant et personne ne tenterait de vous arrêter ou de vous ramener.

Personne, songea Jack sombrement.

Le sentiment d'isolement était accablant, à présent, et il sut que cette torture intérieure pourrait lui causer bien plus de tort que n'importe quelle blessure. N'avoir aucun lien connu avec une autre personne écrasait son âme sous le poids de la solitude. Ignorer s'il avait un véritable foyer quelque part était encore pire. Au moins, un geôlier se souciait un tant soit peu de lui.

— Que ferais-je, si je partais ? J'errerais en France dans l'espoir de croiser un visage familier ? J'ai peut-être une vie ailleurs, mais Dieu seul sait où.

Il serra les poings et grogna d'exaspération.

— J'ignore même si je peux me faire confiance ! Ce fils de catin, Bleiz Mor, m'a dit ce que vous aviez trouvé dans les tonneaux. Des armes cachées sous du vin. Suis-je donc un pirate, comme lui ? Ou un contrebandier ? Comment pourrais-je savoir quel camp je choisirais dans cette guerre dont je ne connais rien, si j'en avais l'occasion ?

— Je pense que vous n'étiez que passager sur ce navire.

— Qu'est-ce qui vous fait dire cela ?

Il se raccrochait à ses paroles comme un naufragé aurait agrippé une planche de bois en pleine tempête.

— Vous n'êtes pas français, vous êtes un Anglais.

— Oui, je le pense aussi. Mais pourquoi seulement un passager ? C'était peut-être un navire britannique.

— Non, les caisses que nous… je veux dire qu'*ils* ont pu récupérer arboraient les symboles de cargaison d'un vaisseau français. Par ailleurs, vous portiez des vêtements de riche facture. Vous êtes sans doute un genre de marchand.

— Ce que vous avez pu récupérer ? répéta-t-il. Ce que les naufrageurs ont pillé, vous voulez dire.

Un éclair de colère frappa son joli visage.

— Oui.

Il la dévisagea avec attention. Quel chantage Bleiz Mor lui imposait-il pour qu'elle lui autorise ainsi l'accès à sa demeure, quand ce genre de pratique la mettait visiblement hors d'elle ? Était-elle aussi innocente qu'elle le prétendait, ou complice comme Ronec et Andrey ?

— Pourquoi vous trouviez-vous sur la plage, la nuit du naufrage, Blanche ? Y avez-vous contribué ?

— Non !

Elle se tourna vers lui, un brasier de rage dans le regard.

— Jamais je ne participerais à quelque chose de si déshonorant ! s'exclama-t-elle avec un tel mépris dans la voix qu'il était difficile de croire qu'elle puisse le feindre de façon aussi convaincante. Les villageois ont pris cette initiative. J'ai senti la fumée et entendu les cris, alors je suis sortie voir ce qu'il se passait. Je suis écœurée, tout comme vous, qu'ils se soient abaissés à commettre un crime d'une telle lâcheté. Mon discours au dîner de ce soir visait à s'assurer que cela ne se reproduise jamais, vous m'avez entendue.

Jack examina la plage et essaya d'imaginer des hommes en train de charrier des corps et des tonneaux hors de l'eau, sa carcasse évanouie parmi eux. Si Blanche ne l'avait pas trouvé, serait-il mort de leur main ou de sa blessure à la tête ? Il leva le bras jusqu'à son cou, et frotta son index et son pouce contre sa clavicule avec l'impression dérangeante que quelque chose n'était pas à sa place, mais sans parvenir à se rappeler quoi. Il repoussa cette idée.

— Ronec était-il impliqué dans cet incident ? l'interrogea Jack.

Blanche demeura coite.

— Je ne l'aime pas, grogna Jack.

— Ce n'est pas un homme facile à aimer, admit-elle.

— Mais lui semble vous apprécier.

Blanche fronça les sourcils et s'exclama :

— Ronec n'éprouve rien pour moi, idiot !

La véhémence de son ton surprit Jack.

Elle se détourna brusquement et marcha le long de la mer en refermant les bras autour de sa poitrine, comme si elle avait soudainement froid. Jack l'observa et sentit la morsure du vent qui faisait voler ses belles boucles noires et taquinait son jupon, masquant et révélant les courbes de son corps au gré des courants.

Il lui emboîta le pas. Les vagues étaient calmes à présent et léchaient les rochers avec indolence, semblant murmurer des secrets dans une langue qu'elles seules pouvaient comprendre.

— Ce que j'ai dit était stupide, n'est-ce pas ? Pardonnez-moi. J'ai vu la façon dont il se comportait lorsqu'il vous croyait en tête à tête avec lui.

Elle acquiesça lentement :

— Ronec me hait, mais il désire mon corps. Il veut me posséder, moi et tout ce qui m'appartient. Nous sommes voisins… Il espère me convaincre de l'épouser.

— Mais vous refusez ?

Jack plongea son regard dans le sien. Cette situation lui brûlait les entrailles, pas uniquement parce qu'il méprisait Ronec, mais parce qu'il l'appréciait, *elle*. Il était jaloux.

— Oui, acquiesça-t-elle fermement en levant le menton. Je le refuse, lui, comme je refuserai tout autre prétendant.

— J'imagine qu'une veuve a bien plus d'indépendance qu'une épouse, comprit Jack.

Elle lui sourit, visiblement ravie qu'il partage son avis. Ils échangèrent un long regard, et Jack eut la sensation qu'ils forgeaient le début d'une amitié. Il souhaitait ardemment se rapprocher d'elle. Blanche fut la première à détourner les yeux et elle désigna l'immensité bleu-gris de la main.

— Maintenant que nous sommes ici, que voulez-vous faire ?

Jack descendit la plage à pieds nus et entra dans la mer. L'eau était si froide que tous ses muscles se tendirent. Il enfonça ses orteils dans les galets qui lui meurtrissaient la plante des pieds jusqu'à s'habituer à la température. La marée était bien plus basse que le jour où il s'était tenu sur cette plage face à Bleiz Mor, et les récifs alors immergés étaient à présent bien visibles. Il avança de quelques pas en longeant les rochers et glissa sur les cailloux ronds, tendant légèrement les bras pour conserver son équilibre.

Il baissa les yeux. S'il sautait, il se retrouverait plongé dans l'eau jusqu'à la taille. Jack se pencha en avant, curieux de savoir si les fonds marins étaient visibles à la lueur de la lune. Les vagues allaient et venaient, léchant ses chevilles et, lorsque le courant devenait plus puissant, ses mollets. La mer était en train de descendre. Il pouvait sentir sa force d'attraction chaque fois qu'elle reculait, comme si la houle s'efforçait de le happer pour l'entraîner vers le large. Il était presque tenté de céder à ses exigences et de mettre un terme à cette existence incertaine.

— Soyez prudent !

Jack fit volte-face. Blanche s'était approchée, son jupon rassemblé dans sa main droite pour le garder au sec. Elle semblait anxieuse, tout son corps tendu, ses doigts libres recroquevillés en un poing serré contre sa cuisse.

— Que faites-vous ?

Elle paraissait anormalement calme, comme si elle s'adressait à un enfant.

— Je me demandais ce que j'avais bien pu ressentir lorsque j'étais la proie des flots, et ce que je ressentirais en l'étant de nouveau. Cela pourrait sans doute m'en apprendre plus.

Une voix à l'intérieur de son esprit lui chuchotait que c'était ce qu'il souhaitait réellement. Ce qu'il attendait depuis longtemps. Il n'avait qu'un pas à faire pour tomber des rochers et laisser la mer emporter la douleur qui gangrénait son cœur. Son chagrin disparaîtrait enfin, même s'il mourait sans jamais en découvrir l'origine.

— Je n'ai pas passé toutes ces nuits à vous ramener parmi les vivants pour que vous gâchiez votre existence de la sorte ! cria-t-elle.

— Pourquoi me croyez-vous capable d'une telle chose ? répliqua-t-il, agacé qu'elle ait si aisément lu ses pensées.

— Parce que je sais que vous avez demandé à mourir, l'autre jour.

Elle semblait prête à se jeter à l'eau et à le saisir par le col pour le ramener de force sur le rivage s'il décidait de plonger. Le ferait-elle vraiment ? Debout sous la lune, il eut alors l'impression qu'on lui présentait un choix : se précipiter dans les flots et laisser la mer lui accorder cette mort dont il rêvait et pour laquelle il avait défié Bleiz Mor. Il disparaîtrait si vite… Blanche ne pourrait jamais l'atteindre à temps, il serait emporté comme un fétu de paille. Ou alors, il pouvait regagner la terre ferme et tenter de tirer le meilleur parti de sa situation.

Tournant le dos à la houle, il observa derrière Blanche le château qu'il pouvait apercevoir au sommet du sentier. Son hôtesse était parfaitement immobile, son regard rivé sur lui. Il ne pouvait discerner son expression à la lueur de la lune, mais il se l'imaginait très bien. Un souvenir lui revint brusquement ; les yeux brillants de Blanche le scrutaient dans la pénombre nocturne alors qu'elle le dévisageait, penchée sur lui.

Il fut aussitôt certain qu'il s'agissait là d'une réminiscence de la première fois où il s'était réveillé dans la réserve. Il ne l'avait plus jamais vue ainsi depuis qu'il avait repris conscience. Sa poitrine se gonfla de joie et, euphorique, il rit. Puis il regagna prudemment la plage. Le soulagement de Blanche était palpable.

— Je me souviens ! s'exclama-t-il. Je me suis rappelé votre visage. Il était si net dans mon esprit !

Il prit ses mains et les embrassa tout en s'esclaffant. Mais son hôtesse ne partageait visiblement pas sa joie.

— Ce que vous avez fait était très dangereux, le réprimanda-t-elle d'une voix tremblante de fureur contenue.

— Pensiez-vous vraiment que j'allais sauter ? lui demanda Jack, une nouvelle fois surpris par son discernement.

— Je… je ne sais pas.

Il sentit ses mains délicates serrer les siennes plus fort encore, avant de brutalement les lâcher.

— Mais je sais que vous souhaitez mourir. Inutile de nier !

— J'ignore pourquoi je ressens ce besoin. On dirait une habitude ancrée en moi, comme une gravure dans du vieux bois.

Jack se frotta les yeux avant d'ajouter :

— Je me demande ce qu'il a bien pu m'arriver pour enraciner un tel souhait dans tout mon être. Encore un secret que je me dissimule à moi-même.

— N'avez-vous jamais envisagé que vous puissiez être plus heureux en ne découvrant jamais la vérité ? suggéra Blanche avec douceur. Peut-être votre esprit a-t-il saisi l'occasion de soustraire ces souvenirs à votre conscience, justement parce qu'ils ne vous apportaient rien de bon ?

Tant de sincérité dans ses grands yeux noirs… Au clair de lune, ses pommettes saillaient et ses iris ressemblaient à deux éclats de ciel nocturne au fond desquels scintillait une mer d'étoiles. Son regard était presque aussi séduisant que les profondeurs marines, et il s'y serait bien volontiers noyé… Ses lèvres pleines étaient étirées en une ligne sévère et déterminée. Jack mourait d'envie de la prendre dans ses bras et de l'embrasser jusqu'à ce que cette bouche si ferme s'apaise et cède à son étreinte. La puissance de son désir le surprit. Il caressa la blessure sur sa tempe du bout des doigts et patienta un instant avant de répondre :

— Quoi que mon passé recèle, j'ai l'intention d'y faire face. Il serait lâche de fuir, et je ne suis pas un lâche.

— Non, en effet, reconnut Blanche avec chaleur. Vous êtes intervenu pour m'aider alors que rien ne vous y obligeait et vous avez tenu tête au Loup de mer avec courage.

Une vague de fatigue le submergea soudainement.

— Si seulement je pouvais trouver un moyen de recouvrer la mémoire… Venez, rentrons au château.

Ils reprirent le même chemin en sens inverse, marchant côte à côte. Jack était douloureusement conscient de sa présence. Ils ne se touchaient pas, mais du coin de l'œil il pouvait deviner le balancement de sa robe au rythme de ses pas et imaginer l'ondulation gracieuse de ses hanches sous le tissu. Cette idée lui fouetta le sang, qui se mit à galoper dans ses veines, fit palpiter son cœur et lui rappela qu'il était toujours vivant.

C'était une sensation positive ; la proximité de Blanche et la façon dont elle se mouvait à côté de lui suffisaient à le satisfaire… en tout cas pour le moment. Son désir de la toucher, de se sentir proche d'elle, de renouer des attaches avec n'importe quel autre être humain s'intensifia, et il décida de lui offrir une nouvelle fois son bras. Elle hésita, mais finit par déposer sa main sur son poignet. C'était un contact léger et délicat, mais pour Jack il avait le poids d'une montagne de charbon qui embrasa sa peau. Il remarqua une lueur plus chaleureuse dans les yeux de Blanche, même si son bras demeurait raide par manque d'aise, et ils regagnèrent ainsi la porte littorale du château. Puis Blanche retira sa main.

— Mon visage est-il l'unique détail de notre première rencontre dont vous vous souveniez ?

— Hélas oui, mais c'est un début. Si je parviens à me rappeler le moment où vous m'avez trouvé, d'autres parties de ma mémoire me reviendront peut-être.

— Espérons-le.

Elle le dévisagea d'un regard qui le brûla jusqu'aux tréfonds de son âme, et Jack fut pris d'un désir presque irrépressible de déposer un baiser sur ses lèvres. Mais sa conscience le rappela à l'ordre. Peut-être avait-il déjà une femme quelque part ? Était-ce pour cela qu'une petite voix lui murmurait sans cesse de résister à la tentation ? Si tel était le cas, envisager d'embrasser Blanche constituait un acte indigne, une infidélité envers cette femme dont il avait tout oublié. Il réprima un soupir. Il avait tout intérêt à museler sévèrement sa fascination pour Blanche Tanet s'il ne souhaitait pas s'attirer davantage de problèmes. Mais c'était si difficile lorsqu'elle se tenait ainsi devant lui, animée d'une rare chaleur.

Il s'inclina et recula d'un pas, cherchant le plus petit signe qui trahirait sa déception, mais Blanche se contenta de sourire.

— Bonne nuit, Jack. Merci encore pour votre agréable compagnie. Et pour votre aide, tout à l'heure.

Lorsqu'elle se fut éclipsée, Jack regagna laborieusement son lit et dormit plus profondément et plus sereinement qu'il ne l'avait fait depuis son arrivée.

Chapitre 9

Cette nuit-là, Blanche peina à trouver le sommeil. Son esprit ressassait une image qui l'avait angoissée bien plus qu'elle ne l'aurait cru : la silhouette de Jack debout face aux éléments, en équilibre précaire sur les rochers. Il avait été à deux doigts de se jeter dans les flots, elle en avait la certitude. Le chagrin de son compagnon faisait écho à sa propre solitude ; elle aurait tant souhaité l'aider.

Sa mémoire commençait à lui revenir, mais de façon lente et anarchique. Il se rappelait son visage, mais pas leur baiser. Elle posa délicatement ses doigts sur ses lèvres qui palpitaient encore à ce souvenir, et poussa un profond soupir d'envie. Le fantasme de tenter une approche pour connaître à nouveau ce plaisir la taquinait ; peut-être qu'une tendre étreinte permettrait à Jack de se remémorer entièrement son passé ? Mais non, ce n'était qu'une excuse pour alimenter ses propres appétits, elle en avait conscience.

Jack avait besoin d'un coup de pouce pour avancer, mais elle rechignait à lui rendre la croix. Elle n'avait aucune explication valable pour l'avoir prise et gardée si longtemps, et craignait que cela ne vienne doucher la minuscule étincelle d'amitié qui semblait avoir jailli entre eux. Il existait toutefois un autre élément plus à même de contenir des indices sur son identité… mais elle ignorait ce qu'il en était advenu. Elle roula sur le ventre en essayant de ne pas s'imaginer Jack, nu et allongé sur le dos juste en dessous d'elle.

Le lendemain matin, elle se leva avant l'aube et trouva Andrey assis dans la grande salle en train de sculpter l'image d'une femme dans un morceau de bois flotté à l'aide de son petit couteau.

— Lorsque nous avons sauvé Jack sur la plage, lui demanda-t-elle, te souviens-tu de la sacoche qu'il portait et qui contenait un coffret ?

— Oui, bien sûr. Tu as même refusé de me laisser l'ouvrir, ajouta-t-il d'un ton accusateur en faisant la grimace.

Étant donné qu'ils cherchaient à présent à retrouver l'identité d'un homme sans passé, cette réprimande était méritée.

— Qu'en avons-nous fait ? s'enquit Blanche.

Andrey haussa les épaules et cisela quelques morceaux de bois supplémentaires, son couteau glissant avec précision pour retirer de longs copeaux bien lisses.

— Je ne pense pas qu'il contenait quoi que ce soit de précieux.

— Comment peux-tu le savoir ?

Il sourit de toutes ses dents.

— La boîte était simple, sans ornement ni fioritures, et je n'ai rien entendu tintinnabuler quand je l'ai secouée. À mon avis, il n'y avait aucun trésor caché là-dedans. Le coffret a dû atterrir à la cave, à moins que Ronec ne l'ait pris.

Blanche sentit une pierre lui tomber au fond de l'estomac, mais, si Ronec avait ouvert la boîte et trouvé des indices quant à l'identité de Jack, il n'aurait probablement pas perdu de temps à les partager avec elle et à se débarrasser lui-même de Jack.

— Pourquoi ne pas proposer une nouvelle fois à ton âme égarée de rejoindre notre équipage ? Dis-lui à qui il a réellement parlé, l'autre jour sur la plage, et il se montrera peut-être beaucoup moins prompt à refuser, cette fois.

Ce conseil était très tentant. Jack était fort et intrépide, et ne craignait pas de se jeter à corps perdu dans une bagarre, comme il l'avait démontré face à Ronec, sur la plage puis en venant au secours de Blanche. Mais la haine dans sa voix et son regard chaque fois qu'il parlait de l'homme masqué lui glaçaient les sangs. Et si Andrey se trompait et qu'il la repoussait ?

— Il est persuadé que je suis une innocente veuve qui vit discrètement, lui rappela-t-elle. C'est un rôle que je serai heureuse de jouer tant qu'il résidera ici.

— Comment peux-tu être sûre que sa perte de mémoire est réelle ?

— Parce que je l'ai interrogé à de multiples reprises, par la douceur et par la force. Et sa réponse demeure inchangée.

Elle préféra ne pas ajouter que la douleur dans son regard, la frustration dans sa voix et la tension dans tout son corps chaque fois qu'il échouait à se rappeler quoi que ce soit étaient bien plus convaincantes que toutes les paroles qu'il pourrait proférer. Une fois de plus, Blanche ne put s'empêcher d'éprouver de la compassion pour la terrible infortune de Jack.

— Tu veux savoir ce que je crois ? ajouta Andrey. Je crois que tu *aimerais* qu'il soit digne de confiance.

— J'aimerais que tous les hommes soient dignes de confiance, rétorqua Blanche avec un rire cynique. Hélas, la confiance est une denrée rare ces jours-ci.

Elle repensa à l'officier de la marine anglaise qui avait accepté de lui fournir des navires et des hommes, pour ne finalement lui accorder que la moitié de ce qui était convenu, sous prétexte qu'emmener Fransez en Angleterre pour l'éduquer était coûteux. À Ronec, qui s'était présenté comme un allié sensé jusqu'à ce qu'il demande davantage de nuits dans son lit en échange de son silence quant à son identité secrète.

De quelle façon Jack la décevrait-il, si elle l'autorisait à s'approcher de trop près ? Il y avait forcément un *loup* quelque part. Il y en avait toujours un.

Andrey la scruta d'un regard insistant qui la fit rougir.

Blanche prit congé et remonta enfiler sa plus vieille robe et nouer ses cheveux sous un foulard. Les sous-sols du château étaient froids, et il y régnait une odeur de pourriture. Blanche détestait y mettre les pieds. Elle passa une matinée infructueuse à fouiller des piles de détritus et d'objets sans valeur récupérés au cours des naufrages des dernières années. Tout ce qui pouvait rapporter le moindre sou avait été emporté et partagé ; la cave était devenue un triste monument à la mémoire des victimes des naufrageurs. Remettre le nez dans toutes ces preuves des sinistres méfaits des villageois la rendait malade.

Elle parvint à conserver son aplomb jusqu'à ce qu'elle découvre une poupée au milieu des rebuts, à laquelle il manquait une jambe. On l'avait abandonnée sur un tas de chaussures dépareillées et de haillons. L'objet lui rappela le jouet favori de Maëlle et, l'espace d'un instant, Blanche fut submergée par une image terrifiante… celle de sa fille, pâle comme la mort, entraînée vers les fonds marins. Le remords lui noua douloureusement la gorge, et elle s'assit sur le sol froid et humide en serrant la poupée contre son cœur, des larmes silencieuses glissant sur ses joues, tout en s'efforçant de se rappeler que Maëlle était en sécurité parmi les sœurs du couvent.

Y avait-il eu des enfants sur le navire de Jack ? Voyageait-il avec une famille que les naufrageurs lui avaient arrachée ? Après tout, il était plus vieux que Maël et Yann lorsqu'ils étaient devenus pères pour la première fois. Cette simple idée la dévasta, et elle en comprit d'autant mieux la torture que cette situation devait représenter pour Jack. Ne valait-il pas mieux ne jamais découvrir la vérité, plutôt que de déterrer de telles horreurs ?

Assise au milieu des ombres, à la lueur vacillante d'une bougie, elle se jura qu'il n'y aurait plus jamais de naufrage à Plomarc'h… Au diable la colère des villageois et de Ronec ! En temps de paix, ils n'avaient presque jamais eu recours à cette pratique, car la terre offrait aux habitants tout ce dont ils avaient besoin. Mais le navire de Jack était le troisième en deux ans…

Lorsque sa chandelle manqua de s'éteindre, Blanche se releva enfin. Il était temps de mettre un terme à ses recherches. Si la sacoche avait encore été là, elle l'aurait forcément trouvée. Le cœur lourd, elle se résigna à en parler à Ronec.

Elle quitta la cave et cligna des yeux quand la lumière du jour l'éblouit. Alors qu'elle s'apprêtait à regagner sa chambre dans l'espoir de retrouver le contrôle de ses émotions, quelqu'un la héla. C'était Jack, qui l'appelait depuis l'extrémité opposée de la cour. Visiblement, il venait de passer un certain temps à couper des bûches, mais reposa sa hache et s'approcha.

— Bien le bonjour, Blanche.

Il avait dû travailler dur, car un voile de sueur faisait reluire ses joues et son front, et il avait perdu sa pâleur fiévreuse.

Sa tunique était lâche au niveau du cou, mais collait à sa peau là où son torse était trempé par l'effort. Blanche sentit le désir s'éveiller à nouveau dans son bas-ventre, et ses doigts frémirent d'envie de toucher ses muscles fermes et humides. Il paraissait bien plus à l'aise qu'il ne l'avait été jusqu'à présent, et rassembla ses cheveux ébouriffés d'un geste de la main. Ses yeux intelligents remarquèrent aussitôt son apparence, et il haussa les sourcils.

— Mais vous êtes aussi négligée que moi ! Que diantre étiez-vous en train de faire ?

— J'étais au sous-sol ; je cherchais…

Elle secoua la tête et sentit ses lèvres trembler, l'interrompant. Le sourire de Jack disparut, aussitôt remplacé par de l'inquiétude.

— Quelque chose ne va pas ?

Après toutes les sombres pensées qui l'avaient envahie pendant sa fouille de la cave, il était la dernière personne qu'elle puisse affronter sans que la culpabilité ne la brûle jusqu'à l'âme.

— Comment le supportez-vous ? murmura-t-elle, les yeux embués.

Elle papillonna des paupières, mais sentit ses joues se couvrir de larmes chaudes.

— Comment supportez-vous de ne pas savoir qui vous êtes ? Et ce que vous avez oublié ?

— Êtes-vous en train de pleurer pour moi ?

Il paraissait incrédule, à présent. En quelques pas, il fut près d'elle, prit son visage au creux de sa paume et essuya sa joue du pouce. Il y avait tant de tendresse en lui qu'elle en fut bouleversée. Cela faisait si longtemps que personne ne s'était soucié de la réconforter qu'elle trouvait cela bien plus attirant que n'importe quelle tentative de séduction ou démonstration de force.

Il l'observait d'un regard doux et débordant de douleur. La détermination de fer et le désespoir avec lesquels il avait supplié que l'on mette un terme à son existence avaient disparu, et elle remarqua soudain une perle humide au coin de ses cils épais. Tant de peine évidente lui donnait envie de pleurer pour lui. Elle couvrit sa main avec les siennes et entrelaça leurs doigts.

— Vous ne devriez pas être en train de me consoler alors que vous avez tant perdu, murmura-t-elle.

— Pourquoi ne pas nous réconforter l'un l'autre ? suggéra Jack.

Leurs regards se croisèrent, et *quelque chose* naquit

entre eux. La sensation que tout ceci était dans l'ordre des choses. Que c'était inévitable. Une attirance si vive qu'elle en possédait presque son existence propre, exigeant qu'on la reconnaisse et qu'on lui obéisse.

— Serrez-moi dans vos bras, souffla-t-elle.

Ils se murent à l'unisson, les bras tendus pour accueillir l'autre. Blanche referma son étreinte autour de la taille de Jack et elle le sentit faire de même, l'enlaçant étroitement. Elle posa sa joue contre son torse. Il émanait de son corps pressé contre le sien une douce odeur de terre ensoleillée, aussi chaude et aguichante qu'elle l'avait imaginée. Elle connaissait le moindre sillon de son buste, car elle l'avait soigné et lavé, mais sentir toute sa puissance contre sa peau, le rythme tranquille de sa respiration qui gonflait ses pectoraux, la mit en émoi. Une onde de chaleur palpitante la traversa de part en part et se nicha dans son bas-ventre. Ses seins durcirent sous ses vêtements au point de tirer sur le tissu de sa robe. Blanche brûlait de désir de l'attirer plus près encore, qu'il l'écrase dans une étreinte passionnée.

Mais un sentiment de honte lui embrasa le visage. Jack la réconfortait, et elle aurait dû en faire autant, au lieu de s'imaginer en train de lui arracher sa tunique. S'il savait ce qu'elle avait en tête, il n'éprouverait plus que du dégoût pour elle.

— Comment se fait-il que l'incertitude ne vous fasse pas perdre la raison ? lui demanda-t-elle.

— Je pense que c'est grâce à vos soins que je ne suis pas devenu fou, murmura-t-il. Je vous dois plus que je ne pourrai jamais rembourser.

— Je n'ai pas été une bonne hôtesse, reconnut-elle. J'étais susceptible et colérique. Je considérais votre présence comme un dérangement. Pourrez-vous me pardonner pour ma grossièreté ?

Jack lui caressa les cheveux.

— Blanche, vous m'avez soigné, avez ouvert votre foyer

et partagé votre nourriture. Les vêtements que je porte sont le fruit de votre générosité. Il n'y a rien à pardonner.

Blanche se mordit violemment la lèvre ; elle se sentait tellement coupable quand il s'adressait à elle avec tant de chaleur, alors qu'elle-même s'imaginait nue contre Jack, sans le moindre pouce de tissu entre leurs deux corps qui l'empêcherait de savourer sa peau… C'était une pensée extraordinairement enivrante.

Lorsqu'elle leva la tête, les yeux de Jack brillaient d'une faim féroce qu'il ne prit même pas la peine de masquer. Ce désir était donc mutuel ? Blanche changea de jambe d'appui afin de mieux frôler sa cuisse, qui s'était curieusement insinuée entre les siennes. Elle n'avait qu'à hausser légèrement le bassin pour effleurer cette zone sensible sur laquelle les hommes n'avaient visiblement aucun contrôle, et découvrir si son excitation équivalait à la sienne. Les mains de Jack se raidirent dans son dos, ses doigts glissèrent vers le bas et se posèrent sur la courbe tendre de ses fesses avec délicatesse.

Blanche entrouvrit la bouche, inclinant légèrement la tête sur le côté alors que Jack se penchait vers elle. Elle prit conscience qu'elle retenait son souffle, avide de découvrir ce qui allait se passer. Jack effleura ses lèvres des siennes d'une tendre pression, puis recula brusquement, ne laissant à Blanche qu'une trace enflammée sur la bouche. Il la lâcha soudainement.

— Madame, pardonnez-moi ! s'exclama-t-il. Je ne sais pas ce qui m'a pris !

— Oh ! vraiment ?

Blanche lui lança un sourire goguenard et fit à son tour un pas en arrière pour se retenir de se jeter à son cou et de l'embrasser aussi consciencieusement qu'elle en avait envie.

— Je pense au contraire que vous le savez très bien. Nous le savons tous les deux. Vous avez ressenti la même chose que moi, n'est-ce pas ?

— J'ai ressenti quelque chose que je n'aurais pas dû.

Il paraissait sincèrement contrit, et Blanche fut à nouveau prise de remords, car elle avait jeté son rôle d'hôtesse vertueuse aux orties sans un regard en arrière.

— Disons simplement que nous avons tous deux manqué de tact, voulez-vous ? suggéra-t-elle, la voix tremblotante. Cela faisait bien longtemps que personne ne m'avait tenue ainsi, et je crains d'en avoir oublié mes bonnes manières.

— Depuis la mort de votre époux, comprit-il. Je n'y avais pas songé. Cela doit vous sembler si étrange.

Blanche demeura coite. Il ignorait tout des hommes avec lesquels elle avait partagé sa couche depuis le décès de Yann, même si au fond il avait à moitié raison. Cela faisait bien longtemps que personne ne l'avait enlacée sans qu'une négociation ne soit en jeu, qu'il s'agissait d'argent ou d'assistance. Jack n'attendait rien d'elle. Son attirance envers lui l'avait prise de court, mais l'absence de chantage ne la rendait que plus forte. Ils étaient libres de tout compromis, ne désirant que ce que leurs corps les poussaient à faire. Ce genre d'homme était dangereux pour Blanche.

— Je crois… que c'était étrange pour moi aussi, admit Jack.

— Cela signifie-t-il que vous n'avez pas de femme qui vous attend quelque part ? l'interrogea Blanche.

Il ferma les yeux et secoua la tête.

— Je l'ignore toujours. Je suis peut-être coupable d'infidélité, ou alors je ne partage la vie de personne et suis libre de vous embrasser.

Blanche rit avec douceur.

— Sous certains aspects, j'envierais presque votre perte de mémoire. Vous avez une occasion rare de tout recommencer. Tel un nouveau-né, une existence tout entière sans attaches, remords ni contrainte s'étend devant vous.

Un ricanement cynique lui échappa.

— Ce que vous m'enviez est mon plus grand tourment. Les attaches dont je ne me souviens pas.

Son chagrin était toujours là, sous la surface, même s'il le dissimulait avec soin. Jack était bien plus fort que Blanche ne l'avait estimé. Elle lui tendit la main à la manière d'un homme, pouce vers le ciel et non paume vers le sol comme pour réclamer un baisemain. Il la prit sans hésitation et la serra fermement, mais Blanche ne put réprimer un frisson à ce contact, qui fila le long de son bras et vint réchauffer sa poitrine.

— Je dois m'absenter du château un moment, déclara-t-elle. J'ai des affaires à régler avec un domaine voisin, mais je serai de retour au coucher du soleil.

Elle désigna d'un geste le bois et la hache délaissés.

— Jack, vous êtes mon invité. Vous n'êtes pas obligé de couper des bûches.

— Je tiens à mériter ma pitance. Et pour être tout à fait honnête, ce travail me fait du bien. Il est agréable de sentir ses muscles à l'effort après être resté faible et inactif pendant si longtemps.

Jack embrassa la cour du regard, puis fit rouler ses épaules en arrière avant de fléchir ses bras pour mieux illustrer ses propos.

— Si c'est ce que vous souhaitez, acquiesça Blanche avec un sourire. Il y a toujours de quoi faire, par ici. Pourquoi ne pas accepter l'offre de Bleiz Mor ? suggéra-t-elle.

La mâchoire de Jack se raidit.

— Je veux un travail honnête, madame. Je pense être un honnête homme. Et si je ne l'étais pas, je compte bien le devenir. Dites-moi s'il existe d'autres façons de me rendre utile.

Blanche ne pouvait oublier la façon dont elle-même avait payé pour sa propre pitance, depuis la mort de Yann. Il y avait tant de choses que Jack pouvait faire pour elle et qui n'impliquaient pas d'œuvrer sur le domaine… La part la plus dissolue de son esprit se demandait comment Jack réagirait si elle émettait la même suggestion que celle que tant d'hommes lui avaient faite par le passé. Une pointe de désir brûlant lui traversa à nouveau les reins, et son entrejambe palpita à l'idée de Jack la pénétrant, la poussant sauvagement vers une mer d'extase. Combien de nuits d'ébats jugerait-il un paiement adéquat pour sa chambre et ses repas ? Blanche sentit ses genoux flancher.

Elle aurait souhaité rester et admirer ses muscles gonfler à chaque fois qu'il soulevait la hache, mais préféra s'éclipser avant que ses joues enflammées ne trahissent ses scandaleuses pensées.

Jack termina de couper les bûches, puis les entassa en une pile bien nette. Il reposa son outil et se redressa pour mieux admirer son travail. La journée touchait à sa fin, mais le temps était bien trop plaisant pour qu'il regagne sa chambre. Il inspira profondément et emplit ses poumons du délicieux air iodé. Il avait besoin de continuer à s'occuper. C'est alors qu'il aperçut Andrey en train de réparer des filets ; ses doigts agiles maniaient une aiguille en os avec tant de célérité que Jack peinait à en suivre le mouvement. Il supplia l'homme de lui apprendre l'activité et, à sa grande surprise, Andrey accepta. Quittant le recoin ombragé pour profiter des derniers rayons du soleil, ils s'installèrent côte à côte sur un banc. Jack découvrit rapidement qu'il n'avait aucun talent naturel pour ce travail, mais il persista, bien décidé à le terminer.

— Je ne sais pas ce que vous faisiez avant, mais cela n'avait rien à voir avec les filets, plaisanta Andrey. Les doigts n'oublient pas.

Jack acquiesça. Son hostilité envers Andrey n'avait cessé de décroître depuis leur première rencontre. Il apprit que l'homme était le cousin de Blanche par alliance et qu'il veillait sur elle depuis le décès de son époux. Bien qu'il ait une dizaine d'années de plus que Blanche, il demeurait un marin séduisant, avec son corps musclé et son teint hâlé. S'il ne s'était pas montré si entiché de la domestique peureuse, Marie, Jack l'aurait soupçonné de pouvoir faire un excellent mari pour Blanche.

Bientôt, les ouvriers et travailleurs du village arrivèrent pour préparer le repas du soir. Certains s'arrêtèrent pour discuter avec Andrey, et Jack se trouva petit à petit inclus dans les conversations et les ragots.

Cette sensation d'appartenir à une maisonnée, aussi fugace fût-elle, lui réchauffa le cœur. Il en était presque… heureux. Son esprit était-il enfin en voie de guérison, comme son corps ?

Lorsqu'ils eurent terminé, Jack confia à Andrey :

— Je tiens à travailler pour mériter mon repas, mais j'ignore ce que je peux faire. De toute évidence, je ne suis pas bon pour réparer les filets. De quoi Blanche a-t-elle besoin ?

— C'est une question qu'il faudrait lui poser à elle, répliqua Andrey d'un air énigmatique. Nous vous avons proposé un travail, mais vous avez refusé de collaborer avec Bleiz Mor.

Jack fit la grimace.

— C'est aussi ce que Blanche m'a dit. Je lui ai répondu que je souhaitais un labeur respectable. D'ailleurs, où se trouve le Loup de mer, en ce moment ? l'interrogea Jack. Je ne l'ai plus revu depuis notre entretien.

À nouveau, Andrey le scruta d'un air mystérieux.

— Il n'est pas ici pour l'instant, fut tout ce qu'il consentit à répondre.

Il rassembla les filets et désigna le sentier littoral d'un signe de tête.

— Vous feriez mieux de prendre un bain avant le dîner de ce soir.

Jack renifla. Cela faisait des jours qu'il ne s'était pas lavé à proprement parler, et le dur labeur de la journée l'avait trempé de sueur. Qu'avait bien pu penser Blanche, lorsqu'elle s'était retrouvée dans ses bras de façon aussi inattendue ? Il avait offert de la réconforter, mais pas une seconde il n'avait songé à son odeur, quand il lui avait ouvert son étreinte dans l'espoir de partager un instant de soutien mutuel. Il frémit tandis qu'une vague de chaleur lui embrasait les sens au souvenir de Blanche, serrée contre lui, ses lèvres accueillant les siennes. Une bonne brasse froide était exactement ce qu'il lui fallait.

Il suivit Andrey et ses camarades jusqu'à la plage, où ils se dévêtirent entièrement. Une onde de panique le traversa alors qu'il s'apprêtait à s'aventurer dans les vagues qui avaient failli l'emporter à tout jamais. Mais il l'accueillit avec plaisir. Il savait à présent qu'il *voulait* vivre.

Andrey l'observait avec attention.

— Pensez-vous que vous arriverez un jour à remonter sur un bateau ? lui demanda-t-il alors qu'ils entraient dans l'eau.

Jack tourna son regard vers l'horizon. L'idée de remettre les pieds sur un navire lui donnait la nausée.

— Je l'ignore, je pense que cela dépendra de sa taille. Si je souhaite retourner en Angleterre, je n'aurai guère le choix.

— Notre village vit de la pêche, expliqua Andrey. Si vous voulez vraiment nous aider, vous pourriez assister nos marins sur les bateaux.

Jack prit brusquement conscience que les pêcheurs étaient sans doute les mêmes hommes qui provoquaient des naufrages ou combattaient sous la bannière du Loup de mer. Il ravala les paroles acides qui lui vinrent et regagna la rive.

Tandis qu'il remontait le sentier menant au château, il leva la tête vers les fenêtres de Blanche. Elle devait savoir, ou au moins soupçonner, ce qui se passait autour d'elle. Quelle tristesse qu'elle ne parvienne pas à empêcher de telles violences d'avoir lieu ! Il était désormais soulagé de n'avoir aucun moyen de quitter le domaine, car le sentiment protecteur qu'il éprouvait envers elle ne cessait de croître. Tant qu'il vivrait sous son toit, il pourrait consacrer ses journées à veiller sur elle.

Mieux valait qu'il se concentre sur cette tâche honorable, car les autres émotions qu'elle lui inspirait n'avaient rien d'aussi bienséant…

Chapitre 10

La demeure de Ronec se trouvait au-delà de l'église Saint-Pétroc et du village de Plomarc'h, le long du cap, en retrait de la mer. Blanche couvrit aisément la distance à cheval et, bien trop tôt, se présenta à sa porte. Le domaine de Ronec était plus récent et majestueux que le sien. Tout, dans ce château, était un témoignage de sa fortune et de son ambition écrasantes, rendant les lieux aussi inhospitaliers que leur propriétaire. Chaque fois que Blanche éprouvait des scrupules quant à ses activités de piraterie, elle se rappelait qu'il existait une profonde différence entre Ronec et elle. Cet homme ne cherchait qu'à grimper les échelons de la haute société et à s'imposer parmi les familles les plus riches et puissantes de la région. Blanche ne s'en prenait qu'à des vaisseaux de guerre, capables de se défendre. Pousser des navires innocents au naufrage était méprisable.

Mais toutes ces excuses sonnaient de plus en plus creux à ses propres oreilles. Elle se surprenait à prier que le conflit prenne bientôt fin et que les Français soient vaincus, afin qu'elle puisse enfin laisser cette existence de vengeance derrière elle.

Ronec s'entraînait au tir à l'arc avec plusieurs de ses compagnons lorsque Blanche fut menée dans la cour. Le châtelain n'avait jamais menacé de la prendre de force, mais la nuit précédente il s'était montré particulièrement déterminé à la convaincre de partager à nouveau sa couche. Elle aurait tant souhaité se présenter à lui dans son habit de Bleiz Mor, un sabre au poing. Malgré ses hâbleries, Ronec n'était qu'un pleutre et il n'oserait jamais s'en prendre à elle à armes égales.

Elle était d'autant plus reconnaissante envers Jack pour son intervention de la veille, ce qui renforça sa détermination à récupérer ce qui lui appartenait.

— Blanche, quelle heureuse surprise ! s'exclama Ronec. Êtes-vous venue pour tirer à l'arc ? Puis-je vous convaincre de tenir le mien ?

Une paire de ses comparses rit sous cape, mais Blanche les fit taire d'un regard. Ronec décocha sa flèche, qui se planta à quelques pouces du cœur de la cible, à la plus grande satisfaction de Blanche. Elle s'inclina respectueusement devant les hommes et reconnut le prévôt de Bénestin, la ville locale. Elle lui sourit nerveusement.

Erwan de Larrion était au courant de sa double identité, mais fermait les yeux sur ses activités, car il était un féroce partisan de la cause de Jean de Monfort. Une poignée des autres mâles présents servaient sous les ordres de Ronec sur le *Faucon blanc* et, parmi eux, au moins un recevait une part de tous leurs butins en échange de son silence. Toutefois, le sauvetage de Jack n'était connu que de peu d'entre eux, et Blanche avait bien l'intention que cela demeure ainsi.

— Je souhaiterais discuter avec vous en privé, dit-elle à Ronec. Si vous le voulez bien.

— Bien sûr, où désirez-vous m'entretenir ? gouailla-t-il en l'entraînant à l'écart. Dans ma chambre, peut-être ? ajouta-t-il dans un murmure. Après tout, vous connaissez déjà les lieux.

Elle se retint de justesse de lever les yeux au ciel et ignora la provocation.

— Finalement, peut-être devrions-nous rester dans la

cour, rétorqua-t-elle en affrontant le regard de Ronec avant de désigner le prévôt d'un signe de tête.

Erwan de Larrion se montrait peut-être magnanime envers le Loup de mer, mais il était sans pitié pour les naufrageurs. Comme elle s'en doutait, Ronec préférait éviter que l'homme n'apprenne ses exactions. Il s'inclina devant ses invités.

— Messieurs, si vous voulez bien m'excuser quelques instants. Je dois m'entretenir avec Mme Tanet, je ne serai pas long.

Il se tourna vers elle avec un sourire lubrique, et lui tendit la main. Blanche frissonna de dégoût lorsqu'elle prit son bras. C'était uniquement pour Jack qu'elle supportait de passer du temps en sa compagnie.

— Que voulez-vous ? l'interrogea Ronec. Vous n'êtes que rarement venue ici de votre plein gré. Oserais-je espérer que vous êtes là pour renouveler notre… accord ?

— Je vous ai déjà donné ma réponse à ce sujet, grogna Blanche.

— Peut-être devriez-vous reconsidérer votre position, madame, murmura Ronec d'un ton menaçant. Vous êtes veuve depuis bien trop longtemps, vous ne pourrez pas vivre éternellement sans un époux.

— Je ne suis pas venue pour aborder ce sujet avec vous, répliqua-t-elle fermement. Je suis ici pour tout autre chose. Le survivant du naufrage tenait un coffret lorsque nous l'avons repêché. L'avez-vous récupéré ?

Elle lui en fit une brève description. Ronec leva les yeux vers le ciel en faisant mine de réfléchir.

— Cela me dit bien quelque chose. Accompagnez-moi, je suis certain qu'une coupe de vin en votre compagnie m'aidera à me rappeler ce que j'en ai fait.

Il l'escorta à l'intérieur jusqu'à un petit salon meublé d'une table et de plusieurs chaises. Il l'invita à s'asseoir et manda un domestique. Blanche dut avoir recours à tout son sang-froid pour ne pas perdre patience tandis qu'il exigeait du vin et s'installait en face d'elle. De toute évidence, il prenait un malin plaisir à la faire mariner. Il mit un temps infini à choisir les coupes, versa lentement le spiritueux et finit par répondre :

— Un coffret, dites-vous. Pourquoi le voulez-vous ? Votre part du butin ne vous a-t-elle donc pas suffi ?

— Je n'ai pris aucune part, lui rappela Blanche.

— Ah oui, bien sûr. Vos chers principes vous empêchent de tirer profit d'un « acte couard et irréfléchi », comme vous l'avez si bien dit, répondit-il en lui répétant son propre discours, des échardes de glace dans la voix. Dans ce cas, pourquoi réclamer une part de *mon* butin ?

— Vous avez donc récupéré le coffret ? comprit Blanche en se redressant sur son siège.

Il lui lança un sourire dédaigneux.

— Admettons que ce soit le cas, que recevrai-je en échange ? Dites-moi pourquoi vous en avez besoin.

Il était inutile de tergiverser ou d'inventer un mensonge. Plus vite elle aurait sa réponse, plus vite elle pourrait quitter le château de Ronec et rentrer chez elle.

— Nous l'avons trouvé sur Jack, et je pense qu'il pourrait contenir des informations susceptibles de lui rendre la mémoire.

Le visage de Ronec s'assombrit.

— Vous désirez cet homme, marmonna-t-il. Le prendriez-vous comme amant ? Espérez-vous gagner ses faveurs grâce à ce coffret ?

— Ce que je compte en faire ne vous regarde pas.

Ce n'était pas la bonne réponse, mais nier cette accusation ne lui vint même pas à l'esprit. Ronec la saisit par le bras et l'attira violemment vers lui.

— Ça me regarde ! Vous avez une dette envers moi et j'attends toujours qu'elle soit réglée. D'ailleurs, je suis tenté de réclamer mon dû, ici et maintenant.

— Vous n'oseriez pas ! s'exclama-t-elle avec rage. Vos invités entendraient mes cris.

— Pourquoi s'en soucieraient-ils ? rit Ronec. La moitié de nos hommes se tournent déjà vers moi pour les diriger.

Blanche essaya de dégager son bras, mais il referma sa poigne et planta les doigts dans sa peau. Elle serra les dents ; hors de question de le laisser voir sa peur. Pourtant, elle était bel et bien terrifiée à l'idée qu'il puisse la violenter en public. Les phalanges repliées, elle se préparait à lui enfoncer ses ongles effilés dans la gorge s'il tentait quoi que ce soit… Elle ne se rendrait pas sans combattre.

— Vous savez que je refuse de prendre des amants, rétorqua-t-elle.

— C'est ce que vous ne cessez de me répéter, gronda Ronec. Mais je ne suis plus sûr de vous croire.

Il se pencha vers elle et murmura à son oreille, d'une voix si basse qu'elle seule pouvait l'entendre :

— Vous êtes en train de faiblir, Blanche. Interdire les feux dans l'église et réprimander les naufrageurs n'a pas aidé votre cause. Certains au village seraient ravis de vous vendre aux autorités. Erwan de Larrion ferme les yeux sur ce que vous faites, mais, s'il y voit une chance de gagner les faveurs de ses supérieurs, il n'hésitera pas une seconde à vous livrer à la justice.

— Vous tomberiez avec moi, menaça Blanche. Alors toute votre fortune ne suffira pas à vous épargner la potence.

Elle le dévisagea avec dégoût. Il avait beau être cupide, il se souciait trop de son nom et de sa réputation pour oser tenter le diable.

— Vous avez accepté de collaborer avec moi, Jagu, de me laisser mener cette entreprise, sous l'identité de Bleiz Mor. Vous savez que je suis une stratège hors pair ; je n'ai jamais échoué. Erwan de Larrion tolère peut-être nos navires, mais il a une sainte horreur des naufrageurs. Ce sang est sur *vos* mains, pas les miennes, et les conséquences pour vous pourraient être sévères.

Ronec lui lâcha le bras et se rassit avec un geste nonchalant.

— Peut-être, peut-être pas. En cas de problème, un homme se tourne toujours vers ses alliés, n'oubliez jamais cela. La parole d'une femme seule et sans époux n'a aucune valeur.

— Avez-vous récupéré ce coffret ? insista Blanche en serrant les dents.

— Oui. À quel point le voulez-vous ?

— Cessez vos petits jeux, s'agaça Blanche en se levant et en lissant sa manche. Si cet homme retrouve la mémoire, il n'aura plus aucune raison de rester ici. Sa présence est une gêne autant pour vous que pour moi. Malgré nos précautions, il risque à tout moment de découvrir nos activités. Bientôt, le printemps sera là et nous pourrons reprendre la mer. Je dois m'assurer que nous serons prêts.

— Pourquoi ne pas simplement le tuer ? Problème résolu, fit remarquer Ronec.

— Contrairement à vous, j'honore les lois de l'hospitalité, maugréa Blanche avec mépris.

Ronec se laissa aller contre son dossier.

— Je déteste les femmes qui pensent avoir toujours raison.

Blanche sentit que son adversaire cédait enfin et masqua prudemment son sentiment de victoire. Elle savait qu'il n'allait pas lui faciliter la tâche.

— Vous me devez encore deux nuits. Je vous rendrai la boîte en échange d'une troisième.

— Elle ne vaut pas autant, répliqua aussitôt Blanche. Au revoir.

Elle se dirigea vers la porte sans un regard en arrière. Au moins, elle avait eu le bon sens de ne pas parler du but de sa visite à Jack. Savoir qu'il se trouvait si proche d'en apprendre davantage sur son passé pour que ce droit lui soit finalement refusé était trop cruel. Mais au fond, Jack n'aurait jamais attendu d'elle un tel sacrifice.

— Un baiser, lança Ronec en la rattrapant.

Elle s'arrêta et fit volte-face.

— Apportez la boîte.

Il lui fit signe de patienter, mais elle sortit malgré tout de la pièce derrière lui et attendit dans le hall d'entrée. Elle n'avait pas suffisamment confiance en Ronec pour croire qu'il se contenterait d'un simple baiser et n'avait aucune intention de se laisser enfermer dans un salon sans la moindre échappatoire. Il rit lorsqu'il constata cette précaution et lui tendit la sacoche en cuir, avant de reculer brusquement la main.

— Le paiement d'abord.

Elle ricana sombrement.

— Me prenez-vous pour une oie blanche ? Je tiens à voir ce que j'achète.

Ronec ouvrit la besace et en tira le coffret de Jack. Ce dernier l'avait si soigneusement emballé que, malgré toutes ces péripéties, il demeurait en excellent état. C'était une boîte quelconque, sans prétention, que l'on pouvait aisément négliger. Elle remarqua alors de longues fissures dans le bois ; la serrure avait été forcée.

— Vous l'avez ouvert ?

Elle tendit le bras pour l'attraper, mais Ronec recula.

— Il aurait pu contenir de l'or ou des bijoux, mais je n'ai trouvé que des papiers, grogna Ronec. Je les ai remis à l'intérieur, ne craignez rien.

Blanche réfréna un sourire. Ronec ne savait pas lire. Malgré toute sa fortune et sa fourberie, il peinait à écrire son propre nom. Il était incapable de saisir la teneur de ces documents. C'était l'une des raisons pour lesquelles il avait accepté de collaborer avec Blanche. Son intelligence était un bon contrepoids à sa force brute. Ils étaient complémentaires. Si seulement il s'était contenté de ce partenariat, leur arrangement aurait été parfait.

Il rangea le coffret dans la sacoche.

— Si vous le souhaitez, j'exige un paiement immédiat.

Blanche acquiesça. Des documents seraient bien plus utiles à Jack qu'un trésor. Elle repensa alors à la chaînette et à la petite croix qu'elle lui avait cachées et sa conscience la tirailla. Ronec s'approcha en carrant les épaules, la dominant de toute sa taille. Il ne la toucha pas, mais se tenait beaucoup trop près au goût de Blanche. Elle eut un mouvement de recul au souvenir de ses mains assiégeant son corps nu. À l'époque déjà, elle avait tant souhaité ne pas s'être alliée à lui.

Il prit son visage entre ses épaisses paumes et la maintint immobile tandis qu'il recouvrait sa bouche de la sienne et forçait la barrière de ses lèvres avec sa langue. Elle lui rendit son baiser en feignant de l'entrain, consciente que Ronec ne se satisferait pas de sa passivité. Le plus simple était de s'imaginer en train d'embrasser quelqu'un d'autre. Une personne qu'elle appréciait. Cela avait toujours fonctionné, par le passé ; elle invoquait dans son esprit l'image de Maël pour rendre l'insupportable plus tolérable. Cette fois-ci, Blanche pensa à Jack, mais à peine parvint-elle à visualiser son beau visage qu'elle rejeta cette idée. Il avait fait montre de bien trop de tendresse envers elle pour qu'elle souille ainsi d'aussi doux souvenirs.

Ronec finit par la relâcher et lui tendre la sacoche. Elle récupéra le précieux objet, mais l'homme en profita pour lui saisir à nouveau le bras. Il la fit violemment pivoter pour lui faire face.

— Les lois de l'hospitalité n'empêchent pas que, *moi*, je tue votre ami. Gardez cela à l'esprit.

Il la libéra, et elle s'enfuit à grands pas, son rire sinistre résonnant à ses oreilles. Elle ne s'arrêta que lorsqu'elle atteignit les écuries. Enfourchant sa jument, elle quitta le domaine au galop, la sacoche suspendue en travers de son dos, et ne ralentit pas avant d'avoir rejoint la route qui menait à son foyer. Alors seulement elle permit à sa monture de revenir au pas et longea la falaise pour éviter le village. Au virage qui conduisait au château, elle changea de direction. Tant qu'elle n'aurait pas pris un bain pour se débarrasser du goût et de l'odeur de Ronec, elle ne pourrait paraître devant personne… et elle savait exactement où restaurer son équilibre.

Au bout du cap, de l'autre côté du fort se dressaient une dizaine d'énormes rochers tendus vers le ciel et formant un cercle parfait, connus sous le nom de « Vierges de pierre ». Ce lieu existait depuis si longtemps que plus personne aujourd'hui ne savait comment ils avaient été transportés jusque-là. Blanche attacha la bride de sa monture au rocher le plus petit, puis franchit à pied un tournant abrupt qui la mena à la crique secrète où ses navires étaient dissimulés. Le chemin était à peine visible sous les épais buissons d'ajoncs sauvages. Cette cachette n'était connue que des personnes impliquées dans leur entreprise, et ne pourrait être aisément découverte par un étranger.

À marée haute, les vaisseaux amarrés dansaient gentiment au rythme de l'eau et des doux grincements du gréement. Cette image apaisa le cœur de Blanche. Elle eut soudain terriblement envie de se trouver à bord du *Loup blanc*, de suivre les courants et le vent, non pour attaquer ou harceler d'autres navires, mais pour le simple plaisir de naviguer et de sentir la puissance de la mer soulever sa coque.

Les deux bâtiments étaient de modestes cogues, bas et à fond plat avec un unique mât au sommet duquel flottait d'ordinaire le pavillon du Loup de mer, aujourd'hui rentré. Le *Loup blanc* était son préféré, bien que les deux navires soient presque identiques. Autrefois des vaisseaux de marchandises, il émanait encore du bois du *Loup blanc* une douce fragrance d'épices qui rappelait à Blanche les nuits d'hiver et les joyeux festins du solstice.

Elle caressa la proue du *Faucon blanc*. Ce beau bâtiment méritait un meilleur capitaine que Ronec, mais comment se débarrasser de lui et où trouver un remplaçant ? Ces questions attendraient… Elle retroussa son jupon et escalada l'échelle pour monter à bord du *Loup blanc*. Là, elle s'assit sur le gaillard avant et posa le coffret de Jack à côté d'elle.

Que n'aurait-elle donné pour ouvrir immédiatement cette boîte et lire tous les documents qu'elle contenait… C'était pratiquement irrésistible. En vérité, elle tenait à découvrir son identité presque autant que Jack lui-même. Elle souleva le couvercle. À l'intérieur se trouvait un étui en cuir étroitement fermé, au sein duquel se nichait un genre de livre. Avec délicatesse, elle prit l'ouvrage et aperçut en dessous un paquet et quelques lettres. Elle préféra ne pas toucher au paquet ; sa conscience la tiraillait déjà suffisamment de s'être montrée aussi indiscrète. Au moins Ronec n'en avait pas détruit le contenu.

Blanche renifla. Rien que de penser à ce ruffian lui rappelait l'immonde sensation de sa langue entre ses lèvres et de ses mains sur son visage. Elle pouvait encore humer son odeur… Couverte de la poussière de la cave et de la souillure de Ronec, Blanche se sentait particulièrement crasseuse. La crique était un lieu privé dont l'accès était interdit à tous sans son autorisation expresse, aussi regagna-t-elle le ponton avant de se déshabiller entièrement. Nue, elle plongea et effectua quelques brasses. Elle prit une gorgée d'eau de mer, la fit tourner dans sa bouche et la recracha, se débarrassant du goût de Ronec. La houle froide était tonifiante, et elle sentit la chair de poule se répandre sur tout son corps. De retour à la jetée, elle se hissa dessus avec la sensation d'être propre et revigorée, mais décida malgré tout de prendre un bain chaud à son retour pour ne pas risquer de prendre froid. Au moins, à présent, elle se sentait prête à affronter le monde et à donner à nouveau l'apparence d'une femme forte. Elle se sécha avec sa robe puis la revêtit rapidement. Comme il était étrange de penser qu'elle s'était offerte avec tant d'abandon à l'étreinte réconfortante de Jack, alors que celle de Ronec et de presque tous les autres hommes qu'elle avait connus l'avait révulsée.

À l'exception de ses époux, bien sûr. Maël avait été son premier amour, et elle avait pleuré sa mort avec bien plus d'émotion que celle de Yann. Elle adorait son second mari, mais leur union était un arrangement plus qu'une histoire de cœur. Maël demeurait dans son esprit l'image même de la jeunesse : exubérant et sans réelles responsabilités. Le temps qu'ils avaient passé ensemble était une époque dorée de rires et de bonheurs simples. Jack était plus vieux que Maël ne le serait jamais et possédait une maturité évidente. Il était en revanche plus jeune que Blanche de quelques années, mais cela ne semblait pas les séparer. Elle contempla le coffret, consciente qu'une fois qu'elle le lui aurait donné il n'aurait plus aucune raison de rester. Blanche se sentait déchirée entre l'espoir qu'il recouvre la mémoire, pour son propre bien, et le désir égoïste qu'il demeure à jamais au château.

Secouant brusquement la tête, elle se demanda d'où lui venait cet étrange élan sentimental. Elle devait se débarrasser de la présence de Jack. Il constituait une gêne pour ses activités ; plus tôt il partirait, plus vite elle pourrait se concentrer à nouveau sur sa guerre contre les Français, comme elle l'avait déclaré à Ronec.

Elle remonta le sentier escarpé qui longeait le bord de la falaise et atteignit les Vierges de pierre en sueur, les jambes douloureuses et les poumons en feu, pas fâchée de laisser sa jument se charger de la fin du trajet. Blanche regagna son domaine de bien meilleure humeur qu'elle n'en était partie. Elle confia sa monture aux soins d'un garçon d'écurie et traversa la cour. Jack avait disparu, mais la pile de bûches bien nette était la preuve qu'il avait travaillé dur. C'était mieux ainsi, car Blanche ne souhaitait pas lui présenter le coffret sans une explication au préalable. Elle trouverait bien un moment tranquille dans la soirée pour cela. Convoquant Marie, elle demanda qu'on lui remplisse un bain, puis que l'on propose à Jack de venir la rejoindre pour le dîner.

Blanche se coula dans l'eau chaude avec délices et ferma les yeux. Après avoir coupé tant de bûches, Jack devait en avoir autant besoin qu'elle. Elle envisagea avec amusement de l'inviter à partager le profond baquet en bois afin qu'ils se nettoient l'un l'autre, puis cèdent aux pulsions naturelles qui naîtraient de leur étreinte aquatique. Glissant langoureusement ses mains sur son corps, elle s'imagina que c'était Jack qui la caressait. Avec un gloussement, elle se demanda quand elle était passée d'un dégoût absolu pour le contact masculin à ce désir si brûlant d'union charnelle avec un homme en particulier. Une image de Jack en train de l'enlacer tendrement envahit son esprit. Elle referma ses bras autour de sa poitrine lorsqu'une profonde vague de solitude engloutit son plaisir.

Plus vite il partirait, mieux cela vaudrait. Elle ne pouvait se permettre d'alimenter des pensées aussi distrayantes… et aussi dangereuses.

Jack mangea à la même table que la veille. La maisonnée paraissait bien plus petite sans les convives de Blanche. Cette fois-ci, au lieu de rester assis en silence, Jack se trouva inclus dans les rires et les plaisanteries grâce aux hommes avec qui il s'était baigné dans l'après-midi. Il croisa le regard de son hôtesse tandis qu'Andrey mimait avec exagération les efforts de Jack pour réparer le filet, et il la vit lui sourire avec malice. Le repas terminé, chacun vaqua à ses occupations, et la maîtresse de maison vint s'asseoir à côté de lui.

— Je comptais rester un instant et prendre un verre. Accepteriez-vous de vous joindre à moi ?

Jack la suivit jusqu'au bout de la grande salle. Ils passèrent à côté de la tablée principale, puis derrière la toile qui les préservait des courants d'air. Deux fauteuils sculptés avec de hauts dossiers et des accoudoirs étaient disposés devant la cheminée. Les sièges lui parurent aussitôt engageants, avec leurs épais coussins capitonnés. Une table basse les séparait, sur laquelle reposaient une carafe de vin et deux verres ornés d'un délicat entrelacs de motifs foliés.

Blanche lui désigna un fauteuil.

— Asseyez-vous, je vous en prie.

Jack s'approcha du siège de l'hôtesse et le tira pour l'inviter à prendre place avant lui. Avec un sourire amusé, elle s'installa gracieusement et se pencha pour saisir la carafe en cuivre. C'est alors qu'une délicieuse senteur florale envahit les narines de Jack et lui donna la chair de poule. Il n'avait jamais remarqué ce parfum, jusque-là, mais eut l'impression que la fragrance touchait directement son cerveau, titillant sa mémoire et ses sens. Elle perçut son regard appuyé et interrompit son geste.

— Qu'y a-t-il ?

Une ridule apparut entre ses sourcils bien droits, et Jack se sentit honteux d'être la cause de ses soucis. Il chuchota :

— C'est votre parfum, murmura-t-il. Il m'est familier. De quoi s'agit-il ?

Blanche hésita, puis tendit de nouveau le bras vers lui. Jack se pencha et ouvrit la main.

— Puis-je ?

Elle acquiesça. Avec douceur, il prit ses doigts dans les siens et les porta jusqu'à son visage. Malgré sa décision de résister à l'envie de la toucher, ce simple contact lui enflamma les sangs. Sa peau était si pâle qu'elle en était presque translucide, ses veines formant un motif finement ouvragé sur l'intérieur de son poignet. Jack sentit son pouls accélérer et il dut lutter pour ne pas céder à la tentation d'y presser les lèvres afin de découvrir si le cœur de Blanche battait aussi vite que le sien.

Elle n'esquissa pas un geste et le laissa inhaler profondément le parfum de sa peau de velours, sans dévoiler un seul instant ce que ce geste lui inspirait. Allait-elle le prendre pour un fou ? Mais lorsqu'il releva la tête, il découvrit que ses yeux l'étudiaient avec curiosité.

— Je connais cette fragrance, déclara-t-il.

Il fit courir son pouce sur son éminence thénar sans la quitter du regard :

— De quoi s'agit-il ?

— C'est du narcisse des îles de Glénan. Une plante locale que l'on broie pour en extraire l'huile parfumée, expliqua-t-elle. Mais ils ne sont pas encore en fleur.

— Pourquoi ai-je l'impression de vous connaître ? l'interrogea-t-il. Portiez-vous ce parfum la nuit où vous m'avez secouru sur la plage ?

De la méfiance apparut dans son regard. Elle tira légèrement sur son bras, et Jack la libéra. Puis elle couvrit son poignet de sa manche. À nouveau, son attitude sévère et hautaine reprit le pas, mais cette fois-ci Jack comprit que c'était simplement un mécanisme de défense. Mme Tanet gardait ses propres secrets.

— C'est possible, admit-elle.

— Dans ce cas, j'ai dû sentir cette fragrance le jour où vous m'avez trouvé.

— Peut-être, dit-elle avant de se redresser dans son fauteuil. Vous commencez à vous rappeler certaines choses.

— Pas en détail, hélas, soupira-t-il.

L'odeur de fleurs mélangée à celle de Blanche avait atteint la partie de son esprit qui contrôlait le désir, et ce dernier était en train de le submerger purement et simplement. Il serra le poing pour retrouver sa contenance, et jeta un œil autour de lui, mais il n'y avait personne d'autre de ce côté-ci de la pièce. Ils pouvaient profiter d'un vrai moment d'intimité, masqués par l'épaisse toile qui protégeait le feu des courants d'air.

— Que s'est-il passé sur la plage ? l'interrogea-t-il.

Blanche leur servit du vin.

— Je vous l'ai déjà raconté.

Elle lui tendit un verre, mais Jack secoua la tête et croisa les bras.

— Partout où je pose mon regard, je perçois des secrets. Je suis convaincu que vous me cachez quelque chose.

Blanche replaça le récipient sur la table et singea l'attitude de Jack.

— Je vous croyais mort. Je me suis penchée sur vous. Et brusquement, vous avez bougé.

Il la vit soudainement rougir, ses yeux brillants de détermination. Elle s'humecta hâtivement les lèvres, et la vision, même fugace, de sa langue glissant sur sa bouche rose suffit à donner à Jack une envie irrépressible d'y déposer un baiser.

— Et ensuite ? l'incita-t-il à poursuivre.

Elle affronta son regard.

— Ensuite, vous m'avez embrassée.

Chapitre 11

Jack eut l'impression d'être frappé par la foudre, tant il ne s'était pas attendu à une telle réponse… Blanche le scrutait, la bouche pincée, guettant sa réaction. Les doigts en clocher, il les leva jusqu'à ses lèvres pour s'empêcher de céder à la tentation d'embrasser à nouveau ce visage enjôleur et de goûter à la douceur sucrée de sa langue.

— J'espère que vous me pardonnerez, s'excusa-t-il, mais je ne garde pas le moindre souvenir de cet incident.

— Je m'en doutais.

Jack prit sa coupe et en agrippa fermement le pied pour forcer ses mains à cesser de trembler. D'étranges picotements lui chatouillaient les entrailles. Il l'avait embrassée. Cette femme magnifique dont la bouche envoûtante retenait son attention à chaque instant. Qui le rendait fou d'un désir auquel il s'efforçait de résister au quotidien. Comment avait-il pu oublier quelque chose qu'il brûlait de faire depuis le premier jour où il avait croisé son regard ? Cet effleurement de lèvres qu'ils avaient partagé dans la cour pouvait difficilement être qualifié de baiser. Il laissa échapper un léger rire teinté d'amertume.

— Vous trouvez cela amusant ? s'étonna Blanche.

Elle leva la tête vers lui, ses yeux aussi froids que la mer de Bretagne. Jack aurait vendu son âme pour y apporter un peu de chaleur.

— Aucunement, la rassura-t-il. Au contraire, je considère cela comme une raison de plus de me désoler d'avoir perdu la mémoire ! Car voilà un souvenir que j'aimerais énormément récupérer…

Blanche cligna rapidement des yeux, et il craignit aussitôt d'avoir franchi la ligne entre camaraderie et impolitesse.

— Pardonnez-moi, cet aveu était trop franc.

Elle se pencha en avant et posa sa main sur la sienne. Jack sentit son pouls s'emballer.

— Inutile de vous excuser ; vous étiez pratiquement inconscient. Je vous croyais d'ailleurs sur le point de mourir. C'est peut-être pour cela que je l'ai autorisé…

Elle croisa son regard, et les légères ridules aux coins de ses yeux se creusèrent davantage.

— … et que je vous ai rendu votre baiser, conclut-elle.

— Vous m'avez embrassé ?

La révélation le stupéfia plus encore que tout le reste. Quelle injustice qu'il ne puisse s'en rappeler !

— Je croyais que vous ne vouliez d'aucun homme ?

Elle secoua la tête.

— J'ai juré de ne plus laisser aucun homme me *dominer* et je compte bien tenir parole. Mais je n'ai jamais dit que je ne voulais d'aucun homme. Quand j'en choisirai un, *si* c'est un jour le cas, alors ce sera selon *mes* conditions.

Une lueur de défi enflamma son regard. Jack sentit sa détermination à ignorer ce qu'il commençait à ressentir pour elle fondre comme neige au soleil.

— Lorsque vous m'avez embrassée ce matin, cela a-t-il éveillé quoi que ce soit en vous ?

Jack préféra ne rien répondre ; il était bien trop conscient des sensations que cet interlude avait éveillées. Avait-elle éprouvé la même chose ? Il étudia le visage de Blanche, à la recherche de signes qui trahiraient son émoi, et les trouva dans les ridules aux coins de ses yeux.

— Je parlais de souvenirs, précisa-t-elle, ses prunelles étincelant de malice.

Ainsi, ses pensées avaient suivi un chemin identique...

— Pas le moindre, hélas, soupira Jack en croisant son regard franchement. Mais je dois reconnaître que l'on pouvait difficilement qualifier cela de « baiser ».

— Difficilement, concéda-t-elle.

Elle ne prit même pas la peine de masquer le désir dans sa voix, et Jack sentit son estomac s'emplir de papillons.

Blanche l'avait invité dans ce recoin tranquille pour une raison et, à en juger par leur dernière entrevue, les possibilités étaient toutes plus attrayantes les unes que les autres. Il aurait pu l'embrasser ici, derrière le paravent, sans que personne n'en sache rien. Peut-être espérait-elle qu'il le fasse ? Elle l'avait averti lors de leur première rencontre de ne jamais la toucher sans sa permission ; pourtant, elle l'avait laissé faire à plusieurs occasions.

— Il s'avère que je n'éprouve pas d'aversion à votre contact, murmura Blanche.

Jack comprit qu'elle répondait à la question qu'il n'avait pas osé formuler à voix haute, lui offrant son accord. Il se pencha en avant, glissa une main dans la courbe de sa nuque pour l'attirer vers lui et l'embrasser.

Elle avait le goût du vin qu'ils venaient de partager. Cette fois-ci, au lieu de reculer abruptement, il prit son temps pour goûter à la délicate chair de ses lèvres offertes. Blanche entrouvrit la bouche comme pour mieux accueillir son baiser, et aussitôt l'intention de Jack de demeurer chaste jusqu'à ce qu'il découvre enfin qui il était vola en éclats. Cela le perturba un instant, mais Blanche l'effleura derrière l'oreille d'un geste si sensuel que toute pensée logique quitta son esprit.

Il se souvenait d'avoir un jour caressé un chat par temps d'orage, et un crépitement soudain lui avait piqué le bout des doigts qui avaient été pris de fourmillements. La sensation qui fit sursauter son cœur lorsque leurs langues s'effleurèrent était pratiquement identique. Leur baiser fut bref, ce qui ne le rendit que plus doux, et titilla son esprit avec des images d'un paradis dont il se refusait l'accès. La main de Blanche, qui reposait sur sa nuque, glissa jusqu'à son torse pour le repousser avec gentillesse. À contrecœur, Jack obtempéra, mais vécut la perte de ce contact comme un blizzard qui soufflerait sur une agréable journée d'été. Les joues de son hôtesse, délicatement incarnadines, lui évoquaient la couleur des jeunes roses.

— Cela a-t-il éveillé d'autres souvenirs ? lui demanda-t-elle d'un ton aussi doux qu'un ronronnement.

Sa voix de velours faisait vibrer sa poitrine.

Jack secoua la tête. Il dut lutter pour ne pas porter sa main à ses lèvres ou à l'endroit derrière son oreille que Blanche avait caressé. Sans doute valait-il mieux éviter d'admettre que son unique réminiscence était celle d'un chat par temps d'orage… Elle risquerait de ne pas prendre cela pour un compliment.

— J'aimerais plus que tout vous répondre que oui, soupira-t-il. Mais je crains que la vérité ne soit pas à la hauteur de vos efforts.

Elle laissa échapper un petit rire.

— J'ai connu des échecs bien plus cuisants

Ils échangèrent un sourire amusé. Il était sans doute plus raisonnable de ne pas faire de nouvelle tentative. Jack avait la certitude que, s'ils répétaient l'expérience comme il le souhaitait tant, cela pourrait se terminer très différemment. Il n'était pas sûr de parvenir à s'arrêter une seconde fois, et la tolérance de Blanche pour ce genre de contact n'était sans doute pas infinie.

— Que s'est-il passé après que nous nous soyons embrassés ? l'interrogea-t-il.

Blanche lissa ses cheveux avant de croiser les mains sur ses genoux, le regard perdu dans le vide.

— Vous m'avez appelée « mon ange ». Puis vous avez fermé les yeux, et j'ai cru que vous étiez mort.

— Je n'ai aucun souvenir de tout cela. Comme si plus rien n'existait avant mon réveil dans la réserve, avec vous à mon chevet, admit tristement Jack.

Il en aurait pleuré. Son esprit n'était plus que néant. Il observa Blanche, songeant à toute la bonté dont elle avait fait preuve envers lui, alors que son unique souhait était visiblement de vivre en paix, recluse dans sa maison.

— Je ne crois pas que c'était à moi que vous pensiez, murmura Blanche.

Ses paroles lui brisèrent le cœur. À qui pensait-il dans ce cas ? Embrasser son hôtesse avait-il été un acte d'infidélité envers une femme inconnue ? Mais alors pourquoi le simple fait d'essayer de se souvenir d'elle lui donnait-il l'impression de trahir Blanche ? Il eut beau tenter de se rappeler son visage, seul un profond chagrin s'abattit sur lui, mêlé à ce sentiment de frustration si familier qu'il ne réussissait pas à identifier.

— Je suis désolé, dit-il. J'aimerais tant être capable de me remémorer mon passé…

— Cela viendra. Avec du temps.

Il acquiesça sans enthousiasme, car il avait conscience que, s'il y parvenait, cela mettrait un terme à son séjour chez Blanche. Il tourna son regard vers la fenêtre et observa la mer au-dehors, imaginant les terres d'Angleterre qui s'étendaient par-delà ses flots impétueux. Quelque part, là-bas, se trouvait sans doute son véritable foyer, mais il ne ressentait aucun lien émotionnel avec ce lieu. Lorsqu'il se rappellerait son identité, il lui faudrait quitter la Bretagne. Peut-être retrouverait-il également l'envie de rentrer, mais l'idée de s'arracher à Blanche qui, en seulement quelques jours, lui avait rendu goût à la vie lui paraissait inenvisageable.

— À quoi pensez-vous ? l'interrogea-t-elle.

Il prit soudain conscience qu'il était demeuré songeur et silencieux un long moment.

— Je me demande si des gens, quelque part, attendent mon retour. Si je leur manque ?

Une mère ou une épouse était-elle en train de pleurer sa disparition ? Un père le croyait-il mort ? Ou espérait qu'il soit encore en vie ?

— Si vous aviez des amis et de la famille, je suis convaincue que vous leur manquez, lui assura Blanche avec chaleur.

— Pourquoi ?

— Parce que je pense que vous êtes un homme bon.

La simplicité de sa réponse et la certitude dans sa voix faillirent avoir raison de lui. Il plongea sa tête dans ses mains pour cacher l'émoi que ces paroles avaient suscité.

— J'aimerais juste le savoir.

Blanche but son vin puis reposa sa coupe d'un geste décidé.

— Jack, voulez-vous bien remonter dans votre chambre et m'y attendre ?

Jack sentit un frisson courir le long de son dos. Avait-elle l'intention de s'offrir à lui ? Cette simple idée lui enflamma les sangs jusqu'à l'entrejambe, et il s'agita dans son fauteuil. De toute évidence, elle dut deviner ses pensées, car elle sourit.

— Pas pour cette raison. J'aimerais vous montrer quelque chose, mais pas en public. Nous serons mieux dans votre chambre. Je vous y rejoindrai rapidement.

Il fit ce qu'elle lui demandait. Quelques minutes après qu'il eut regagné ses quartiers, il entendit Blanche monter l'escalier sans s'arrêter. Il passa la tête par la porte.

— Où allez-vous ?

Elle pivota à moitié, sa mince silhouette tournée d'une façon si séduisante que Jack fut pris d'une envie dévorante de couvrir de ses mains la courbe pleine de ses seins et de la caresser jusqu'à la ligne droite de son ventre.

— Dans mes quartiers. Ce que je souhaite vous montrer est rangé là-haut.

Il avança d'un pas.

— Ne serait-il pas plus simple que je vous accompagne, pour vous éviter de redescendre ?

— Non. Le dernier étage est mon sanctuaire, et personne n'est autorisé à y entrer.

Jack alla donc s'asseoir à la petite table de sa chambre, mais se releva aussitôt et arpenta la pièce, impatient de découvrir ce que Blanche souhaitait lui révéler. Il se rassit et compta dans sa tête, imaginant son hôtesse monter les marches, prendre quelque chose, redescendre. Il commençait à croire qu'elle ne reviendrait pas, lorsqu'il entendit qu'on frappait doucement à sa porte. Blanche entra.

Jack bondit sur ses pieds. Elle s'arrêta, surprise par sa hâte, et l'espace d'un instant il perçut de l'appréhension sur son visage, rapidement masquée par une expression plus neutre.

— J'ai quelque chose pour vous, dit-elle. Je crois que ceci vous appartient…

Elle tenait un petit coffret de bois sombre aux charnières de cuivre, enveloppé de cuir. Jack regarda son hôtesse lui tendre l'objet.

Il le prit en main, et la boîte lui parut aussitôt familière, comme s'il retrouvait un vieil ami. Son poids et sa forme lui donnèrent un sentiment d'appartenance, et il eut la sensation que le coffret avait été fait pour lui. Il le porta à son nez et capta une odeur d'huile et de boiserie ; aucun doute, cet objet était le sien. Il ferma les yeux et laissa ses doigts courir sur le couvercle, reconnaissant les marques d'impact et d'usure sur le bois. Une pièce éclairée à la bougie. Les effluves âcres d'encre et de cire à cacheter. Des parfums et des sons dansaient dans son esprit.

— Je connais cette cassette, murmura-t-il. Où l'avez-vous trouvée ? Pourquoi avez-vous pensé qu'elle m'appartenait ?

À nouveau, Blanche parut nerveuse.

— Elle était sur la plage, prise dans votre cape.

Jack sentit la colère l'embraser comme une tige plongée dans l'huile. Le coffret comportait un verrou, qui avait été forcé sans égard, laissant de profondes marques dans le bois.

— Vous me l'avez volée ? s'exclama-t-il furieusement.

Il resserra son étreinte autour de la boîte, comme s'il craignait inconsciemment qu'elle la lui arrache à nouveau.

— Je vous l'ai prise, le corrigea Blanche, la tête haute en dépit de la lueur inquiète dans son regard. Je ne voulais pas qu'elle soit détruite, mais j'ai fini par oublier son existence et perdre sa trace. Lorsque vous m'avez dit espérer qu'un objet puisse vous aider à retrouver la mémoire, j'ai songé à ce coffret et me suis lancée à sa recherche.

Il repensa aux événements de la journée. Blanche avait paru agitée, ce matin-là, en remontant de la cave. Il pouvait encore visualiser avec des détails exquis la façon dont son corps s'était collé au sien lorsqu'ils s'étaient enlacés. Sa robe était pleine de poussière, et il avait perçu une odeur d'humidité quand il l'avait serrée contre lui. Elle avait probablement cherché le coffret dans les sous-sols, sans succès. Il se souvint qu'elle avait ensuite quitté le château. Sans doute était-elle rentrée tard, car sa présence lui avait manqué toute la journée.

— Est-ce pour ce coffret que vous êtes partie ?

Elle acquiesça.

Jack frissonna, et son pouls s'emballa.

— Qui vous l'avait pris ? Ce fils de catin, Bleiz Mor ?

— C'était Ronec.

Au dégoût qui suintait de la voix de Blanche, Jack sentit sa gorge se serrer. Elle lui avait apporté ce dont il avait besoin, et il l'avait accueillie avec colère, en la pointant du doigt.

— C'est lui, le voisin à qui vous avez rendu visite ?

Elle acquiesça, et quelque chose dans la façon dont elle retroussa les lèvres alerta tous ses sens.

— Qu'a-t-il exigé de vous en échange ? l'interrogea-t-il aussitôt.

Elle se détourna brusquement et se dirigea vers la fenêtre pour regarder dehors.

— Cela ne vous concerne pas. Tout ce qui compte, c'est que vous ayez récupéré votre bien.

Jack posa le coffret sur la table. Il mourait d'envie d'en découvrir le contenu, mais cela pouvait attendre. Il tendit la main vers son épaule et tira doucement pour l'obliger à lui faire face.

— Ce n'est pas le plus important. Vous auriez dû me dire où vous vous rendiez. Je vous aurais accompagnée.

Il inclina la tête sur le côté.

— En tant que protecteur ? Je vous l'ai déjà dit : je n'ai besoin de personne.

— Toute cette histoire suggère que vous avez tort, répliqua-t-il. Vous auriez dû me laisser le choix.

— Et si je vous avais parlé du coffret, mais n'avais pas pu le récupérer ? Je ne voulais pas vous infliger une désillusion si cruelle.

Elle tourna vers lui un regard sévère et brillant de défi, sans la moindre trace de regret.

— Par ailleurs, m'auriez-*vous* laissé le choix de refuser votre compagnie, si vous aviez su où je me rendais ?

Il secoua la tête. Aucune force dans l'univers n'aurait pu l'empêcher d'escorter Blanche chez Ronec.

— Que voulait-il en échange ?

Il dévisagea Blanche avec austérité, croisant les bras sur son torse, en partie pour lui montrer à quel point il était sérieux, mais aussi pour résister au besoin dévorant de la serrer contre lui pour la protéger, même s'il était déjà trop tard.

— S'il vous a blessée…

— Ce n’est pas le cas.

Blanche prit le visage de Jack entre ses mains, et le tourna vers elle. Le choc d’être touché de façon si intime l’étourdit.

— Il ne m’a pas blessée. Il n’a exigé qu’un baiser.

Exigé.

— Et vous lui avez donné ce qu’il voulait ?

L’idée que Ronec étreigne Blanche, qu’il l’embrasse et qu’elle lui rende ses attentions l’emplissait de dégoût. S’était-elle montrée aussi enthousiaste que lorsque Jack l’avait enlacée, ou Ronec avait-il senti son aversion et décidé de l’ignorer ? La jalousie lui comprimait la poitrine telle une mâchoire d’acier, l’empêchant de respirer. Puis soudain, le soulagement l’envahit : au moins Ronec ne l’avait pas contrainte à donner davantage de sa personne.

— Je vous interdis de me juger pour ce que j’ai fait !

Le regard de Blanche s’embrasa de rage. Elle s’était méprise sur le sens de sa phrase. Jack tendit la main vers elle et lui sourit avec douceur.

— Je ne vous juge pas. Je ne suis pas en colère contre *vous* pour ce qui s’est produit. C’est l’idée que ce mécréant ait osé exiger cela de vous qui me met hors de moi. Pourquoi avoir accepté ?

— Je ne voyais pas d’autre moyen de l’obtenir.

Blanche se recroquevilla sur elle-même, son expression trahissant un rare moment de vulnérabilité. Jack sentit une onde chaude parcourir son corps, lui fouettant le sang, et il frémit. Il aurait tant souhaité la serrer contre lui, l’envelopper de son étreinte. Rejetterait-elle son avance ou s’accrocherait-elle férocement à lui comme elle l’avait fait dans la cour ? La crainte qu’elle ne le repousse le dissuada de tenter une telle approche, et il se contenta de toucher gentiment son coude en espérant lui transmettre, par ce geste insignifiant, un peu de réconfort.

— C’était trop cher payé, conclut-il fermement.

Elle esquissa un sourire et caressa sa main du bout des doigts.

— Non, ça ne l'était pas. Vous aviez besoin du coffret et l'avez perdu par ma faute. Maintenant que ce tort est corrigé, vous devriez l'ouvrir.

Elle avait raison ; il se montrait bien peu reconnaissant envers ses efforts, mais le tribut que cette histoire lui avait coûté le perturbait. Jack tourna son attention vers la boîte en bois, le plaisir de la découverte souillé par la façon dont il avait pu le récupérer. Il saisit l'objet et s'assit sur son lit. Blanche s'approcha avec une chaise, mais s'interrompit en voyant le regard interrogateur de Jack.

— Souhaitez-vous que je m'en aille ?

— Non, je vous en prie, restez.

Elle plaça le siège près du matelas, s'installa face à lui et croisa élégamment les mains sur ses genoux. Sa simple présence le déconcentrait tant qu'il faillit en oublier le coffret. Il ressentait le besoin impérieux de la toucher, au point que son envie rivalisait avec la nécessité de recouvrer son passé. Jack saisit son poignet et le pressa avec tendresse. Elle recroquevilla les doigts, et ses longs ongles lui chatouillèrent la paume.

Jack prit une profonde inspiration et ouvrit la boîte. C'était un coffret finement ouvragé ; le couvercle avait été conçu de façon à ne laisser aucun interstice une fois refermé. Il se demanda soudain à quel point il était riche, pour posséder un tel objet.

À l'intérieur, il trouva plusieurs paquets enveloppés de cuir, et récupéra le premier au sommet de la pile. De ses doigts tremblants, il défit la cordelette et ouvrit l'étui pour en sortir le contenu. Des lettres. Grâce à la double protection conférée par la gaine et le coffret presque entièrement étanche, leur séjour dans l'eau n'avait pas causé trop de dégâts. Il déplia la première missive et la lut.

Lorsqu'il eut terminé, il la mit de côté.

— Je m'appelle bien Jack. Jack Langdon. Apparemment, je travaillais pour des marchands de vin. J'étais en France pour établir des contrats au nom d'une compagnie commerciale. Quelque chose qui finit par « … tin et Rudhale », à Bristol.

— Vous souvenez-vous de ces personnes ? s'enquit Blanche.

Jack secoua la tête avec abattement. Ces noms ne lui évoquaient rien.

— Si vous retrouvez vos employeurs, je suis certaine qu'ils vous reconnaîtront et que votre mémoire reviendra.

Un marchand de vin. Ce n'était pas du tout ce qu'il avait espéré découvrir. Il était toujours aussi loin de regagner son foyer, mais au moins il possédait désormais une adresse en Angleterre où commencer ses recherches. Ces associés devaient le connaître et pourraient sans doute l'aider. Peut-être que voir leurs visages ou marcher dans les rues de Bristol lui permettrait de recouvrer ses souvenirs. Il réalisa soudain que l'une des questions qui le hantaient depuis plusieurs nuits avait enfin trouvé sa réponse. Il rit de soulagement.

— Finalement, mon passé n'a rien de sinistre ! Ha ! Voilà qui devrait clouer le bec à ce maudit Bleiz Mor.

— S'il était ici, il vous dirait qu'il s'est contenté de faire preuve de prudence, répliqua Blanche en haussant les épaules.

Une fois de plus, Jack sentit une pointe de jalousie lui transpercer la poitrine lorsque son hôtesse prit la défense du pirate… Il demeura coi et tourna son attention vers le second paquet, plus lourd et plus rigide. C'était une double tablette en cire. Deux fines planches de bois avaient été liées entre elles sur un bord pour créer un livre factice et protéger les couches de cire. Des séries de symboles et de lettres couvraient la première page et la moitié de la seconde.

— Est-ce de l'anglais ? s'étonna Blanche en se penchant

en avant pour mieux examiner l'écriture. Qu'est-ce que ça dit ?

— Non, ce n'est pas de l'anglais.

Jack secoua la tête. Cela ressemblait à un code ou à un système d'abréviation pour prendre des notes.

— J'ignore de quoi il s'agit. J'étais sans doute capable de le lire, mais je ne le suis plus.

Le soulagement qu'il avait ressenti plus tôt s'évapora. À l'évidence, il avait parlé trop vite. Pourquoi cryptait-il ses écrits ? Qui était le destinataire de ce document ? La dernière série de caractères ne semblait pas achevée ; il avait dû être interrompu dans son travail. Un frisson glacé lui parcourut le dos.

— Je ne sais pas pourquoi j'avais cet objet en ma possession.

— Étudions les autres, suggéra Blanche à voix basse.

Était-elle en train de se demander quelles mesures prendre si Jack s'avérait un ennemi ou un espion ? Elle n'allait tout de même pas le livrer au Loup de mer ?

Blanche fit courir ses doigts sur la surface de la cire.

— Il y a des différences. Ces séries sont des phrases, et celles-ci ressemblent à des listes. Si vous travaillez pour des marchands de vin, c'est peut-être un registre de vente ?

Il perçut la note d'espoir dans sa voix et comprit qu'elle ne tenait pas plus que lui à découvrir qu'il était un espion. Blanche avait-elle raison ? Elle semblait en tout cas l'apprécier suffisamment pour tenter de trouver des explications innocentes à l'existence de cet étrange charabia, et cela lui réchauffa le cœur.

— C'est possible. Peut-être ai-je noté les transactions de cette façon pour m'assurer que les accords négociés demeurent confidentiels.

Il rassembla les tablettes et reforma le livre factice.

— Ils devaient être particulièrement rentables pour que j'aie recours à tant de précautions.

Jack renversa le coffret pour le vider du reste de son contenu. Les papiers en vrac avaient eu beaucoup moins de chance que ceux protégés par leur étui de cuir. L'eau de mer les avait détrempés au point de les rendre illisibles, et il n'en restait plus qu'une liasse de feuilles sèches, cornées et plissées. Quelque chose avait été rédigé sur un vélin de belle qualité, sans doute un sauf-conduit, mais l'encre avait coulé et Jack était incapable d'en déchiffrer le contenu.

— Au moins, vous avez désormais des noms et une adresse, lui rappela Blanche. Vous allez pouvoir rentrer chez vous.

À ces mots, Jack sentit son cœur tomber comme une pierre dans sa poitrine. Savoir que Ronec rôdait dans les parages l'angoissait. Il ne pouvait pas la laisser à sa merci. Pas encore.

— Oui, répondit-il sans enthousiasme. Je peux rentrer.

Il prit la main de Blanche. C'était un geste amical, mais son ventre se contracta de désir lorsqu'elle entrelaça ses doigts aux siens avec tendresse. Un long frisson remonta le long de son bras, du poignet jusqu'à la nuque, comme si Blanche avait caressé sa peau nue.

— Merci d'avoir tant fait pour me rendre ce coffret, souffla Jack.

— Quand partirez-vous ? s'enquit-elle, avant d'ajouter rapidement : Vous pouvez rester aussi longtemps que vous le souhaitez. Pensez-vous être suffisamment fort pour voyager ?

Jack fléchit son bras pour en tester la souplesse. Il vit que Blanche suivait son mouvement des yeux, et lut le désir sur son visage, juste avant qu'elle ne détourne rapidement le regard. Avec plaisir, Jack constata que ses muscles lui paraissaient bien plus puissants et il s'efforça de ne pas s'imaginer plaquer Blanche contre lui grâce à ce regain d'énergie.

— Je pense rester encore au moins un jour ou deux. Je dois décider comment je vais m'organiser.

Blanche lui offrit un chaleureux sourire et se tourna vers lui.

— Dans ce cas, j'ai une idée. Demain est un jour de marché à Bénestin, la ville la plus proche. Souhaiteriez-vous m'y accompagner ?

Il l'observa avec étonnement, conscient qu'elle avait fait son possible pour le dissimuler aux regards indiscrets jusque-là.

— Il y a souvent des danses et des mets locaux. C'est en général un moment très festif, poursuivit-elle en rosissant. Ce serait un plaisir pour moi de m'y rendre avec vous.

— C'en serait un pour moi aussi.

Elle lui lança une œillade aguicheuse en battant des paupières, et Jack sentit son cœur s'emballer. Il capta à nouveau son délicat parfum et réalisa qu'il était dangereusement près de son hôtesse, assis sur son lit, dans l'intimité de sa chambre… et il n'était plus sûr de pouvoir se contenter d'un simple baiser. Sans doute s'en rendit-elle compte également, car elle recula légèrement et retira sa main avant de jeter un œil au coffret.

— Je vais vous laisser à présent. Peut-être d'autres souvenirs vous reviendront-ils ?

Jack la raccompagna à la porte. Tandis qu'il la remerciait à nouveau, son regard lancinant le brûla jusqu'aux tréfonds de son âme. Enfin, elle se glissa en dehors de la chambre et le laissa seul, libéré de la tentation.

Chapitre 12

Blanche retrouva Jack dans la cour le matin suivant. Elle menait par la bride un couple de chevaux et lui sourit dès qu'elle l'aperçut. Jack ne possédait que deux changes, mais il avait revêtu sa tenue la plus élégante. Son surcot de laine, d'un bleu profond, rehaussait son teint et intensifiait l'azur de ses yeux, qui scintillèrent de plaisir à la vue des animaux.

— J'espère que vous savez monter, dit-elle non sans inquiétude. Je ne pense pas que ce soit le genre de choses que l'on oublie.

— Probablement pas, acquiesça Jack. C'est une aptitude dont un corps se souvient par instinct.

Il étira ses bras et fit rouler ses épaules. Blanche s'efforça de ne pas songer aux autres aptitudes que son corps n'avait certainement pas oubliées. Depuis Maël et Yann, elle avait offert ses faveurs à six hommes, lorsqu'elle avait eu besoin d'argent ou d'une aide quelconque. Certains s'étaient avérés de plaisants amants, d'autres passables et un seul d'entre eux la révulsait encore à ce jour. Elle avait accepté chacun de ces accords de son plein gré, mais prétendait désormais à qui voulait l'entendre qu'elle avait renoncé aux plaisirs de la chair. Ce genre d'ébats n'avait plus aucun intérêt à ses yeux, à moins qu'ils ne lui permettent d'atteindre ses propres objectifs.

Mais alors, pourquoi la simple présence de Jack la transformait-elle en jouvencelle sotte et fébrile ?

Elle lui tendit les rênes de la jument pie. L'animal de douze ans était docile et peinerait à désarçonner son cavalier, même s'il s'avérait être un débutant. Le jeune hongre noir serait pour elle.

— Je dois admettre que j'espérais l'inverse, plaisanta Jack en acceptant la bride avec un large sourire.

Il haussa un sourcil de manière suggestive avant d'ajouter :

— Vous préférez chevaucher de jeunes étalons ?

Blanche soutint son regard, amusée par le double sens.

— J'apprécie leur fougue, en effet, mais celui-ci est castré. Peut-être pourrons-nous échanger nos montures une fois que vous m'aurez prouvé que vous tenez en selle. Je ne voudrais pas que vous vous blessiez à nouveau.

Jack se toucha le haut du crâne. Il avait retiré le bandage, et l'entaille visible, nette et large, semblait commencer à guérir. Il garderait cette cicatrice à vie, mais étrangement cela ne faisait qu'ajouter du caractère à ses traits déjà remarquables. Il serait toujours un homme particulièrement séduisant.

Jack rit ; c'était un son chaleureux et communicatif.

— Très bien, dans ce cas je serai heureux de voyager avec ma gentille jument. Êtes-vous prête ?

Il forma un étrier avec ses mains pour l'aider à monter. Surprise par cette marque de galanterie, elle le remercia et accepta son assistance, bien qu'elle soit parfaitement capable de se mettre en selle toute seule. Une fois installée sur le dos du hongre, elle prit un instant pour arranger son jupon. Que n'aurait-elle donné pour profiter du confort des vêtements masculins ! Mais elle aussi s'était endimanchée pour l'occasion. Elle portait une jupe de laine simple et légère, qu'elle ne craindrait pas de salir au marché, mais elle l'avait rehaussée d'une cotte à boutons étroite et sans manches, qui accentuait les courbes de sa silhouette aux bons endroits. Un sourire étira ses lèvres. Elle s'était apprêtée pour lui, prenant du plaisir à se vêtir pour plaire à quelqu'un qui en valait la peine.

Ils franchirent les portes au petit trot et se dirigèrent vers Bénestin. Bien qu'il existe une route directe, la matinée était chaude et la mer scintillait, aussi les mena-t-elle par le sentier qui longeait la côte afin que Jack puisse profiter du panorama.

Ils traversèrent Plomarc'h, le village de pêcheurs qui bordait Fort Carouel. Filets et paniers de crabes s'entassaient sur la jetée. Une paire de gamins couraient derrière un chien en piaillant d'enthousiasme, une bonne odeur de pain chaud flottait dans l'air devant la boulangerie et recouvrait les effluves de poisson. Jack ralentit sa monture lorsqu'ils atteignirent un grand espace ouvert, surplombant la cale de halage. Il observa les petites maisons agglutinées au bord de la mer, puis le sentier tortueux qui sinuait jusqu'à la vieille église. Son visage s'assombrit.

— Que faites-vous ? l'interrogea Blanche.

— Je me demande combien d'habitants de ce bourg sont responsables de ce qui est arrivé au navire sur lequel je voyageais.

Blanche fronça les sourcils.

— Quelques-uns, sans doute.

Elle enveloppa la place d'un geste de la main.

— Regardez autour de vous, Jack. Cette région est l'une des plus pauvres du pays. Les villageois peinent à mettre de la nourriture sur la table les meilleurs jours, or la guerre a pris leurs hommes et n'a laissé que misère dans son sillage. Ils font ce qu'ils doivent pour survivre. Ce n'est ni juste ni honorable, mais je pense que cela peut se comprendre, vous ne croyez pas ?

— Un constat aisé lorsque l'on n'a pas à souffrir des

conséquences de leurs actes, grommela-t-il. Les autorités sont-elles au courant ?

Blanche poussa son cheval vers la sortie du village, impatiente de le laisser derrière eux.

— M. de Larrion ne sait rien. C'est le prévôt de Bénestin.

Jack haussa un sourcil.

— Le « prévôt » ?

— Le… Voyons, quel est l'équivalent, en Angleterre ? Le représentant de la justice ? Le chef de la ville ?

— Le shérif ? comprit Jack. Le magistrat ?

— Oui, ce doit être ça, acquiesça Blanche. Le prévôt ne tolérerait pas de telles actions, elles sont illégales.

Elle se tourna vers lui et ajouta, le regard grave :

— J'ai prévenu les villageois et les métayers qu'il leur était interdit de prendre part à ce genre de crime et, si je découvre qu'ils recommencent, j'en informerai M. de Larrion.

— Pensez-vous qu'ils vous obéiront ? l'interrogea Jack, visiblement dubitatif.

Blanche fit de son mieux pour passer outre l'affront que sous-entendaient ses paroles. Elle était peut-être forte, mais elle n'était *qu'une femme*. Et Jack ignorait le contrôle qu'elle exerçait sur eux par le biais de son autre identité.

— Je le pense, oui.

Elle poussa un soupir avant d'ajouter :

— Mais cela n'empêchera pas ce genre d'incident de survenir. Les autorités ont des affaires bien plus urgentes sur les bras. Les mouvements des factions impliquées dans la succession et la guerre contre l'Angleterre les inquiètent bien plus que les exactions d'une bande de campagnards. S'ils coulent un navire français, cela peut même servir notre cause. Si c'est un vaisseau marchand, c'est malheureux, mais alors il serait idiot de laisser les biens sombrer quand ils peuvent nourrir épouses et enfants.

— Et qu'en est-il de la piraterie ? contra Jack. Et de Ronec ? *Lui* ne semble pas avoir besoin de ça pour survivre.

Blanche serra les dents. Jack paraissait honnir Ronec plus encore qu'il ne méprisait le Loup de mer. Il était intervenu pour la soutenir face à lui et s'était montré terriblement furieux et protecteur lorsqu'il avait découvert de quelle façon elle avait récupéré le coffret. Le voir tant se soucier de son bien-être avait quelque chose d'étrangement réconfortant. Jack était un mélange entêtant de force brute et de tendresse qui faisait fondre son cœur. Sa présence lui manquerait. Elle repensa soudain à la petite croix rangée dans sa chambre. Quelle chance qu'elle ait songé à la dissimuler ; si Ronec l'avait trouvée avec le coffret, il ne la lui aurait jamais rendue. Une pointe brûlante de culpabilité la traversa : elle n'en avait toujours pas parlé à Jack. Elle la lui restituerait quand il partirait. Il serait sans doute en colère contre elle, mais cela n'aurait alors plus d'importance.

— Certains hommes ne se battent que pour la richesse et la gloire. C'est le cas de Ronec. Tout comme moi, il soutient la cause du successeur légitime du duché, Jean de Montfort, mais il voit ce conflit comme une chance de servir ses propres intérêts. C'est un propriétaire terrien, et il s'assure que ce genre de bénéfices éclabousse les personnes importantes.

Blanche serra les poings, et ajouta :

— Il se moque bien que les petites gens n'aient rien. Sans… sans le Loup de mer, la moitié des villages de la côte seraient morts de faim.

— Le pirate partage ses prises de guerre ? demanda Jack avec un sourire méprisant. Comme c'est noble de sa part !

Blanche se tourna vers lui, raide sur sa selle.

— Bleiz Mor ne sillonne pas les mers pour s'enrichir, mais pour se venger.

Jack croisa les bras et la défia du regard.

— Vraiment ? Vous semblez persuadée de la pureté de ses intentions.

— Je le suis ! s'agaça Blanche en lui faisant face. Il

n'attaque que les navires de la maison de Blois et leurs complices.

Elle sentit son visage chauffer malgré le vent qui soulevait ses cheveux et les faisait flotter derrière elle tel un pavillon.

Jack lui lança une œillade sceptique.

— Vraiment ? Un homme comme lui mettrait sa propre vie en danger sans rien espérer en retour ?

— Je n'ai jamais dit qu'il n'obtenait rien en retour, le corrigea Blanche en agrippant ses rênes plus fermement. La vengeance est une motivation bien plus forte que la fortune.

— Ça ne la rend pas plus honorable, contrecarra son compagnon.

— Elle peut l'être, si le préjudice subi est suffisamment grand.

Jack se gratta le menton.

— Vous parlez comme si vous pouviez lire dans son esprit.

— Si vous connaissiez son passé, vous non plus, vous ne douteriez pas de ses intentions, répliqua Blanche.

— Et M. de Larrion ? Est-il au courant de ses activités ? s'enquit Jack.

Blanche lissa les plis de sa cape.

— Je pense qu'il ferme les yeux sur ce qui se passe en mer quand cela l'arrange. Vous traitez le Loup de mer de pirate ; c'est exactement ce que dirait Charles de Blois. Pour la maison de Montfort et pour les Anglais, il serait un allié. Quelqu'un qui œuvre sans relâche pour servir leur cause.

Elle pointa Jack du doigt et lui lança un regard de défi.

— Vous aussi, vous le considéreriez comme un allié, j'en suis sûre.

Jack fronça les sourcils.

— Je ne pourrais jamais voir comme un allié un homme qui m'a traité avec tant de mépris.

Blanche haussa les épaules et rassembla ses rênes. Cette journée ne commençait pas sous les meilleurs auspices.

— Peut-être pas… Mais il suffit, à présent. Nous arriverons bientôt à Bénestin, et ce genre de discussion n'est pas pour les lieux publics. Un jour de marché est un moment de joie et de fête, non de ressentiment et de jugement.

Elle claqua la bride sur le flanc de sa monture, qui partit en trombe. Cette sortie n'aurait rien de festif si elle ne trouvait pas un moyen de calmer ses nerfs. Au lieu de chevaucher directement jusqu'à Bénestin, elle changea de cap et les conduisit aux Vierges de pierre. Là, elle sauta à bas de sa selle et attacha le hongre tandis que Jack la rattrapait.

— Ce n'est pas Bénestin, remarqua-t-il en l'imitant.

— Non, je viens ici quand j'ai besoin de solitude. Ce lieu m'apaise.

Jack s'approcha du bord de la falaise pour observer la mer. Blanche le laissa faire. Quelques jours plus tôt, elle aurait craint qu'il se jette dans le vide, mais ce n'était plus le cas. Ce sombre désir semblait l'avoir quitté à mesure qu'il recouvrait la mémoire.

— Je comprends pourquoi vous affectionnez cet endroit, reconnut-il. C'est magnifique. Je crois que je n'avais jamais vu un paysage pareil.

Blanche suivit son regard qui balayait l'étendue bleue, les colonnes de pierre et, derrière, la terre. Quelques fleurs printanières commençaient à apparaître. Des bourgeons jaunes et violets s'étaient frayé un chemin à travers l'herbe et les ajoncs. Bientôt, un arc-en-ciel de couleurs viendrait accentuer le contraste avec la roche noire.

— En été, sa splendeur est sans égale, soupira-t-elle de délice. La mer prend une teinte presque turquoise, et la terre se recouvre d'un tapis de verdure sur des milles à la ronde.

Elle revint vers le cercle de pierres, déposa sa cape au sol et s'assit dessus. Lorsqu'il eut suffisamment contemplé les flots, Jack la rejoignit, mais, au lieu de s'installer à son tour, il fit lentement le tour des monolithes et laissa glisser sa paume sur le granit rugueux en étudiant avec curiosité ses diverses aspérités. Blanche l'observa toucher la pierre avec autant de soin qu'il aurait caressé les courbes d'une amante, et frémit de désir. Les mains de Jack étaient grandes et puissantes, ses doigts écartés pour mieux sentir la rudesse de la roche. Blanche pouvait aisément imaginer ses paumes courir sur son corps nu, lentement… Tous ses sens en éveil, elle fut prise de vertige.

— La première fois que j'ai vu ces pierres, j'ai su qu'elles tiendraient toujours une place importante dans mon cœur.

— Qui les a agencées de la sorte ?

— Nul ne le sait. Elles se trouvaient déjà ici depuis des lustres à l'époque où ma grand-mère était jouvencelle.

Blanche se leva et longea le cercle, s'arrêtant devant une pierre trapue et légèrement bancale, sa préférée depuis qu'elle était enfant. Elle fit glisser ses deux mains à la surface du rocher, retraçant du bout des doigts ses lignes creusées par des siècles de vents et de pluie, avant de se tourner vers Jack.

— Il existe toutefois une légende qui raconte que ces rochers étaient autrefois des femmes, punies pour être venues ici retrouver leurs amants au lieu de se rendre à l'église. En guise de châtiment, elles auraient été changées en pierres pour l'éternité. Seulement les femmes, bien sûr, pas les amants.

— Naturellement, commenta Jack d'un ton aussi amer que le sien.

— Pensez-vous que ces hommes ont pris d'autres maîtresses ? l'interrogea Blanche. Des femmes plus prudentes quant au moment et au lieu où elles accordaient leurs faveurs ?

— Certains d'entre eux, à n'en point douter. Mais d'autres étaient peut-être si endeuillés qu'ils ont renoncé à ouvrir leur cœur à d'autres femmes.

Jack s'exprimait d'une voix lasse.

— Si vous voulez mon avis, c'est fort dommage, décréta

Blanche. Nous n'avons pas été créés pour demeurer des loups solitaires, mais pour vivre et aimer.

— Qu'est-il arrivé à votre second époux ? l'interrogea Jack. Vous n'avez jamais répondu à cette question.

Le regard de Blanche passa sur lui sans le voir et se porta vers la mer. Elle releva le menton.

— Il y a plusieurs années, la ville de Quimper a été assiégée. Les forces loyales au légitime duc de Bretagne ont résisté, mais n'ont pas pu contenir l'assaut.

Elle frissonna, sentant la nausée la gagner.

— Yann m'a fait évacuer, mais il est demeuré sur place. S'il avait consenti à déclarer son allégeance à la maison de Charles de Blois, il aurait été épargné, mais il a rejeté leur offre.

— Si c'est un souvenir trop pénible..., commença Jack, mais Blanche le fit taire d'un geste impérieux.

— C'était un moment difficile. Mais il appartient au passé, désormais. Éviter d'en parler ne rend pas honneur à son sacrifice. Yann a refusé de plier le genou. Il a été enchaîné et conduit à Paris avec d'autres Bretons, où ils ont tous été exécutés pour trahison envers la France.

Elle ferma les yeux.

— Je suis désolé, murmura Jack.

Ses lèvres esquissèrent un sourire triste mais reconnaissant.

— Ne le soyez pas. Vous n'êtes pas responsable de son sort, pour autant que je sache.

— Je voulais dire que je suis désolé que vous ayez dû subir une telle épreuve, clarifia-t-il en posant sa main sur la sienne. Vous avez dû être horrifiée d'apprendre ce qui s'était passé. Je suis heureux que vous n'ayez pas eu à assister à ça.

Elle releva brusquement la tête.

— Jack, c'est bien mal me connaître que de croire cela. Je suis... *J'étais* une épouse loyale. Comment aurais-je pu ne pas être là ? J'ai chevauché jusqu'à Paris et supplié qu'on épargne sa vie, mais en vain. Au moment de la sentence, je me tenais à côté du bloc pour que le dernier visage qu'il voie avant de mourir soit le mien. Puis, à la faveur de la nuit, j'ai volé sa tête que nos ennemis avaient plantée au bout d'une pique sur le rempart de la capitale. J'ai fui Paris avec le corps de mon époux en croupe…

— Est-ce ainsi que vous avez perdu les terres et les biens de Yann ? Est-ce pour cela que vous vivez dans ce fort ?

— En effet. On m'a tout pris, à l'exception du peu que j'avais apporté à ce mariage et de quelques objets précieux que j'ai pu dissimuler grâce à Andrey. J'ai eu beaucoup de chance que le frère de Maël se montre si généreux.

Elle se détourna avant d'ajouter :

— J'ai même dû vendre mon cheval pour regagner la Bretagne.

— Vous avez vendu votre cheval et acheté le fort ?

Elle secoua la tête avec un sourire désabusé.

— Malheureusement, mon cheval ne valait pas une telle somme.

— Vous êtes extraordinaire, murmura Jack.

Elle laissa échapper un rire amer.

— Vous ne direz plus cela lorsque vous saurez ce que j'ai fait pour y parvenir.

Jack se redressa et haussa un sourcil, sa curiosité éveillée.

— Je vous en prie, racontez-moi, dit-il.

Blanche ferma les yeux. Elle n'était plus certaine de vouloir lui narrer la suite de l'histoire. Une part d'elle-même souhaitait se libérer du fardeau d'un secret qu'elle n'avait jamais partagé avec personne, pas même avec Andrey. De tous ses « proches », seul Ronec était au courant et c'était parce qu'il faisait partie intégrante de ce morceau de sa vie… Quels que puissent être les sentiments qu'elle commençait à nourrir pour Jack, elle ne pourrait jamais les accepter pleinement tant qu'il ne connaîtrait pas la facette la plus noire de Blanche Tanet…

— Une autre fois, peut-être, finit-elle par répondre. Avant que vous ne partiez.

Ce qu'il penserait d'elle alors n'aurait plus aucune importance.

— Puisque vous abordez le sujet… j'ai beaucoup réfléchi à la date de mon départ, intervint-il en la fixant droit dans les yeux. J'aimerais rester encore quelque temps.

Elle fit de son mieux pour retenir un sourire.

— Bien sûr, vous êtes chez vous ici. Pour quelle raison retarder l'échéance ?

— L'idée de vous quitter ne me sied guère.

Elle cligna des yeux de surprise.

— Pourquoi ?

— Je ne cesse de repenser à la façon dont vous avez récupéré mon coffret, au fait que vous viviez entourée de naufrageurs et de pirates… Lorsque je vous entends parler de vos escapades ici pour trouver un peu de solitude, cela me déchire le cœur. Je m'inquiète pour vous.

Elle aurait dû lui dire la vérité… Le laisser quitter la Bretagne avec la certitude qu'elle ne risquait rien.

— C'est inutile. J'ai des conseillers. Des hommes fiables.

— Mais pouvez-vous vous confier à eux ?

— Leur confier quoi ? riposta-t-elle en évitant son regard.

— À quel point vous vous sentez seule. Ne le niez pas. Je le sais parce que j'éprouve la même chose.

Blanche s'éloigna en direction du bord de la falaise et baissa les yeux vers les rochers en contrebas. Son cœur tonnait plus férocement encore qu'une tempête en pleine mer. Jack lui emboîta le pas.

— Vous vivez entourée de domestiques et de personnes comme Andrey ou Ronec, mais vous êtes si seule… J'ignore quelle emprise le Loup de mer a sur vous, mais elle peut être brisée. Je peux vous aider, si vous acceptez de me laisser faire.

Elle lui fit face.

— Pourquoi feriez-vous cela pour moi ?

Il affronta son regard, son visage d'une intensité brûlante.

— Parce que je crois que je commence à éprouver des sentiments pour vous.

Étourdie par cette déclaration, Blanche répliqua :

— Comment est-ce possible, alors que vous ne savez même pas qui vous êtes ?

— Je n'ai nul besoin de connaître mon passé pour savoir ce que je ressens quand je suis à vos côtés.

Il tendit la main pour caresser sa joue, et elle le laissa glisser ses doigts dans sa chevelure. Le souvenir de leur baiser lui embrasa le corps. Elle mourait d'envie de goûter à nouveau à ses lèvres.

— Si vous connaissiez mon passé, vous ne ressentiriez pas la même chose.

— Si vous croyez que je pourrais vous rejeter parce que vous avez été mariée, vous vous trompez. Je n'ai guère besoin que ma partenaire soit jeune et innocente.

Elle espérait de tout cœur que cela soit vrai. Blanche baissa les yeux et constata avec surprise que le corps de Jack réagissait d'une façon qui trahissait clairement son attrait physique pour une veuve plus vieille que lui. Elle sentit une vague de chaleur lui monter aux joues.

— Je ne suis ni jeune ni innocente, Jack. Je crains que vous ne soyez l'agneau dans cette relation.

— J'ignore mon âge, lui rappela-t-il d'un ton taquin. Je pourrais être un quadragénaire remarquablement bien préservé !

— Êtes-vous en train de plaisanter ? badina-t-elle, le coin de ses lèvres retroussé.

Intérieurement, elle se sentait plus jeune que jamais. Le désir et la joie faisaient naître des myriades de papillons dans son estomac.

— Je crois bien que oui, reconnut-il en souriant de

toutes ses dents. Vous n'avez que quelques années de plus que moi. Cela ne signifie rien.

— Et qu'en est-il de vous, Jack ? l'interrogea soudain Blanche. Vous n'êtes pas vierge, je présume ?

— Je ne le pense pas, non, admit-il.

Elle se demanda quel genre d'amant serait Jack, et devina qu'il s'avérerait sans doute bien meilleur que la plupart des hommes qu'elle avait connus. Une onde ardente envahit tout son corps et fit vibrer ses veines au rythme affolé de son cœur. Jack avança d'un pas. Elle n'esquissa pas un geste, suivant du regard le moindre de ses mouvements.

— Je ne veux plus me marier, prévint-elle. Je l'ai déjà été deux fois et, à la mort de Yann, j'ai juré de ne plus jamais laisser un homme me posséder. J'aime mon indépendance et je compte bien la garder.

— Est-ce tout ce dont vous avez besoin ? s'enquit Jack.

— Non. Il y a de nombreuses choses qui me manquent depuis longtemps.

Elle approcha à son tour et posa sa main sur le torse de Jack, ajoutant :

— Des choses dont j'aimerais me rappeler.

Elle pouvait entendre son propre pouls battre furieusement à ses oreilles. Ce n'était pas la première fois qu'elle offrait ses faveurs, elle l'avait fait auprès d'hommes plus importants pour des enjeux bien plus grands, et pourtant… elle tremblait à l'idée que Jack puisse la repousser.

— Est-ce que vous suggérez ce que je pense ? murmura Jack d'une voix rauque et pressante.

— Oui.

Blanche prit une longue inspiration, puis affronta son regard et se noya avec plaisir dans ses profondeurs d'azur.

— Bientôt, nous devrons nous séparer. Je tiens à partager un instant d'intimité avec vous avant que vous ne repartiez. Si vous le souhaitez aussi, bien sûr…

— Ma réponse n'est-elle pas évidente ? la taquina-t-il.

— Je veux l'entendre.

Les pupilles de Jack se dilatèrent, noires de passion.

— J'ai envie de vous, Blanche. Plus que vous ne pourriez l'imaginer. Je vous désire plus que n'importe quelle femme dont je puisse me souvenir. L'espoir de passer un instant dans vos bras me consume depuis le premier jour où je vous ai vue. Mais les conséquences pourraient être dommageables pour vous.

— Ma réputation ne concerne que moi… et puis, nous sommes seuls, ici. Je n'ai porté que deux enfants en dépit de nombreuses années à partager ma couche. Je n'en suis peut-être même plus capable.

— Je vous promets que nous n'en arriverons pas là, lui assura Jack. Je sais quand m'arrêter.

Blanche sourit.

— Une fois, dans ce cas. Un moment dans les bras l'un de l'autre, sans secrets ni reproches.

Chapitre 13

Lentement, consciente du regard brûlant de Jack qui suivait le moindre de ses mouvements, Blanche détacha la broche de sa tunique située juste en dessous de ses seins. D'un sensuel haussement d'épaules, elle fit glisser le vêtement au sol, le tissu épais et fluide coulant à ses pieds comme de l'eau. C'était un geste qu'elle avait appris à parfaire avec le temps et qui laissait toujours ses amants bouche bée de désir. Elle fut ravie de constater qu'il fonctionnait particulièrement bien sur Jack. D'une rotation lascive des hanches, elle se débarrassa de son jupon et se tint devant lui vêtue uniquement d'une cotte légère. Le vent s'engouffra dans la fine étoffe de soie et la fit voltiger autour d'elle, dévoilant et dissimulant sa tenue d'Ève au gré des courants. Jack ne la quittait pas des yeux, subjugué. Les muscles de son cou étaient tendus, et Blanche ne put ignorer la bosse révélatrice au niveau de son entrejambe. Il était prêt à céder à ses pulsions. Jack défit les lacets de sa tunique, son regard rivé au sien, mais n'esquissa pas d'autre geste.

— Pourquoi restez-vous là sans bouger ? lui demanda-t-elle, confuse.

Elle craignit soudain de l'avoir mal cerné. Était-il possible qu'elle se soit fourvoyée à ce point sur son compte ?

Jack ouvrit les bras, paumes vers le ciel, et retroussa les lèvres en un sourire taquin.

— Vous m'avez dit un jour de ne jamais vous toucher sans votre permission.

Blanche s'en trouva aussitôt profondément soulagée et, étrangement, encore plus impatiente de s'unir à lui. Elle laissa échapper un petit rire et tendit les mains vers lui.

— Jack, vous avez ma permission, et plutôt deux fois qu'une !

Avant même qu'elle ait fini sa phrase, il plongea sur elle… Le dernier mot avait à peine quitté ses lèvres que celles de Jack les submergèrent. Son baiser était fiévreux et fébrile, et Blanche y répondit avec force, incitant sa langue à chercher la sienne. L'un d'entre eux gémit, sans qu'elle parvienne à discerner qui avait émis ce son si bestial. Il libéra sa bouche pour voyager le long de sa mâchoire jusque dans son cou, léchant et titillant sa peau avant d'explorer ses clavicules. Blanche rejeta la tête en arrière pour offrir un meilleur accès à Jack, dont les baisers ardents embrasaient tout son corps. Inclinant le visage, elle trouva son oreille et en mordilla le lobe. Surpris, il poussa une exclamation de plaisir et répondit d'une longue caresse de la langue à la base de son cou.

Elle sentit ses paumes chaudes et masculines descendre le long de ses épaules en entraînant la cotte avec eux. Lorsque le tissu soyeux glissa sur ses mamelons, une onde de plaisir la traversa de la tête aux pieds tandis que Jack mettait au jour toute la rondeur de sa poitrine. Les mains de Blanche s'infiltrèrent sous la tunique de son partenaire et s'attardèrent sur ses muscles fermes, comme elle rêvait de le faire depuis des jours. Jack effleura le cou de son hôtesse du bout des doigts, puis les laissa se frayer un chemin jusqu'aux seins de Blanche. Avec une lenteur qui la mit au supplice, Jack les caressa langoureusement de ses paumes chaudes avant de les envelopper entièrement de ses mains. Elle gémit, et il intensifia son geste, pressant sa tendre chair plus fermement pour mieux en titiller les pointes de ses pouces.

— Cela vous plaît-il ? demanda Jack.

Il avait murmuré ces mots à son oreille, son souffle brûlant dans son cou, puis il s'écarta légèrement pour la regarder dans les yeux. Ses pupilles dilatées débordaient d'un tel désir que Blanche crut défaillir. Il tenait à savoir, à comprendre si ses attentions la contentaient. Cela faisait si longtemps qu'un homme ne s'était plus autant soucié de son plaisir qu'elle eut soudain envie de se nicher contre lui et de le supplier de ne plus la lâcher. Mais il frôla de nouveau le sommet rose et dur de son mamelon, déjà sensible depuis ses précédentes caresses, et désormais intolérablement nerveux. Une onde chaude palpita au creux de son ventre, et Blanche sut qu'elle ne pourrait, et ne *voudrait*, s'arrêter à aucun prix.

— C'est si bon, susurra-t-elle avec ravissement.

Puis à son tour, elle fit remonter ses mains des aplats de ses abdominaux aux sillons sculptés de sa poitrine et en trouva les pointes, aussi dures que de la pierre. Blanche les pinça avec délicatesse et sensualité, et sentit Jack frémir de tout son corps.

— Cela vous plaît-il ? lui demanda-t-elle, haletante.

Elle renouvela son geste, un peu plus fort, avant de saisir son visage pour l'attirer contre le sien.

Jack l'embrassa et lui répondit d'un grognement de plaisir guttural. Puis il la souleva par la taille et la plaqua contre le plus grand des monolithes, la coinçant contre la pierre avec toute la puissance de son corps. Contre sa cuisse, elle sentait la raideur chaude de son membre dressé rivaliser avec la rigidité glacée du rocher dans son dos. Elle arracha les attaches de ses chausses et le libéra de l'étroitesse du tissu. Mais au lieu de la pénétrer immédiatement, il glissa une main jusqu'à son bas-ventre, souleva la cotte et s'insinua entre ses jambes. Ses doigts cherchèrent et trouvèrent leur cible, l'encerclèrent, s'introduisirent puis entamèrent un délicieux va-et-vient. Blanche sentit ses genoux la trahir quand, telle une marée, son plaisir se mit à enfler et refluer au rythme dicté par les caresses de Jack, tantôt légères et tantôt fermes. Lorsqu'elle approcha de la cime de la vague, elle tendit brusquement les mains pour saisir son sexe et le guider vers le sien.

— Prenez-moi… Maintenant…, haleta-t-elle.

Il la pénétra avec puissance et ardeur, l'écrasant de toute la force de son bassin contre la pierre froide. Blanche criait de délice à chacun de ses assauts, qui la menaient toujours plus près du septième ciel, ses gémissements se mêlant à ceux de Jack. Elle bascula avant lui, submergée par un raz-de-marée de félicité, et se serait alanguie contre le monolithe si le corps de son partenaire ne l'avait pas maintenue captive du rocher. Jack s'enfonçait en elle, de plus en plus loin et de plus en plus vite, et ne tarda pas à succomber lui aussi. Il se retira aussitôt ; Blanche saisit son membre et le caressa fermement jusqu'à ce qu'enfin il cède à son tour au plaisir, son corps frémissant de volupté.

Puis ils s'affalèrent ensemble contre le rocher, à bout de souffle, bras et jambes entremêlés, enveloppés dans le peu de vêtements qu'ils n'avaient pas arrachés. Jack bâilla. Blanche, languide, dut cligner des yeux pour chasser la torpeur. Le sommeil semblait vouloir la gagner, et la chaleur apaisante de l'étreinte de Jack était un endroit où elle aurait volontiers passé le restant de sa vie.

— Pensez-vous que je serai changée en pierre pour ce que nous venons de faire ? murmura Blanche.

Elle titilla le bas-ventre de son partenaire du bout des doigts et sourit avec amusement.

— L'espace d'un instant, j'ai cru que c'était ce qu'il vous arrivait.

Jack rit et l'étreignit plus près de son cœur.

— Un moment si merveilleux ne mérite pas d'être châtié. Je chérirai ce souvenir aussi longtemps que je vivrai.

Blanche sentit sa gorge se serrer. Les différences entre ses amants ne cesseraient jamais de la fasciner. Maël s'était montré enthousiaste et drôle, mais Blanche devait bien admettre qu'il avait toujours recherché son propre plaisir avant celui de son épouse. Elle n'avait jamais réellement compris ce qui avait tant manqué à leurs ébats. Yann était plus âgé et possédait une bien meilleure connaissance du corps des femmes, mais sa façon de répéter la même série de gestes pour atteindre inévitablement la même conclusion avait fini par devenir lassante. Jack n'était ni Maël ni Yann, mais elle savait d'ores et déjà qu'elle se souviendrait de cet instant plus clairement que tout ce qu'elle avait vécu avec ses deux époux.

— Nous devrions poursuivre notre route, suggéra-t-elle.

Bénestin était à peine plus vaste que le village de Plomarc'h, mais possédait une place imposante cerclée de maisons à deux étages. Ils laissèrent leurs montures à l'écurie dans une allée tranquille et suivirent les sons discordants d'une cornemuse en direction de l'esplanade bondée.

Ils marchaient bras dessus bras dessous, sans mentionner ce qu'ils venaient de partager, et leurs corps se frôlaient régulièrement, enhardis par cette nouvelle intimité. Jack était consumé par le désir inextinguible de se trouver au plus près de Blanche à chaque instant, même en public. Il peinait encore à croire que, moins d'une heure plus tôt, il avait tenu son corps contre le sien alors qu'elle gémissait d'extase, plongeant en elle corps et âme jusqu'à ne plus ressentir que des instincts les plus primaires. Une seule fois, s'étaient-ils promis. Il devrait quitter la Bretagne le plus tôt possible s'il comptait tenir cet engagement. Mais comment se résoudre à la laisser après ce qu'ils venaient de vivre ?

Une délicieuse odeur d'huîtres braisées rivalisait avec le doux fumet d'un bouillon de viande et de légumes qui frémissait dans une marmite pour allécher les passants. Jack en eut l'eau à la bouche et il inspira profondément. Il mourait de faim après avoir dépensé tant d'énergie au sommet de la falaise avec Blanche. Il n'y avait rien de mieux que de toniques ébats pour vous ouvrir l'appétit !

— Que diriez-vous d'acheter de quoi reprendre des forces ? suggéra Blanche.

Sans attendre sa réponse, elle s'éloigna en direction d'un étal d'huîtres au beurre et revint avec un panier plein de ces coquillages, ouverts et prêts à être dégustés. Ils dévorèrent la chair crémeuse et salée avec leurs doigts et en léchèrent le jus avec enthousiasme.

La vision de la langue de Blanche qui s'enroulait autour de ses phalanges fit courir un frisson dans le dos de Jack. Elle surprit son regard et gloussa comme une jouvencelle.

— Vous avez manqué un endroit, dit-elle.

Du pouce, elle frotta le coin des lèvres de Jack pour en retirer une trace de beurre. Son partenaire saisit son doigt et le porta à sa bouche pour le nettoyer. Blanche laissa échapper un petit couinement. Jack fit glisser sa langue lentement et de façon très suggestive le long de son pouce avant de titiller le pli de chair qui le séparait de son index. Blanche ferma les yeux. Son visage, l'image même du désir et de la tentation, lui embrasa les sens.

— Monsieur Langdon ! Vous êtes donc vivant ? C'est un miracle.

Entendre ainsi son nom tira Jack de ses rêveries. Il pivota et se retrouva attiré dans une étreinte masculine par une puissante paire de bras.

— Je suis si heureux de vous revoir !

L'homme libéra Jack et l'examina de pied en cap. À l'évidence, ils s'étaient déjà rencontrés, mais comme tous les autres visages celui-ci appartenait à un étranger.

— Vous savez qui je suis ?

L'inconnu fronça les sourcils.

— C'est une plaisanterie ? C'est moi, Petrus. Petrus Nevez ! Vous ne vous rappelez pas ?

L'homme semblait perplexe.

— Je crains que mon ami Jack n'ait perdu une partie de sa mémoire, intervint Blanche en venant se tenir aux côtés de Jack.

Son expression était sereine, mais toute trace de gaieté avait quitté son visage. Jack lui sourit. Le terme « amis » et la tendresse qu'il pouvait lire dans son regard d'encre lui réchauffaient le cœur.

— Mon pauvre monsieur Langdon, quelle tragédie !

Le dénommé Petrus se tordit nerveusement les mains.

— Vous le connaissez donc ? l'interrogea Blanche.

— Absolument ! Il était passager à bord de mon navire, mais nous avons heurté des récifs et fait naufrage. C'était un terrible accident.

Blanche et Jack échangèrent un regard furtif. La perte du bateau n'avait rien d'un accident, mais avouer la vérité à Petrus Nevez ne conduirait à rien de constructif. Il se souvint alors des tonneaux d'épées et se demanda s'ils pouvaient vraiment faire confiance à l'homme qui en organisait la contrebande.

— Dites-moi tout ce que vous savez à mon sujet, je vous en prie, l'interrogea Jack. Je n'ai retrouvé qu'une infime partie de ma mémoire.

— Mais certainement ! Toutefois, peut-être devrions-nous trouver un lieu plus approprié que la place du marché ? J'ai terriblement soif.

L'allusion n'aurait pu être plus claire. Blanche les mena jusqu'à une auberge qui avait ouvert sa devanture et installé des tables et tabourets directement sur le square, où un acrobate divertissait les clients. Ils trouvèrent des sièges à l'écart et s'y assirent. La serveuse leur apporta un pichet en faïence rempli de cidre et trois coupes. Mal à l'aise, Jack regarda Blanche payer pour la boisson. Bien entendu, Petrus Nevez s'attendait à profiter de leurs bonnes grâces tandis qu'il révélait ce qu'il savait, mais Jack déplorait de ne pas avoir d'argent à lui.

— Je sais que je m'appelle Jack, commença-t-il. J'ai récupéré plusieurs documents qui me désignent comme intermédiaire pour une compagnie marchande.

Il ne fit toutefois pas mention des tablettes codées.

— En effet. Vous achetez du vin. Vous aviez l'intention de rentrer en Angleterre et voyagiez avec moi jusqu'à Roscoff. J'entretenais l'espoir de vous convaincre d'acquérir une partie de ma marchandise.

À nouveau, Blanche et Jack échangèrent une œillade. À l'évidence, Petrus Nevez ne les soupçonnait pas d'avoir découvert la véritable nature de son trafic. L'homme se servit une nouvelle coupe de cidre et leur tendit le pichet vide, attendant visiblement qu'ils renouvellent la commande. Blanche leva la main pour héler l'aubergiste, mais Jack secoua la tête. Elle l'ignora et demanda une autre carafe.

— Découvrir la vérité en vaut le prix, lui murmura-t-elle.

— Mon navire a sombré, soupira Petrus Nevez. Mais j'ai eu la bonne fortune de pouvoir regagner la côte à bord de mon canot de sauvetage, sans quoi j'aurais également perdu la vie. Je me suis procuré un nouveau bâtiment et compte naviguer jusqu'à Roscoff dès que possible.

— Étiez-vous l'unique survivant ? l'interrogea Blanche avec douceur.

— Non, tous les passagers du canot sont sains et saufs. Nombre d'entre eux ont pris des chemins différents. Un de mes hommes a rejoint la lutte pour rendre la Bretagne à son héritier légitime. Un autre, en revanche, a rallié l'armée de Charles de Blois.

Il s'interrompit et cracha furieusement par terre.

— Mes excuses, madame, mais le nom de ce traître me laisse un goût de bile dans la bouche.

Blanche sourit.

— Ne vous excusez pas. Vous ne trouverez guère d'amis de la maison de Blois dans cette région.

— Et qu'en est-il de mes allégeances ? s'enquit Jack en se redressant sur son siège.

La survie d'une partie de l'équipage était une bonne nouvelle, mais elle n'avait aucun impact émotionnel sur lui.

— Pensez-vous que je soutenais Charles de Blois ?

— Ce n'était certainement pas l'impression que vous donniez, le rassura Petrus Nevez.

Jack sentit la tension dans ses épaules se relâcher à cette confirmation ; au moins, Blanche et lui étaient dans le même camp. Ce n'était qu'un détail, mais suffisant pour prouver qu'il n'était pas son ennemi. Il priait pour qu'ils ne découvrent pas une raison pour Blanche de le haïr.

— Quel dommage que votre ami n'ait pas été avec vous quand nous vous avons trouvé, cela vous aurait évité bien des déboires, fit remarquer Blanche. Nous sommes bien alliés en fin de compte.

Ses yeux scintillèrent de joie, et Jack comprit que cette nouvelle la soulageait autant que lui. Il sentit sa main toucher la sienne sous la table et la serra fort. Ils échangèrent un long regard, et Jack laissa la chaleur familière de leur relation lui mettre du baume au cœur. Il était plus près que jamais de percer enfin le mystère de son passé. Pourrait-il alors se tourner vers l'avenir ? Et oserait-il espérer que Blanche en fasse partie ?

— Vous ai-je beaucoup parlé de moi ? demanda-t-il à Petrus.

— Non, vous n'étiez pas très bavard.

L'homme l'étudia avec attention avant d'ajouter :

— Pardonnez-moi pour ma franchise, monsieur Langdon, mais vous avez l'air plus… calme. Lorsque je vous ai rencontré, vous étiez sur le point de défier la moitié de Concarneau au combat à mains nues. Vous étiez si enragé que vous ne sembliez guère vous soucier de qui vous provoquiez. Dans mon souvenir, vous ne paraissiez pas non plus très inquiet de savoir si vous alliez en sortir vivant.

Jack déglutit. Ainsi, son désir d'autodestruction n'était pas dû au naufrage. Il s'en était douté, mais ne comprenait toujours pas pour quelle raison il avait fait si peu de cas de sa propre existence. Petrus Nevez plissa les yeux comme pour mieux l'examiner.

— Vous ne portez plus votre croix.

Jack leva instinctivement sa main à son cou, et l'étincelle d'un souvenir naquit dans son esprit. Ce n'était pas la première fois qu'il avait cette sensation que quelque chose lui manquait. Cette absence le taraudait depuis des jours. Était-il un homme pieux qui avait perdu sa foi en même temps que sa mémoire ?

— Je ne me rappelle pas en avoir porté une.

— Pourtant, elle pendait à votre cou jour et nuit. Je suis navré d'apprendre que vous l'avez égarée.

Blanche posa sa coupe sur la table.

— Si vous voulez bien m'excuser, messieurs ?

Elle se leva de son tabouret et prit la direction de l'allée où ils avaient laissé leurs chevaux. Un terrible soupçon envahit Jack. Elle lui avait caché l'existence du coffret… Se pouvait-il qu'elle sache quelque chose au sujet de cette croix ? Il l'appela, et elle se retourna vivement.

— Jack, parviendrez-vous à rentrer par vous-même ?

Son expression était tendue et ses épaules rigides. Jack sentit une boule de plomb tomber dans son estomac lorsqu'il se souvint de la façon dont elle avait récupéré sa boîte auprès de Ronec. Il bondit de son siège et courut après elle.

— Que savez-vous ?

Elle se détourna en secouant la tête et s'éloigna en allongeant sa foulée. Mais Jack ne la laisserait pas s'en tirer ainsi.

Blanche avait pratiquement atteint l'écurie lorsqu'il la saisit par la manche. Il la força à s'arrêter avec plus de rudesse qu'il ne l'aurait souhaité, et elle fit volte-face avec colère.

— Ne me touchez pas de la sorte !

Jack la libéra immédiatement, choqué d'avoir osé l'agripper si brutalement.

— Vous savez de quoi parle Petrus, n'est-ce pas ?

Sa bouche se tordit en une grimace, son visage soudain pâle. Jack sentait la nausée le gagner chaque fois qu'il repensait à la façon dont elle avait récupéré ses biens. Il ne pouvait supporter qu'elle se vende à nouveau à Ronec pour lui. Il tendit les bras vers elle et prit tendrement son visage entre ses mains, plongeant ses doigts dans sa chevelure.

— Je ne vous laisserai pas retourner le voir, déclara-t-il en pressant son front contre le sien.

— Voir qui ?

Blanche fronça les sourcils, mais, lorsqu'elle comprit ce qu'il voulait dire, elle se libéra de son étreinte et couvrit son visage de ses mains.

— J'irai moi-même et je forcerai Ronec à me la rendre, ajouta Jack.

Il la prit délicatement par l'épaule et tenta de l'attirer dans ses bras, mais elle se raidit et se dégagea.

— C'est inutile.

Elle leva la tête vers lui, et son expression recelait une telle détresse que Jack sentit son cœur manquer un battement.

— Ce n'est pas Jagu qui a votre croix. C'est moi. Je l'ai depuis le début.

Jack laissa retomber sa main. Un affreux rugissement bourdonnait à ses oreilles. Blanche en profita pour s'enfuir vers les écuries. Lorsqu'elle réapparut sur son cheval et galopa en direction de Fort Carouel, Jack n'eut même pas la force de l'appeler. Il retourna auprès de Petrus Nevez.

— Votre femme n'est pas avec vous ? s'enquit ce dernier.

— Ce n'est pas ma femme, rétorqua Jack plus énergiquement qu'il ne le souhaitait.

L'homme haussa un sourcil.

— Nous ne sommes pas ensemble, répéta Jack avec plus de calme.

Mais le rythme effréné de son cœur lui rappelait combien il aurait voulu qu'elle le soit.

— Vous l'appréciez, cela dit ?

Jack demeura coi. Il remplit sa coupe de cidre et le but lentement pour mieux réfléchir à la question. Ses sentiments pour Blanche étaient bien trop complexes pour être aisément définis. Oui, il l'appréciait. Énormément. Il la désirait. Il aimait être à ses côtés. Lorsqu'il avait cru, l'espace d'un instant, qu'elle retournait voir Ronec, il avait ressenti un tel élan protecteur qu'il en avait été le premier surpris. Il avait passé tant de temps en sa présence, été témoin de son courage et de son sens du sacrifice lorsqu'elle avait récupéré son coffret, appris tout ce qu'elle avait souffert depuis la mort de son mari… Il était béat d'admiration pour cette femme. Certes, elle était dure et impérieuse, mais sous sa sévérité se dissimulait une chaleur humaine qu'il n'avait qu'entraperçue jusque-là. Lorsqu'ils avaient fait l'amour, il avait découvert à quel point elle était d'une nature passionnée. Elle le masquait si bien qu'il doutait encore de son existence.

Il avait l'impression d'avoir vu ses murs de glace fondre petit à petit, l'autorisant à percevoir ce qu'elle avait de plus vulnérable, et cela l'avait ému. Il demeurait des barrières entre eux, mais une petite voix dans sa tête lui soufflait de briser toutes les chaînes du passé et de rester à ses côtés jusqu'à avoir découvert le moindre de ses secrets, espoirs et rêves.

Un mot d'une profonde simplicité flottait à la frontière de sa conscience… *Amour.* Mais il rechignait à le prononcer à voix haute, comme s'il craignait de lui donner trop de pouvoir.

Mais survenait à présent le problème de la croix…

Ce secret le faisait bouillir de rage. Elle l'avait gardée depuis le début sans rien lui dire. Si Petrus n'en avait pas mentionné l'existence, la lui aurait-elle rendue ? Il avait besoin de comprendre pourquoi, et il devait découvrir ce que cet objet pourrait lui révéler. Si la croix détenait des informations importantes, il ne pourrait demeurer auprès de Blanche.

— Quand nous avons voyagé ensemble, la dernière fois, vous cherchiez à regagner l'Angleterre, dit alors Petrus Nevez. Je quitterai Bénestin dans quatre jours, dès que mon second m'aura rejoint. Nous mettrons ensuite les voiles pour Roscoff, comme prévu initialement. Si vous le souhaitez, je serais heureux de vous accueillir à bord.

— Je n'ai aucun moyen de vous payer, admit Jack.

— Vous l'avez déjà fait. Je ne vais tout de même pas vous facturer deux fois ! Et si vous travaillez comme matelot jusqu'à Roscoff, c'est moi qui vous paierai. Lorsque vous aurez rejoint votre pays, pensez juste à glisser un petit mot en ma faveur à vos associés…

Jack acquiesça. Il pourrait trouver un navire pour l'Angleterre depuis Roscoff.

— Où logez-vous ? l'interrogea-t-il.

— Ici.

Petrus Nevez désigna d'un geste l'auberge devant laquelle ils s'étaient installés.

— Si vous souhaitez nous accompagner, nous partirons dans quatre jours, à la marée du matin.

Jack et Petrus échangèrent une poignée de main. Il récupéra son cheval et rentra au château au petit galop, sans hâte. Il brûlait de découvrir les secrets que recelait la croix, mais une part de lui préférait repousser l'instant où il lui faudrait affronter Blanche… et sa trahison.

Son hôtesse l'attendait devant la porte de sa chambre, assise sur le tabouret que le garde avait autrefois occupé. Lorsqu'elle le vit, elle baissa la tête. Il la salua d'un hochement du nez et passa près d'elle sans un mot. Elle pénétra dans la pièce après lui en s'agitant nerveusement. Ce maniérisme était si inhabituel de sa part qu'il ne fit qu'accroître l'angoisse de Jack. Il se mit à craindre le pire.

— Avez-vous la croix ? lui demanda-t-il enfin.

Blanche lui tendit son poing fermé. Entre ses doigts, il vit scintiller un éclat doré. Il n'osa d'abord pas la prendre, à la fois effrayé par ce qu'elle pourrait lui apprendre et terrifié qu'elle ne lui évoque rien du tout.

— Où l'avez-vous trouvée ?

Blanche battit des cils et baissa à nouveau la tête.

— Autour de votre cou, quand vous étiez inconscient sur la plage. Je vous croyais mort.

Les implications de cette révélation frappèrent Jack en plein visage avec la force d'une massue.

— Vous me l'avez volée !

— Je craignais que les naufrageurs la prennent et brisent la chaîne pour se partager l'or. C'est un objet trop délicat pour subir un tel sort ; je l'ai donc mise à l'abri. Je me suis dit que vous méritiez mieux que cela. Je l'ai cachée avant que quiconque ne la voie.

C'était un motif plutôt noble, mais elle ne lui avait pas rendu le collier lorsqu'elle avait découvert qu'il était en vie. Il croisa les bras et la dévisagea avec froideur.

— Vous l'aviez depuis tout ce temps ? Avant même d'aller récupérer le coffret auprès de Ronec ? Vous auriez pu me la donner à tout moment, mais vous avez gardé le secret. Pourquoi ?

— Au début, vous étiez si faible. Si malade, bredouilla Blanche, agitée. Je ne savais pas ce qu'elle représentait pour vous et j'ai pensé que vous aviez besoin de temps pour vous remettre. Lorsque le coffret ne vous a rien révélé sur vous-même, vous paraissiez tellement déçu et blessé. Je n'ai pas eu le courage de vous voir à nouveau souffrir.

— Ce n'était pas à vous de prendre cette décision, contra Jack.

Blanche tressaillit, et il réalisa soudain qu'il avait crié.

— Je sais.

— Donnez-la-moi.

Elle tendit une fois de plus la main et pressa l'objet au creux de sa paume. Jack baissa les yeux pour l'étudier. C'était une croix délicatement ouvragée au bout d'une longue chaîne. Cela ne ressemblait pas au genre de bijou qu'un homme porterait. Ignorant le collier, il prit le pendentif entre ses doigts et le retourna. Au dos, les lettres *J* et *M* avaient été gravées dans l'or. Il caressa la forme familière et frotta du pouce les petites pierres rouges serties à chaque extrémité de la croix. Une fois encore, il se sentit submergé par la même émotion qui l'avait frappée lorsqu'il avait découvert son coffret. Il connaissait cet objet. Le *J* correspondait à Jack et le *M*…

Sans qu'il en comprenne la raison, ses yeux s'emplirent de larmes.

— Que vous évoque-t-elle ? l'interrogea Blanche.

— Je n'en suis pas sûr. J'ai besoin de réfléchir.

Jack referma son poing sur le pendentif, le dissimulant au reste du monde à mesure qu'un profond sentiment de perte emplissait tout son être.

Blanche l'observait avec une expression triste. Elle leva la main pour toucher sa joue, mais s'interrompit à quelques pouces de sa peau lorsqu'il lui lança un regard noir. Une partie de lui mourait d'envie de plonger dans ses bras, d'y trouver du réconfort pour chasser le chagrin qui l'envahissait, mais une petite voix susurrait à son oreille que tout cela était sa faute.

Les doigts tremblants, il passa la chaîne à son cou et laissa retomber la croix sur son torse sous sa chemise, contre sa peau nue... là où était sa place. C'était donc cela, la présence qui lui avait tant manqué. L'impression tenace que quelque chose n'allait pas disparut aussitôt. Le soulagement fut presque immédiatement remplacé par un tourbillon de sensations et de souvenirs, dominés par un simple mot.

Margaret.

— Qu'avez-vous dit ?

Blanche le dévisageait avec angoisse.

Il ne s'était pas rendu compte qu'il avait parlé à voix haute.

— Margaret, répéta-t-il d'un ton étouffé par le chagrin.

Il reprit la croix dans sa main et la serra si fort que les grenats s'enfoncèrent douloureusement dans sa paume. Il tourna la tête vers Blanche, mais son image vacilla et se troubla. Il pleurait, et le sentiment de désolation enfla en lui lorsque d'insoutenables souvenirs le consumèrent. Ses genoux faiblirent, et il chancela jusqu'au mur pour ne pas tomber.

— Ma femme... Cette croix était la sienne.

— Vous êtes marié ?

La voix de Blanche n'était plus qu'un murmure dévasté.

Jack couvrit ses yeux de ses mains et sentit les larmes glisser entre ses doigts. Il savait qui était Margaret. Se rappelait où elle se trouvait désormais.

— Je l'étais.

Il tourna vers elle un regard désespéré.

— *J'étais* marié, répéta-t-il.

Il vit le visage de Blanche prendre la couleur de la cendre. La main tendue vers lui, elle semblait hésiter à le toucher. Pour le réconforter ? Pour le charmer à nouveau ?

— Que puis-je faire pour vous aider ?

Il s'écarta violemment. Il ne voulait pas de sa compassion. Pas maintenant. Cela le briserait. Le réconfort de Blanche le détruirait plus sûrement que s'il avait été offert par n'importe qui d'autre.

— Sortez.

Il désigna la porte d'un geste rageur.

— Vous ne devriez pas rester seul, protesta Blanche.

— Je veux qu'on me laisse seul !

Le chagrin qui enflait à l'intérieur de sa poitrine était sur le point de tout ravager. Il ne tarderait pas à craquer et refusait de montrer sa douleur à la femme qui l'avait empêché de découvrir qui il était.

— J'aurais pu connaître la vérité depuis une semaine, mais vous me l'avez dissimulée. Si je l'avais su, je ne vous aurais jamais laissée me séduire !

Il la foudroya du regard, incapable de s'arrêter.

— Est-ce pour cela que vous l'avez gardée ? Pour obtenir de moi ce que vous vouliez, sans que j'aie conscience de trahir sa mémoire ?

— Non ! Je pensais que ces deux initiales étaient les vôtres ! Je ne savais rien de votre épouse avant que vous ne disiez son nom !

Blanche semblait sur le point de pleurer à son tour, et cette vision fit enrager Jack davantage encore. Quelle raison et quel droit avait-elle ? Il sentit son estomac se contracter. Quelle importance, pour elle, qu'une étrangère soit morte ?

— Sortez ! hurla-t-il. Je ne veux plus vous voir ni vous entendre.

Elle ne protesta pas et courut pratiquement jusqu'à la porte avant de fuir vers sa propre chambre. Jack claqua l'huis et, sentant ses forces l'abandonner lentement, s'affala contre elle, la tête contre le bois, les bras ballants. Ses larmes trempèrent le chêne, et il perdit le sens du temps. Resta-t-il ainsi un instant ou une journée, il n'aurait su le dire.

Blanche ne revint pas. Finalement, Jack s'écroula dans son lit, la croix serrée contre son cœur à mesure que les souvenirs de sa femme emplissaient son esprit : une brume de cheveux dorés, un éclat de prunelles d'azur et la douceur d'un sourire aux lèvres roses. Un rire de jouvencelle retentit dans la pièce vide, et il s'abandonna aux affres du deuil une seconde fois. Il comprenait, à présent, ce désir enraciné en lui de mettre un terme à son existence. Elle était devenue insoutenable sans l'amour et la compagnie de Margaret. La vie lui avait infligé le sort cruel d'oublier celle qu'il avait tant aimée et accordé la bénédiction d'un bref répit, pendant lequel il avait été libéré de ce chagrin écrasant.

Chapitre 14

Jack passa le reste de la journée dans le silence, assis devant la fenêtre ou à arpenter sa chambre sans but. Les larmes avaient cessé, ne laissant de lui qu'une enveloppe vide et desséchée, animée uniquement par la douleur. Plusieurs fois, il entendit des coups à sa porte, suivis du claquement d'une gamelle posée sur le sol, mais il demeura cloîtré. Il n'avait envie de rien et ignora la faim.

Il dormit par intermittence et se réveilla tard dans la journée, mais avec la sensation d'être enfin apaisé. Le choc d'avoir retrouvé des souvenirs aussi pénibles semblait avoir débloqué quelque chose dans son esprit, telle une porte qui cède sous un bon coup d'épaule. Les images étaient toujours floues et étrangères, mais le chagrin avait fait resurgir une partie de sa mémoire. Il se rappelait à présent une maison et une chambre… et le souvenir de sa femme était net. Il se savait capable de reconnaître le bâtiment s'il le voyait et se convainquit qu'il retrouverait enfin toute sa tête une fois rentré chez lui.

Quand le château était silencieux, il pouvait entendre le mugissement des vagues qui s'écrasaient sur les rochers au pied de la falaise. Son âme et son cœur semblaient alors l'attirer vers l'horizon. L'Angleterre et la possibilité de retrouver enfin sa place dans ce monde lui paraissaient à présent infiniment séduisantes. Plus que deux nuits et Petrus

Nevez prendrait la mer en direction de Roscoff. Quand il le ferait, Jack comptait bien se trouver à bord.

À la tombée du soir, il sut que son isolement ne pouvait plus durer. Il s'était déjà montré trop indulgent envers lui-même. Il remarqua alors qu'il avait faim et soif, et se résolut à régler ces problèmes pratiques. Il hésita un instant avant de quitter sa chambre, conscient d'avoir été atrocement brutal avec Blanche. Il ne voulait pas la croiser. Bien que sa colère ait été justifiée, il s'était comporté comme le pire des malotrus. Par ailleurs, il allait devoir affronter les émotions complexes qu'il ressentait pour elle et ne s'en sentait pas la force aujourd'hui.

Il attendit donc que le soleil disparaisse à l'horizon et que les ombres violines remplacent l'éclat orangé du crépuscule. Quand il fit enfin noir et qu'il ne perçut plus aucun bruit, il prit le risque de se glisser à l'extérieur. Mais lorsqu'il ouvrit la porte, il trébucha sur les pieds d'une silhouette assise sur le tabouret du garde.

La colère enfla aussitôt en lui. On ne l'avait plus surveillé depuis le premier jour ! Il avait cru avoir démontré qu'il était digne de confiance, en particulier maintenant que ses allégeances n'étaient plus un mystère. Mais peut-être sa fureur et ses paroles grossières avaient-elles poussé Blanche à faire de nouveau preuve de prudence ? Il ne pouvait l'en blâmer…

Toutes ces pensées traversèrent son esprit en un instant, mais c'est alors que la silhouette grogna et leva le nez de son livre. C'était Blanche en personne.

— Que faites-vous ici ? lui demanda Jack avec raideur.

Elle referma son ouvrage et le déposa à ses pieds avant de se remettre debout et de lui faire face. La flamme d'une lanterne dansait sur les murs et tissait des ombres dans sa chevelure.

— J'attendais que vous sortiez.

Elle portait une robe brune quelconque, froissée comme

si sa propriétaire avait dormi dans cette tenue. Ses boucles détachées cascadaient en vaguelettes entremêlées jusqu'à la moitié de son dos. Il croisa les bras et la dévisagea avec froideur, toujours furieux qu'elle l'ait ainsi trahi.

— Depuis combien de temps êtes-vous là ?

— Depuis l'aube. Andrey m'a chassée hier vers minuit et a insisté pour que je dorme un peu. Il m'a remplacée, au cas où vous vous seriez décidé à sortir.

Les profonds cernes pourpres sous ses yeux semblaient confirmer ses dires, et à l'évidence elle s'était peu reposée. Sur le sol se trouvait un plateau contenant un reste de ragoût et quelques os de poulet. Jack entendit son estomac grogner.

— Vous devez avoir faim, dit Blanche aussitôt.

Elle l'observa avec circonspection, visiblement incertaine quant à la façon dont il réagirait.

— Souhaitez-vous que je vous apporte quelque chose ?

— J'irai moi-même. C'est pour cela que je suis sorti, admit-il.

Elle ramassa sa lanterne et lui fit signe de la suivre. Ils descendirent l'escalier, débarrèrent la porte principale et traversèrent la cour désertée en direction des cuisines, situées dans l'annexe. Le repas du soir était terminé, mais dans l'air flottait encore le délicieux arôme du ragoût que Blanche avait mangé. Elle prit un bol propre et lui servit une large portion.

— Je suis désolée, il doit être froid et c'est tout ce qu'il reste. Nous allions le donner aux chiens.

Elle s'exprimait d'un ton factuel et détaché, comme le jour où ils s'étaient rencontrés, lorsqu'il était encore considéré comme un intrus. À l'évidence, ils n'étaient plus amis. Jack sentit son cœur tomber dans sa poitrine à cette nouvelle perte. Il prit le récipient offert.

— Cela suffira, merci.

Il prit place à table et déplaça plusieurs ustensiles pour se dégager assez d'espace pour dîner. Blanche lui apporta une tasse en faïence remplie de cidre. Jack observa sombrement son repas. À présent qu'il se trouvait devant une assiette pleine, son appétit semblait avoir disparu.

— Vous devriez manger, l'encouragea Blanche avec douceur. Même si vous avez la sensation que votre viande a le goût de bois et qu'elle colle à votre palais comme de la cendre, vous devez vous contraindre.

C'était une description adaptée. Jack plongea sa cuillère dans le bol et la fit tourner négligemment dans le ragoût.

— La douleur prend tant de place en vous qu'elle n'en laisse pour rien d'autre, n'est-ce pas ? murmura Blanche.

— Je ne veux pas en parler, répliqua sèchement Jack.

Il lui jeta un regard mauvais, mais ne trouva dans ses grands yeux noirs que douceur et compassion. Il sentit sa colère retomber comme un soufflé. Blanche avait perdu deux maris et les avait visiblement pleurés. Elle comprenait. Il se montrait terriblement grossier envers elle et se méprisa d'avoir chu si bas. Depuis quand se comportait-il comme un lourdaud glapissant qui passait ses journées à s'apitoyer sur son sort ?

— Accepteriez-vous de vous joindre à moi ? lui proposa-t-il plus aimablement.

Elle tira un tabouret et s'assit à une distance raisonnable de lui, hésitante à l'approcher, ce qui n'était guère surprenant compte tenu de la façon dont il lui avait hurlé de sortir de sa chambre. Il se mit à manger. Blanche hocha la tête pour l'encourager. Il avait l'impression d'être un jeune garçon que sa mère félicitait, mais ce n'était guère une sensation qu'il avait envie d'associer à Blanche.

— J'aurais dû vous rendre la croix plus tôt, admit-elle. Je pensais agir pour le mieux, mais j'ai eu tort. Ce n'était pas à moi de prendre cette décision. Je suis tellement habituée à tout gérer que parfois j'oublie de laisser les autres faire leurs propres choix.

C'étaient des excuses simples et sincères, et Jack se

sentit tout de suite plus à même de les accepter. Le fait qu'elle admette à demi-mot son sentiment de solitude l'émut plus encore.

— Vous devriez compter davantage sur votre entourage. Vous n'êtes pas obligée de porter le monde sur vos épaules. Vous avez des amis qui pensent à vous et pourraient prendre les bonnes décisions à votre place.

Elle lui lança un regard dubitatif et se servit un verre de cidre tandis que Jack mangeait. Ils gardèrent tous deux le silence, mais l'atmosphère semblait s'être légèrement détendue. Une fois le ventre plein, Jack se sentit moins mal. La boisson sucrée commençait à lui monter à la tête et à réchauffer son corps. La présence tranquille de Blanche était également un réconfort bienvenu ; elle comprenait, mieux que n'importe qui, ce qu'il traversait. Reposant sa cuillère, il remplit une nouvelle fois leurs coupes, puis observa son hôtesse à la lumière vacillante de la lanterne.

— Ma femme s'appelait Margaret, commença-t-il.

— Vous n'êtes pas obligé de me raconter cela, intervint-elle aussitôt en lui agrippant le poignet et en secouant la tête.

— J'aimerais le faire, si vous le voulez bien, répondit-il. Pour que vous compreniez.

Elle retira sa main et la posa sur ses genoux.

— Elle s'appelait Margaret. Hélas, elle a perdu la vie.

— Dans le naufrage ? Oh ! non, Jack…

Le visage de Blanche se tordit d'angoisse. Elle paraissait horrifiée.

— Si j'avais su, j'aurais lancé des recherches, ajouta-t-elle.

— Non, elle est morte bien avant cela, la rassura Jack.

Son intervention si sincère lui confirma à nouveau, même si ce n'était plus nécessaire, que Blanche n'aurait jamais pu prendre part à un crime si brutal.

— Elle s'est coupée alors qu'elle filait de la laine et s'est empoisonné le sang. D'après le médecin, il n'existait aucun remède à ce mal.

Il avala une autre gorgée de cidre pour se donner la force de poursuivre. Blanche lui adressa un sourire triste.

— Je n'étais pas avec elle, je voyageais en France. À mon retour, au lieu de retrouver ma femme adorée, j'ai dû me recueillir sur sa tombe. C'est sa mère qui m'a appris ce qui lui était arrivé. Elle était morte depuis trois semaines quand je suis rentré. Alors j'ai à nouveau quitté l'Angleterre ; il ne restait rien pour moi, là-bas. Par chance, nous n'avions pas encore eu d'enfant… Nous n'étions mariés que depuis un an ou deux, je crois.

— Vous croyez ?

Jack fronça les sourcils, perplexe.

— Mes souvenirs sont toujours confus. Je me rappelle son visage, son doux sourire et l'or de sa chevelure, brillant tel un rayon de soleil un matin de printemps.

Blanche toucha le bout de ses boucles corbeau. Il se demanda si elle avait conscience de son geste. Margaret et elle étaient aussi différentes que deux femmes puissent l'être ; pourtant, il ressentait pour Blanche une attirance dont la puissance rivalisait avec celle qu'il pensait avoir à l'époque éprouvée pour son épouse bien-aimée.

— Comment avez-vous pu supporter une telle douleur deux fois, lorsque vos maris sont morts ? lui demanda-t-il.

— Il fallait bien vivre. Survivre, un pas après l'autre. Au début, ce fut tout ce qui comptait, mais progressivement je me suis trouvé un but et j'ai repris goût à la vie. Vous y parviendrez, vous aussi.

— Je n'en suis pas si sûr, admit Jack.

Il comprenait à présent pourquoi il avait tant souhaité mettre fin à ses jours. Un cœur débordant de chagrin était un fardeau bien trop lourd à porter. C'était un miracle qu'un tel poids ne l'ait pas entraîné au fond de l'océan, pendant le naufrage. Au moins, il avait dépassé ce stade, à présent.

Il baissa la tête et enfouit son visage dans ses mains. Un raclement de tabouret suivi de bruits de pas dans son dos, puis soudain les bras de Blanche l'enveloppèrent. Il se tendit à ce contact, puis relâcha ses épaules et se coula dans son étreinte. Elle lui donnait la force de continuer. Il aurait dû chercher ce réconfort immédiatement au lieu de déverser sa colère sur Blanche, mais il avait désormais l'impression de trahir le souvenir de Margaret chaque fois qu'il la touchait.

Blanche s'appuya contre son échine et posa sa joue sur sa nuque. Elle prit une profonde inspiration, et Jack frémit lorsqu'il sentit la douceur de sa poitrine se presser contre ses omoplates. Elle le serra plus fort.

— Votre goût pour la vie reviendra en même temps que votre mémoire. Une fois que vous aurez vu l'endroit où repose Margaret, vous trouverez la paix, lui assura-t-elle.

Elle savait qu'il comptait quitter la Bretagne, alors qu'il n'en avait rien dit. Il se tourna dans ses bras pour lui faire face, mais ne réfuta pas son affirmation.

— Et si ce n'est pas le cas ? Je n'ai pas été suffisamment fort la première fois et je ne pense pas être capable de traverser cette épreuve à nouveau. Lorsque je me suis souvenu que Margaret était morte, j'ai compris pourquoi je voulais en finir.

— La perte de Maël m'a dévastée, répondit Blanche. J'ai cru que mon monde prenait fin. Je n'avais que quinze ans lorsque je l'ai épousé et dix-huit quand il est mort. Il était toute ma vie, tout ce que je connaissais.

Jack sentit son cœur se serrer. Elle parlait de lui si tendrement. Son amour pour Maël avait dû être profond et sincère pour qu'elle ressente encore aujourd'hui autant d'émotion en mentionnant son premier époux.

— Combien de temps avez-vous attendu avant de vous remarier ? l'interrogea-t-il.

— Trois ans. Plus longtemps que la plupart des autres veuves, mais je souhaitais choisir intelligemment. Je n'aimais pas Yann au début, mais m'allier à lui était la décision la plus judicieuse. Bien qu'il fût mon aîné de dix ans, nous avons vécu une union satisfaisante. Lorsque j'ai appris que mes suppliques avaient été ignorées et qu'il serait exécuté après la prise de Quimper, j'ai cru devoir souffrir le même calvaire. Mais au final, mon appréhension s'est révélée bien plus douloureuse que la réalité.

Elle s'écarta de Jack et se mit à arpenter la cuisine.

— Yann n'a pas eu une mort douce. Il a imploré la pitié du bourreau jusqu'à son dernier souffle. Au fond, je crois que j'ai davantage pleuré la sottise qui l'avait conduit sur ce chemin que son absence. Il m'a donné un fils et pour cela je lui serai toujours reconnaissante, mais je ne peux pas dire que mon second époux me manque. J'ai porté le deuil, et le chagrin a fini par s'estomper. À présent je regrette seulement que la voie que nous avons empruntée nous ait menés à une telle conclusion.

Jack grimaça. Margaret n'était pas aussi jeune que Maël l'avait été, mais cette perte ressemblait davantage à ce qu'il avait vécu. Blanche parlait de satisfaction avec Yann, mais guère de passion ou d'amour. Il comprenait mieux pourquoi elle était devenue si dure et ne tenait pas à se remarier une troisième fois. Il se leva, ramassa son bol et sa cuillère, et les plongea dans la bassine d'eau pour les nettoyer.

— Je suis content de vous avoir vue ce soir, admit-il en évitant son regard avant de lui annoncer ce qu'elle savait déjà. Je dois partir.

— Vous avez dit qu'il n'y avait plus rien pour vous, en Angleterre, lui rappela Blanche.

Il l'observa un instant. Se pouvait-il qu'il y ait quelque chose pour lui ici ? Pouvaient-ils transformer l'indéniable attirance qui brûlait entre eux en une flamme éternelle assez forte pour raviver leurs cœurs brisés ? Il s'était attaché à elle bien plus qu'il ne l'aurait cru possible, en dépit des secrets qu'elle lui avait dissimulés. Mais il avait des affaires à régler avant de songer à cela.

— Je ne peux pas rester. J'ignore si j'ai laissé d'autres choses importantes derrière moi. Il y a encore des zones d'ombre dans ma mémoire. D'*immenses* zones d'ombre. C'est… comme si quelqu'un avait tiré sur les fils d'une tapisserie, ne laissant que des formes vagues et des visages à moitié terminés. Je dois rentrer pour découvrir qui je suis. Vous comprenez cela, j'en suis certain.

— Bien entendu, le rassura Blanche.

Elle revint vers la table et remit à leur place les ustensiles que Jack avait écartés.

— Quand partirez-vous ?

Elle n'essaierait pas de l'en empêcher. Il se souvint alors qu'au début de son séjour à Fort Carouel elle avait très clairement considéré sa présence comme une gêne. Peut-être serait-elle soulagée de se débarrasser de lui ?

— Petrus Nevez reprendra la mer dans deux jours. Il m'a offert une place à bord de son navire.

Plus qu'un jour en compagnie de Blanche. Plus qu'une nuit sous son toit. Il n'avait pas d'autre choix, mais l'annoncer à son hôtesse fut plus difficile qu'il ne l'avait escompté.

Blanche se tourna vers lui.

— Vous aviez prévu cela avant même que je ne vous rende la croix, comprit-elle.

— Je ne peux rester ici pour toujours, vous le savez aussi bien que moi. Cela fait trop longtemps que j'élude mon passé. Lorsque Petrus m'a parlé du bijou, j'étais furieux d'apprendre que vous puissiez me dissimuler quoi que ce soit. Mais retrouver cette pièce manquante m'a donné la dernière impulsion dont j'avais besoin.

L'émotion lui nouait la gorge, mais il s'approcha d'elle, lui prit la main et caressa doucement ses doigts. Il était incapable de la regarder dans les yeux, de crainte d'y voir du chagrin. De crainte d'y voir de l'indifférence. Il enveloppa sa joue de sa paume et remarqua combien le velours de sa peau mettait ses nerfs à vif et son âme à nu.

— Vous êtes une femme de cœur, Blanche. J'ai eu beaucoup de chance de m'échouer à votre porte, mais j'ai déjà abusé de votre hospitalité trop longtemps. Ma vie m'attend, et je dois avancer pour me la réapproprier.

Elle prit son autre main, entrelaça ses doigts aux siens et la plaça sur le cœur de Jack. Il risqua un coup d'œil à son visage. Les pupilles écarquillées, son expression était solennelle et ses lèvres fermement pressées. Il eut aussitôt envie de les adoucir d'un baiser et de la sentir à nouveau se couler contre lui avec abandon. Quoi qu'elle ait fait, cela ne changeait rien au désir qu'il éprouvait pour elle ni à la façon instinctive dont son corps réagissait à sa proximité. Mais s'il l'embrassait une fois, il craignait de ne jamais pouvoir s'arrêter. Et alors, combien de temps tiendrait-il avant que les sentiments confinés dans sa poitrine ne rejaillissent et qu'il lui fasse l'amour sur la table de la cuisine ? Cela reviendrait à se perdre complètement et à abandonner ses plans de départ. Et pourquoi pas ? Il n'était plus marié. Personne d'autre n'avait pris son cœur…

La culpabilité l'envahit brusquement.

Il ramassa la lanterne et recula d'un pas pour demeurer hors de portée de la tentation.

— Il est tard, et ni vous ni moi n'avons assez dormi. Nous devrions regagner nos lits respectifs.

Une onde brûlante traversa le corps de Jack et changea ses jambes en gelée à l'idée de conduire Blanche jusqu'à sa couche et de lui dire adieu de manière à leur laisser un souvenir impérissable.

Blanche lui prit la lanterne des mains et quitta la pièce. Jack lui emboîta le pas. Elle ne lui avait pas avoué qu'il lui manquerait, mais pour être équitable, lui non plus. Il était encore trop tôt, après les rudes paroles proférées, pour admettre quelque chose de si intime. Lorsqu'ils atteignirent sa porte, Blanche lui confia la lanterne.

— Je peux regagner ma chambre aisément. Bonne nuit, Jack.

Et sans attendre, elle monta les marches. Il l'appela alors qu'elle s'apprêtait à disparaître dans l'escalier en colimaçon, et elle tourna vers lui un regard interrogateur.

— Vous avez bien fait de me cacher l'existence de la croix, admit-il. Si je m'étais souvenu de Margaret à mon réveil, je ne crois pas que j'aurais été assez fort pour supporter tous ces tourments.

— Bien sûr que si.

Elle lui adressa un sourire chaleureux avant d'ajouter :

— Vous avez toujours été fort, même lorsque vous étiez au plus bas. Vous avez défié Bleiz Mor et affronté Ronec. Vous avez repoussé la mort sur la plage et survécu à la fièvre. Vous êtes bien plus fort que tous les hommes que j'ai connus.

Sur ces paroles, elle disparut, le laissant seul sur le palier, les bras ballants, avec la sensation d'être plus faible qu'il ne l'avait jamais été.

— Notre invité nous quittera demain matin.

Blanche était descendue retrouver Andrey dès son réveil, passant devant la porte de Jack sur la pointe des pieds pour ne pas avoir à le croiser. Elle avait toujours su qu'il finirait par s'en aller. C'était inévitable, et elle en avait conscience depuis le premier jour, mais prononcer les mots à voix haute rendit la situation bien trop réelle à son goût.

Andrey plongea un morceau de pain dans son bol de lait au miel et le porta à sa bouche en haussant les sourcils.

— Que veux-tu que je fasse ?

— Fasse ? Rien. Sauf s'il a besoin d'aide pour se préparer ; dans ce cas, apporte-lui ton assistance. Je tenais simplement à t'en informer.

Il continua à mâcher son pain sans la regarder.

— J'imagine que tu es heureuse d'en être débarrassée.

À peine quelques jours plus tôt, le départ de Jack l'aurait soulagée, mais à présent la réalité de son absence planait au-dessus d'elle telle une épée de Damoclès. Elle s'estimait chanceuse d'avoir pu vivre ces quelques moments en sa compagnie.

Mais était-ce vraiment une bénédiction ? Elle avait eu un aperçu d'un homme qui aurait pu la rendre heureuse et qu'elle désirait férocement. N'aurait-il pas été moins cruel de ne jamais le rencontrer ? De ne jamais entretenir l'espoir qu'un tel compagnon puisse exister ? Quelle ironie que Jack ait tant lutté contre la tentation, de crainte d'être marié, pour finalement découvrir qu'il était libre et ressentir aussitôt le besoin de partir !

— Bien sûr, répondit-elle d'un ton impavide. C'est un soulagement. Nous n'aurons plus à cacher nos activités.

— Tu mens, rétorqua Andrey avec bonhomie.

Blanche s'assit sur le banc à côté de lui. Ses doigts tremblaient lorsqu'elle attrapa un petit pain et en arracha un morceau. Elle laissa échapper un rire amer.

— Je dois reconnaître que sa compagnie était plaisante, mais, en dépit de mes nombreuses erreurs et du tort que je lui ai causé en lui dissimulant la croix, il s'imagine toujours que je suis une veuve vertueuse qui vit recluse.

Au moins, son dernier secret demeurerait sauf. Jack s'en irait sans jamais apprendre qu'elle était le pirate qu'il haïssait tant. Elle soupira avec mélancolie et réduisit le pain en miettes entre ses doigts.

— Il le croit si sincèrement que cela me donnerait presque envie de devenir la femme qu'il voit en moi.

Pouvait-elle mettre un terme à ses activités et laisser Bleiz Mor disparaître ? Ou transmettre le déguisement à Andrey ? Depuis qu'elle avait regardé avec révulsion les corps noyés de l'équipage s'échouer sur la plage, elle avait perdu le goût du sang. Elle avait même épargné les marins français lors du dernier assaut ; cela devenait dangereux. Si elle hésitait à frapper, c'était elle qui finirait passée au fil d'une épée. Elle avait déjà vengé la mort de Yann au centuple, et la chance ne l'accompagnerait pas éternellement. Ne méritait-elle pas un répit après ce long combat ? La Bretagne saurait poursuivre la lutte sans elle.

C'était une option envisageable, mais l'idée de prendre une telle décision lui déchirait le cœur.

— Demain, nous naviguerons le long de la côte, déclara-t-elle en se levant et en époussetant les miettes. Je ne ferai rien aujourd'hui, en revanche. Je me sens lasse.

Le soleil luisait de tout son éclat, et le vent était tombé. Elle rêvait d'un moment de solitude et ressentait déjà l'appel des monolithes. Quel meilleur endroit pour penser à son avenir ?

— Je vais prendre la journée pour réfléchir, annonça-t-elle à Andrey. Je serai aux Vierges de pierre.

Elle avait baissé la voix, même si personne dans la grande salle ne pouvait l'entendre.

— Si tu croises Jack, pourras-tu lui demander de m'y rejoindre en fin d'après-midi ?

Andrey grommela son accord, une lueur taquine dans le regard. Blanche l'ignora. Sans doute soupçonnait-il ce qu'elle espérait qu'il s'y passe, mais jamais elle n'avouerait ou ne nierait.

Blanche vit Jack franchir le dernier virage et monter la côte raide pour la rejoindre. La respiration saccadée par l'effort, il dénoua les lacets de sa tunique, dont le col flotta lâchement dans la brise. Une fine pellicule de sueur couvrait son cou, et une goutte glissa pour disparaître entre les muscles d'airain de son torse.

Blanche frémit, et l'ardent désir qu'elle avait jusque-là embouteillé dans un recoin de son esprit lui échappa à nouveau. Elle se leva et vint se tenir, bien droite, entre deux monolithes.

Quand Jack atteignit le sommet du sentier, il se pencha afin de reprendre son souffle avant de jeter un œil alentour pour repérer Blanche. Ses pupilles s'emplirent alors de méfiance, et il la dévisagea en s'efforçant de conserver une expression neutre. Une pointe d'anxiété saisit Blanche à la poitrine. Peut-être n'aurait-elle pas dû le convoquer, finalement.

— Andrey a dit que vous souhaitiez me parler.

Blanche acquiesça, mais n'osa pas prononcer un mot de crainte que la boule de plomb nichée dans sa gorge ne fasse vaciller sa voix. Que n'aurait-elle pas donné pour affronter une dizaine de Français plutôt que de revoir le visage blessé et trahi de Jack au moment où elle lui avait rendu la croix ? Mieux valait qu'il ne sache pas à quel point sa présence l'affectait. Elle vint à sa rencontre, près du sentier, là où les ajoncs étaient les moins épais. Sa proximité ne parut pas le déranger et, pendant un instant, ils observèrent la mer.

— J'ai pensé qu'il serait moins pénible de se dire adieu dans un bel endroit, qui n'a pas été souillé par nos disputes ou mes secrets.

Blanche perçut le regret dans sa propre voix et sut que Jack l'avait aussi remarqué, car ses lèvres tressaillirent et il baissa les yeux. Elle n'avait pas eu l'intention de s'appesantir sur son départ, mais se désolait qu'ils se séparent en des termes si peu chaleureux.

— Votre absence laissera un vide au château, finit-elle par admettre dans un murmure.

— C'est donc un adieu dès à présent ? grimaça Jack. Vous ne comptez pas me revoir demain ?

Égoïstement, Blanche ressentit une pointe d'espoir à l'idée qu'il le déplore également. Elle secoua la tête.

— Non. Je déteste les adieux et j'ai déjà perdu…

Elle s'interrompit avant de reconnaître qu'elle avait déjà

perdu trop d'êtres chers pour supporter une séparation de plus. Cela pouvait sembler idiot, mais il avait effrité les murs qui gardaient son cœur plus efficacement que n'importe quel autre homme. Hélas, elle n'avait aucun droit de le retenir après ce qu'elle lui avait fait subir. Elle remarqua alors qu'il la dévisageait en hochant la tête ; elle n'avait guère besoin de finir sa phrase. Le poids du chagrin faillit soudain l'écraser : elle avait enfin trouvé quelqu'un qui la comprenait parfaitement et implicitement, et devait déjà le regarder partir.

— Je ne me souviens pas des derniers mots que j'ai dits à Margaret avant de m'en aller, murmura Jack. Je le regrette à présent. J'espère seulement que c'étaient des paroles tendres.

La douleur et le remords dans sa voix déchirèrent le cœur de Blanche. Bien sûr qu'il devait partir. Avec un passé si morne, quel homme ne voudrait pas rentrer chez lui et retrouver les siens ?

Elle lui tendit la main, et il la prit dans la sienne.

— Je vous souhaite de vivre une belle vie, Jack. J'espère que vous trouverez ce que vous cherchez une fois chez vous.

Jack acquiesça. Il déposa un baiser au dos de ses doigts, ses lèvres pressantes, puis détourna le regard. Puis, la relâchant, il repartit en direction du sentier. Deux pas plus loin, il pivota sur ses talons.

— Sachez que vous garderez une place dans ma mémoire ainsi que dans mon cœur. Je regretterai toujours les choses que nous n'avons jamais dites ou faites.

Une envie passionnée de toucher Jack et qu'il la touche en retour submergea Blanche. Elle brûlait de sentir ses mains sur son corps de la façon la plus intime qui soit.

— Il n'est pas trop tard, répondit-elle d'une voix tremblante.

Jack passa à côté d'elle et s'arrêta devant la pierre contre laquelle ils avaient partagé des moments de passion. Il posa une paume sur le monolithe et observa les alentours, son expression lugubre.

— Je crois que je suis tombé amoureux de vous sans savoir que je ne devais pas. J'ai trahi la mémoire de Margaret sans même m'en rendre compte.

Le visage de Jack se tordit de remords et, de nouveau, le chagrin l'enveloppa tel un linceul. Il enfonça ses ongles dans la roche, comme s'il espérait pouvoir la briser à la force de ses mains. Il paraissait si seul ainsi, petite silhouette humaine à côté de ces géants de pierre, que Blanche ne put résister. Elle approcha et posa les mains sur son bras. Elle s'attendait à ce qu'il la repousse, mais il n'en fit rien.

— Pensez-vous que Margaret aurait souhaité que vous la pleuriez si longtemps ? Elle vous aimait, n'est-ce pas ?

— Évidemment ! s'indigna Jack.

Blanche caressa sa joue pour l'apaiser.

— Dans ce cas, je suis certaine qu'elle aurait préféré que vous viviez votre vie. Pas que vous deveniez aussi chaste qu'un moine !

— Comment pouvez-vous en être si sûre ?

— Je ne le suis pas, mais c'est ce que je pense. Si c'était vous qui étiez mort, auriez-vous exigé par-delà la tombe qu'elle passe le restant de ses jours murée dans le chagrin ? Ou lui auriez-vous souhaité de connaître à nouveau l'amour ? Pas pour vous remplacer, mais pour trouver un compagnon avec qui partager ses joies et ses peines.

Jack fixa ses mains.

— Imaginer Margaret dans les bras, pire encore *dans le lit* d'un autre homme me lacère le cœur, admit-il. Mais elle avait le plus doux des sourires, un visage lumineux et un rire qui encourageait tous ceux qui l'entendaient à se joindre à elle. L'idée qu'elle n'ait plus jamais ri ou souri de sa vie m'est intolérable.

La jalousie embrasa instinctivement le cœur de Blanche, avant de s'éteindre aussitôt. Bien sûr que son épouse avait été une femme jeune et douce… Jack, avec son intarissable bonté et son besoin naturel de réconforter et de protéger, n'aurait pu choisir que ce genre de fille.

— J'aurais souhaité qu'elle soit heureuse, finit-il par conclure. Comment aurais-je pu faire autrement ?

Blanche lui adressa un sourire compatissant.

— Dans ce cas, vous savez qu'elle en aurait fait de même pour vous.

Jack inclina la tête et toucha le front de Blanche avec le sien. Une agréable chaleur se répandit en elle alors qu'il refermait ses bras dans son dos et la serrait contre lui. Elle était à nouveau là, cette sensation si caractéristique et indéniable qui brûlait entre eux. Quelque chose de bien plus profond qu'une simple attirance physique. Ses lèvres cherchèrent celles de Jack, mais, avant de se plonger dans un baiser qui la balayerait aussi aisément que la marée, elle s'arrêta. Posant une main sur son torse, elle le fixa avec gravité.

— J'ai promis de vous raconter ce qu'il m'est arrivé après la mort de Yann, déclara-t-elle. J'ai besoin de vous le raconter. Maintenant.

Il parut perplexe.

— Cela ne peut pas attendre ?

— Non, pas cette fois. Vous devez savoir ce que je suis.

Elle prit une profonde inspiration afin de se donner la force de poursuivre.

— Après l'exécution de mon époux, j'ai vendu tout ce que je possédais pour survivre. Et lorsque ça n'a plus suffi, j'ai vendu l'unique chose qu'il me restait.

Il la dévisagea, les sourcils froncés. Il ne comprenait pas. C'était si frustrant qu'elle aurait voulu frapper son torse de ses poings… Il allait l'obliger à le dire à voix haute.

— Je me suis vendue, *moi*, Jack.

Chapitre 15

Blanche vit dans le regard de Jack la lueur de clarté se changer en dégoût. Elle lui tourna le dos, incapable de supporter sa condamnation silencieuse une seconde de plus. Lorsqu'il s'adressa enfin à elle, ce fut à voix basse et d'un ton égal :

— Pourquoi ?

— Parce que c'était tout ce que j'avais, répondit-elle.

Il exhala longuement. Blanche se retourna pour lui faire face. L'aversion avait disparu, et son expression était à présent aussi neutre que ses mots. Elle leva le menton et affronta ses prunelles bleues avec une attitude de défi.

— Je ne suis pas fière de ce que j'ai fait, mais je n'en ai pas honte non plus et ne laisserai personne me condamner pour cela. Une femme n'a pas autant de ressources qu'un homme pour survivre en ce monde. Elle doit user de tous les talents à sa disposition.

— Quand cela a-t-il commencé ? murmura Jack, avant de lever la main en détournant les yeux. Non, ne répondez pas. Je n'aurais pas dû poser une telle question. Cela ne me regarde pas.

Blanche sentit ses genoux flancher. Elle s'assit dans l'herbe et ramena ses jambes sous son jupon.

— Je vais vous expliquer, souffla-t-elle.

En vérité, maintenant qu'elle avait commencé à partager

son secret, elle avait l'impression d'avoir soulagé son cœur d'un énorme poids.

— À cinq lieues de Paris, je me suis retrouvée à court d'argent dans une auberge. J'avais juste assez pour m'offrir un quignon de pain et un maigre bol de soupe, mais pas de quoi dormir. Le tenancier m'a proposé deux solutions : coucher dans les écuries avec les autres voyageurs sans le sou ou passer la nuit dans son lit. J'avais tant marché et j'étais si lasse qu'à cet instant le choix n'a pas été difficile…

Elle rit en voyant la solennité sur le visage de Jack. Comment les hommes pouvaient-ils imaginer le genre d'angoisses auxquelles les femmes devaient faire face lorsqu'elles vivaient sans protection ?

— Il n'avait pas un physique disgracieux et ne paraissait pas cruel. Son épouse était morte trois mois plus tôt, et il se sentait seul. Si j'avais dormi dans les écuries, j'aurais sans doute passé la nuit à repousser les avances d'autres hommes, dans tous les cas. J'ai préféré n'en affronter qu'un et profiter d'un bon matelas au chaud, une fois l'épreuve terminée.

Jack grogna, l'air contrit, mais Blanche le connaissait suffisamment pour savoir que sa colère n'était pas dirigée contre elle.

— Le lendemain matin, l'aubergiste m'a offert un panier rempli de nourriture et quelques mots aimables avant que je ne reprenne la route.

Elle sourit à ce souvenir.

— Parfois, je me demande ce qu'il se serait passé s'il m'avait proposé de rester plus longtemps. Peut-être serais-je devenue épouse ou maîtresse d'un aubergiste.

— Combien d'hommes ? souffla Jack.

Blanche sentit ses lèvres trembler tandis qu'elle se remémorait les fois où elle avait permis à des hommes d'user d'elle pour assouvir leur désir. Mais ce n'était plus son passé qui la terrifiait désormais, c'était ce que Jack penserait d'elle une fois la vérité mise au jour.

— Six. Lorsque j'ai embrassé l'aubergiste, j'ai eu l'étrange sensation de rêver, comme si quelqu'un d'autre se servait de mon corps pour le faire. Après la première fois, les suivantes ont été plus faciles. Je ne craignais plus de m'offrir à un homme quand je n'avais plus le choix. Mon cœur était déjà mort, alors ce que je faisais de mon corps n'avait guère plus d'importance.

Et quand elle contemplait sa vie et ce qu'elle avait bâti, Blanche ne pouvait s'empêcher de penser que cela en avait valu la peine. Certains de ses partenaires avaient même fait en sorte qu'elle passe également un bon moment... Mais aujourd'hui, face à Jack, elle aurait souhaité être aussi innocente et pure que lors de sa nuit de noces avec Maël.

— Au début, je n'avais rien planifié, mais j'ai très vite compris que les hommes étaient prêts à m'accorder ce que je souhaitais en échange de ce genre de service, qu'il s'agisse d'un lit pour une nuit ou d'argent pour vêtir mes enfants. Ces transactions devenaient de plus en plus faciles à réaliser, car chaque fois mon cœur se durcissait davantage.

Elle croisa les bras et attendit que Jack se détourne d'elle de dégoût. Il demeura silencieux si longtemps qu'elle en aurait hurlé.

— Vous voulez que je vous condamne pour ce que vous avez fait, constata-t-il finalement.

Blanche baissa la tête, mais Jack lui souleva délicatement le menton jusqu'à ce qu'elle n'ait d'autre choix que d'affronter son regard.

— Eh bien, je ne le ferai pas. Je ne peux pas. Je suis simplement dévasté d'apprendre que vous avez dû avoir recours à de telles mesures.

Il parlait avec tant de tendresse et prononçait des paroles si douces qu'elle fut touchée en plein cœur. Combien d'hommes s'étaient jamais montrés aussi compréhensifs ?

Elle prit sa main et nicha ses doigts au creux de sa paume. Jack referma son poing autour d'eux et les serra avec affection. Il tourna son regard vers la mer.

— Qui peut dire à quelles méthodes j'aurais eu recours si je m'étais retrouvé sans argent et sans amis dans un foyer moins accueillant que le vôtre ? murmura-t-il.

— Vous m'avez dit un jour que vous préfériez un travail honnête. J'aurais pu récurer les sols ou porter des plateaux, mais cela ne m'aurait pas rapporté autant. Vous êtes une meilleure personne que moi, Jack.

Blanche se mordit la lèvre. Il était encore temps d'arrêter ce qu'elle avait prévu. D'ignorer le désir qu'elle avait tant peiné à maîtriser. Si Jack cédait à son tour à cette pulsion, il n'y aurait plus de retour possible. Elle fit quelques pas jusqu'au monolithe le plus proche, puis se tourna vers lui. Il semblait confus, mais son corps était aussi tendu qu'un limier à l'affût, prêt à bondir sur sa proie. Cette extraordinaire vitalité qui émanait de lui était plus enivrante que tout ce qu'elle avait connu.

— Pourquoi me raconter cela maintenant ?

— Parce que je tenais à ce que vous compreniez à quel point, avec vous, c'est différent. Je n'avais plus séduit d'homme depuis longtemps. Lorsque nous avons fait l'amour, ici même, j'y ai mis tout mon être. Je vous désirais tant, Jack. Pas seulement avec mon corps, mais aussi mon cœur. Et c'est toujours le cas. Nous portons tous deux le fardeau de souvenirs douloureux et cruels. Mais si vous l'acceptez, j'aimerais en créer un plus heureux… avec vous.

L'espace d'un instant, elle crut avoir tout gâché. Que l'esprit de Jack s'était réfugié auprès de l'image de Margaret et que cette proposition le submergeait de crainte. Puis soudain, il cligna des yeux comme pour chasser ses pensées, et croisa son regard. Il lui ouvrit les bras, et elle se nicha dans son étreinte. Ils s'agrippèrent l'un à l'autre comme à une bouée de sauvetage, avec force et désespoir. Les lèvres de Jack trouvèrent celles de Blanche et les assaillirent avec une lenteur et une intensité qui la firent chavirer. Ils tombèrent à genoux sans jamais se désunir et s'embrassèrent avec une ardeur renouvelée jusqu'à ce qu'ils ne puissent plus retenir leur élan de passion. Lorsque Jack lui fit l'amour, Blanche se sentit entière pour la première fois depuis bien longtemps...

Après leurs ébats, ils s'allongèrent côte à côte, sans jamais se lâcher. Blanche découvrit alors qu'en dépit de tout le désir que son corps éprouvait pour Jack c'étaient son étreinte, sa compagnie et sa tendresse que son cœur convoitait avec ardeur. Elle avait la sensation d'être un vase ébréché réparé avec tant de soin que la fêlure d'origine avait disparu.

Des nuages gonflaient à l'horizon. D'un gris de plus en plus sombre, ils roulaient en direction du rivage et vinrent masquer le soleil. Une brise fraîche se leva. Même la chaleur du corps nu de Jack ne put empêcher Blanche de frissonner, et cela l'incita enfin à bouger.

Elle se serra contre Jack, réticente à l'idée de quitter ses bras. Il inclina la tête pour l'embrasser et, bien que Blanche lui réponde avec enthousiasme, des pensées noires commençaient déjà à flotter à la périphérie de son esprit. C'était un adieu. Elle avait toujours su que Jack ne lui appartiendrait jamais et que ces instants volés, auxquels une émotion bien plus profonde qu'une simple attirance physique avait donné tant d'éclat, n'étaient rien de plus que cela. Le chagrin s'engouffra dans sa poitrine avec une force telle que Blanche eut l'impression que tout ce bonheur était déjà derrière eux. Jack semblait aussi peu enclin qu'elle à se relever et se contenta de récupérer négligemment leurs atours épars. Ils se revêtirent rapidement, avec l'air légèrement embarrassé des personnes qui ont partagé un instant bien plus intime qu'elles ne l'auraient dû. Une fois rhabillés, ils se tinrent face à face, et Blanche eut l'impression qu'une barrière invisible s'était à nouveau érigée entre eux, plus tangible encore qu'une couche de tissu.

— Allez-y en premier, dit-elle. Le sentier n'est pas large, et ce sera plus discret ainsi.

— Nous venons de faire l'amour au sommet d'une falaise, lui rappela Jack avec un air taquin, les sourcils haussés. Je pense que nous avons dépassé le stade de la discrétion.

Blanche sourit.

— Vous avez peut-être raison. Mais je crois que je vais rester ici encore un moment. Je suppose que vous devez être impatient de vous préparer pour le départ.

— Je n'ai pas grand-chose à empaqueter, marmonna Jack sombrement.

— Dites à Andrey que je vous autorise à emporter tout ce dont vous aurez besoin : des vêtements, une arme, de la nourriture. Ce qu'il vous faudra.

— Vous êtes trop généreuse. Je n'ai aucun moyen de vous rembourser…

— Vous n'avez aucune dette envers ma maison. Vous avez déjà plus que payé votre séjour ici.

Blanche se pencha vers lui et le serra dans ses bras, mais il se raidit dans son étreinte. Elle leva les yeux. Jack la dévisageait intensément, une étrange expression sur le visage.

— Je n'avais pas réalisé que c'était un paiement, dit-il d'une voix grave et menaçante.

— Je ne comprends pas, répondit Blanche avec angoisse.

Mais elle craignait au contraire d'avoir deviné, et les paroles de Jack confirmèrent ses soupçons.

— Étais-je donc en train de régler ma dette envers vous, à l'instant ? demanda Jack, le visage orageux. De la même façon que vous aviez l'habitude de gagner votre pain ?

Il croyait qu'elle l'avait traité comme la plupart des hommes l'avaient fait avec elle.

— Bien sûr que non !

Elle le repoussa et s'écarta de lui avec hargne.

— Je parlais de la manière dont vous m'avez défendue contre Ronec et des corvées que vous avez accomplies. Des bûches que vous avez coupées, des filets que vous avez réparés… Pas de coucher avec moi !

— J'aimerais vous croire, contra-t-il.

— Dans ce cas, croyez-moi !

Elle tremblait de rage ; comment pouvait-il s'imaginer une telle chose après la merveilleuse intimité qu'ils venaient de partager ? Comment pouvait-il penser qu'elle l'avait séduit à dessein ? Le fait qu'elle ait envisagé, même vaguement, de suggérer ce genre de paiement à son arrivée ne faisait qu'empirer les choses.

— Je vous aurais donné tout ce dont vous avez besoin, quelle que soit la nature de notre relation, rétorqua-t-elle d'un ton qui sonnait comme un claquement de fouet. Mais comme tous les hommes que j'ai côtoyés, vous me prenez pour une femme vénale, ajouta-t-elle avec mépris. L'unique raison qui m'a poussée dans vos bras, c'est que je vous désirais autant que *vous* me désiriez et ne souhaitais pas vous laisser partir sans apprécier une dernière fois la douceur de vos caresses.

Puis elle indiqua le sentier d'un geste impérieux.

— Allez-vous-en. Prenez ce que vous voudrez, je ne vous demanderai plus rien. Vous venez de souiller l'unique chose que je souhaitais pour moi : un souvenir heureux. Je dînerai dans ma chambre ce soir. Nous ne nous reverrons pas.

Jack fit un pas vers elle, mais s'interrompit quand elle leva les mains devant elle en criant à moitié :

— Je ne vous autorise plus à me toucher !

Une flamme intense brûlait dans son regard, mais il baissa la tête et s'éloigna à grands pas, sans un mot. Blanche le vit reprendre le sentier à travers un brouillard de larmes. Elle se laissa glisser contre la pierre la plus proche et s'assit à l'endroit même où elle avait vibré dans les bras de Jack, quelques instants plus tôt. La dispute avait éclaté si rapidement… et maintenant ils étaient à nouveau destinés à se quitter dans l'hostilité. Elle essuya ses yeux d'un geste rageur.

C'était mieux ainsi, se convainquit-elle tandis qu'elle descendait à son tour le chemin. Sans colère ni amertume envers lui, elle craignait que cette séparation ne lui soit insupportable. Elle ne le suivit pas jusqu'au château, mais prit la direction de la crique secrète où étaient dissimulés ses navires. Même la joie et la fierté qu'elle ressentait d'ordinaire en s'asseyant à bord du *Loup blanc* lui parurent ternes après une querelle si violente. Ces deux bâtiments et son alias, Bleiz Mor, étaient les uniques choses qui lui avaient permis de tenir bon la barre à travers les écueils de sa vie. Mais tandis qu'elle s'accoudait au bastingage pour admirer le coucher de soleil, elle trouva ce réconfort bien maigre face à la paix qu'elle avait ressentie dans les bras de Jack.

Le remords dévorait Jack comme un incendie consume une botte de foin depuis qu'il s'était engagé sur le sentier. Les dernières traces de sa colère avaient pris la fuite à la façon d'un chien apeuré, la queue entre les jambes. Adossé contre un arbre, il essuya ses yeux avant de fixer sombrement le chemin qu'il venait d'emprunter.

Avait-il réellement cru que Blanche considérait leurs ébats comme un mode de paiement pour les vêtements et la nourriture qu'elle lui avait offerts ? Bien sûr que non, lui hurlait à présent son esprit. Mais alors pourquoi lui avait-il lancé de si cruelles accusations au visage après avoir partagé de si beaux moments d'extase avec elle ? Sa peau frémit et se contracta au souvenir de Blanche, le chevauchant pour le mener toujours plus haut, vers de nouvelles sphères de plaisir. Il s'était retiré au dernier moment, déterminé à ne pas risquer une grossesse. Elle avait alors pris son membre dans sa main pour lui permettre de connaître l'euphorie à son tour.

Peut-être était-ce à cet instant que le doute s'était insinué. L'assurance et le talent avec lesquels elle l'avait entraîné au sommet de la vague l'avaient amené à imaginer Blanche faire la même chose à d'autres hommes. Submergé par la puissance de ses émotions, il avait déchaîné ses sentiments sous la forme d'une jalousie acide et injuste.

Comment avait-il pu prononcer de telles atrocités ? Honteux de sa conduite, il serra les dents. Il avait juré à Blanche que son passé n'était d'aucune conséquence, puis lui avait prouvé le contraire de la pire façon possible, au pire moment possible. Il l'avait insultée, et le souvenir de son regard meurtri serait un châtiment qui le suivrait pour le restant de ses jours.

Il grimpa une nouvelle fois le sentier, mais à mi-chemin il fut saisi d'un doute et préféra renoncer. Elle avait exprimé de façon très claire son souhait de solitude, et il ne lui imposerait pas sa présence. Il irait la trouver plus tard et la supplierait de le pardonner, même si c'était plus qu'il ne méritait. Il était prêt à s'agenouiller et à lui jurer une dévotion éternelle en échange de son absolution.

Il regagna donc le château et aperçut Andrey, assis à côté de Marie dans la cour. Le couple profitait du soleil, dans un recoin tranquille. Tête contre tête, doigts entrelacés, ils discutaient à voix basse et riaient ensemble. La vision de ce bonheur, si simple et si pur, fut presque trop pour Jack. Il les observa à bonne distance, jusqu'à ce que Marie embrasse son époux sur la joue et s'éloigne. Elle passa devant Jack en traversant la cour et lui adressa une révérence nerveuse.

— Marie, lança-t-il. Je tiens à vous remercier de m'avoir si bien soigné. Je vous souhaite beaucoup de bonheur.

Un sourire fébrile étira ses lèvres, et elle continua sa route. Jack rejoignit Andrey.

— Vous avez trouvé Blanche ?

Andrey lui fit signe de prendre la place libérée par Marie.

Jack acquiesça, priant pour ne pas donner l'impression qu'il s'était passé quoi que ce soit d'anormal. Mais une lueur malicieuse brillait dans le regard du marin, et Jack se demanda si l'homme avait su depuis le début ce qui l'attendait aux Vierges de pierre. Il espérait ardemment que ce n'était que son imagination, ne souhaitant pas que cet homme, le protecteur de Blanche que Jack avait appris à apprécier, ne le prenne pour un mécréant qui avait brisé le cœur de sa cousine. Il lui transmit les instructions de Blanche, sa culpabilité le rongeant de l'intérieur. Il aurait sans doute été plus sage de partir sans rien emporter, pour ne pas étayer ses propres accusations, mais il n'était pas assez stupide pour entreprendre un tel voyage les mains vides.

— Lorsque je ne serai plus là, prendrez-vous soin de Blanche ? s'enquit-il.

— Vous pensez vraiment qu'elle a besoin que l'on prenne soin d'elle ? répliqua Andrey en haussant les sourcils si haut qu'ils n'étaient plus qu'un nuage grisonnant sur son front.

— Oui, je le crois, répondit Jack avec sincérité. Des hommes comme Ronec, ou de tout autre qui chercherait à l'utiliser ou à la blesser.

Des hommes comme moi, songea-t-il, lugubre. Il lui avait causé autant de tort, si ce n'était plus, que Ronec.

— Je sais qu'elle est forte, mais elle ne devrait pas avoir à l'être en permanence.

— Elle porte de trop nombreux fardeaux depuis bien trop longtemps, acquiesça Andrey. Si seulement la guerre pouvait cesser… Mais d'ici là, elle continuera à vivre ainsi contre vents et marées, même si cela la détruit.

— Diriger le fort et le domaine sans aide serait une

tâche éprouvante même pour un homme, abonda Jack. Je l'admire bien plus qu'elle ne le pense.

Andrey lui adressa une autre œillade insondable, et Jack eut de nouveau la sensation qu'il en savait plus qu'il ne le laissait paraître. Était-il au courant de la façon dont elle avait réussi à survivre ? Avait-elle menti en lui assurant qu'elle ne recourait plus à ce genre de pratiques ?

— J'ai de l'affection pour elle, mais je ne peux pas rester, grommela-t-il d'un ton bourru. Je dois partir.

— Mais rien ne vous empêche de revenir, répliqua sagement Andrey avec un haussement d'épaules.

Cette idée lui avait déjà effleuré l'esprit, et soudain elle se cristallisa. Que trouverait-il en Angleterre, outre du chagrin et une tombe froide ? À Fort Carouel, il pouvait reprendre sa vie à zéro aux côtés d'une femme qu'il…

Qu'il aimait. Oui, il l'aimait, il le savait à présent. Et il soupçonnait que le sentiment était réciproque. Il devait en parler avec Blanche et s'assurer qu'en dépit de leurs disputes elle puisse encore vouloir la même chose que lui.

Blanche ne se présenta pas au dîner, et Jack toucha à peine à son repas. Il traîna dans la grande salle après que le dernier domestique soit parti se coucher, mais son hôtesse semblait avoir tenu sa promesse et mangé seule.

Il regagna donc sa chambre, mais, au lieu d'y entrer, il fixa l'escalier en colimaçon. Les quartiers de Blanche étaient juste au-dessus des siens. Elle avait interdit à quiconque de monter, mais l'idée de ne plus jamais la revoir lui était intolérable. Il brava ses ordres et grimpa les marches pour frapper à sa porte. Pas de réponse, même lorsqu'il renouvela ses coups, plus fermement. Elle ne pouvait savoir qui lui rendait visite, et Jack craignit soudain qu'elle ait décidé de refuser tous ceux qui se présenteraient. Il aurait dû s'en aller, mais ressentait un besoin irrépressible de la voir pour s'excuser. Prudemment, il souleva le loquet et poussa la porte, qui s'ouvrit dans un grincement.

— Blanche ?

Le silence lui répondit à nouveau, et il comprit que la pièce était vide. Bien que conscient de son intrusion, sa curiosité l'emporta et il pénétra dans le sanctuaire de Blanche.

La chambre était claire et spacieuse, mais bien différente de ce qu'il avait imaginé. Contrairement à la grande salle richement décorée de tapisseries et de meubles luxueux, la suite de Blanche était pratiquement nue. Des panneaux couvraient les fenêtres pour prévenir les courants d'air, mais à cette unique exception la pièce était presque vide. Toute la fortune de son hôtesse était étalée dans les salles publiques.

Le lit à baldaquin dressé au centre de l'étage arborait des rideaux dépareillés. Jack caressa du bout des doigts le tissu bleu élimé au bout de la couchette et repéra plusieurs trous qui avaient été reprisés avec adresse. Les étoffes écarlates de chaque côté paraissaient en meilleure condition, même si elles avaient pris une teinte rose passée là où le soleil frappait le plus. En hiver, elles devaient fournir une protection bien maigre contre le froid nocturne. Le matelas était couvert d'une courtepointe finement brodée, réparée avec soin et à moitié dissimulée sous une pile de fourrures semblables à celles qui ornaient le lit de Jack. Sans doute ces dernières provenaient-elles d'ici, songea-t-il. Il caressa la peau de bête la plus proche, et son cœur s'emballa lorsqu'il imagina Blanche allongée sur ce poil soyeux. Sa conscience le rappelant à l'ordre, il regretta aussitôt son intrusion et pivota pour repartir.

Blanche se tenait dans l'embrasure de la porte, les poings serrés et les yeux brûlants de rage.

— Je vous avais interdit de venir ici, asséna-t-elle, chacun de ses mots aussi froid qu'une écharde de glace. Vous êtes la première personne à désobéir à mes ordres. D'abord vous m'insultez, puis vous violez mon hospitalité de la façon la plus basse qui soit. Donnez-moi une seule bonne raison de ne pas vous faire jeter dehors séance tenante ?

Chapitre 16

Blanche désigna la porte d'un doigt rageur.

— Eh bien ? Dites-moi ce qui m'empêcherait d'appeler immédiatement mes domestiques pour vous traîner hors du fort ?

— Rien. Vous auriez raison de le faire, concéda Jack, l'angoisse lui tordant les entrailles. Je n'ai aucune excuse et j'aurais dû m'éclipser dès que j'ai compris que vous n'étiez pas là. J'ai simplement été... surpris par ce que j'ai découvert. Votre chambre est si vide.

Elle acquiesça, son expression toujours orageuse.

— Vous voulez sans doute savoir pourquoi je vis ainsi ? lança-t-elle d'un ton brusque.

Elle enchaîna sans lui laisser le temps de répondre, même s'il n'aurait de toute façon jamais osé l'interrompre.

— Parce que je n'ai presque rien et que chaque jour est une lutte pour ma survie. Je dépense tout mon argent pour ornementer les pièces publiques. Bien sûr, je pourrais en utiliser une partie pour rendre mes quartiers plus confortables, mais je choisis de ne pas le faire. De toute façon, à quoi bon ? Je suis, d'ordinaire, la seule à les voir.

Elle entra dans la chambre et avança jusqu'à une petite table, devant la fenêtre. Sur le plateau de bois se trouvait un coffret à bijoux à peine plus grand que sa main avec un clapet abîmé. Elle l'ouvrit, et Jack aperçut un éclat d'argent avant qu'elle ne le referme d'un claquement sec.

— Tant que je maintiens l'apparence d'une veuve fortunée, je garde une chance d'éviter la captivité.

— La captivité ?

— Celle du mariage, clarifia-t-elle en tournant un regard désabusé vers lui. Si je ne parviens pas à m'assumer seule financièrement, Ronec saisira cette occasion pour faire de moi sa femme. Lui et bien d'autres. Ils me prendront le peu qu'il me reste et mon indépendance en sus.

Avec un sourire amer, elle ajouta :

— Dormir sur un matelas affaissé avec des rideaux élimés est un prix dérisoire à payer pour conserver quelque chose d'aussi précieux que la liberté, vous ne croyez pas ?

Elle avait raison, mais la férocité de sa fierté l'attristait. Était-ce ce qu'Andrey avait tenté de lui dire ? Elle semblait si déterminée à préserver son autonomie que Jack fut aussitôt convaincu qu'elle n'accepterait jamais sa proposition.

Blanche se leva et lui fit face, le visage de marbre.

— À présent, vous savez tout. Et puisque vous nous quitterez bientôt, j'ose espérer que vous garderez mon secret ? Je ne pense pas craindre que vous alliez le divulguer à Ronec.

— Vous n'avez pas à vous inquiéter pour cela, répondit Jack avec ferveur. Je préférerais mourir plutôt que lui raconter quoi que ce soit.

Il s'approcha de Blanche, qui n'esquissa pas un geste.

— Pourquoi être venu jusqu'ici ? le questionna Blanche, d'un ton toujours froid.

— Je vous cherchais. Pour vous dire au revoir.

— C'est déjà chose faite, rétorqua-t-elle avec humeur. Et cela ne s'est pas particulièrement bien terminé, si vous vous souvenez bien.

Son visage était aussi sévère que sa voix, et le mépris

luisait dans ses yeux ; pourtant, ses joues prenaient lentement une teinte écarlate.

— C'est pour cela que je suis venu, admit-il. Ce n'est pas ainsi que j'imaginais nos adieux. Je tenais à vous revoir avant de nous séparer. J'ai si peu de souvenirs, je suis certain que vous m'excuserez de vouloir m'en forger de nouveaux, même s'ils me rendent triste.

Blanche fronça les sourcils.

— Être avec moi vous rend triste ?

— Vous quitter me brise le cœur, la corrigea-t-il. Être avec vous m'a apporté plus de joie que je ne l'aurais cru possible.

— Vous êtes un beau parleur, grommela Blanche, ses joues parfaitement carmin à présent, tandis qu'une partie de sa colère semblait s'évanouir.

— Pourrez-vous me pardonner ? demanda Jack.

Blanche battit des paupières. Se mordit la lèvre.

Jack retint son souffle.

— Vous m'avez pardonné tant de fois, murmura-t-elle. Il serait discourtois de vous refuser la pareille.

— Merci, dit Jack.

— Et j'admets que des adieux plus chaleureux ne seraient pas pour me déplaire.

Un léger sourire étira la bouche de Blanche. L'instinct de Jack lui susurrait qu'elle avait envie de lui autant que la réciproque était vraie, même si le cœur de son hôtesse ne battait pas à l'unisson avec le sien. Elle avait répété à plusieurs reprises qu'elle ne souhaitait pas de nouvel époux, mais semblait tolérer un compagnon capable d'assouvir ses désirs, un rôle que Jack était plus qu'heureux d'endosser.

— Je voulais vous demander quelque chose, avoua Jack.

Il n'avait pas oublié la raison de sa venue.

— Je partirai effectivement demain, mais… rien ne m'empêche de revenir. Si vous le souhaitez, bien sûr.

Il dévisagea Blanche avec appréhension.

— Pour quoi faire ?

— Pour vous revoir.

Il caressa son bras et sentit sa peau fourmiller sous ses doigts comme pour répondre aux pulsations erratiques de son cœur.

— Pour être avec vous.

Il lui adressa un regard hésitant, presque craintif.

— Blanche, je ressens une profonde affection pour vous. L'ignorez-vous donc ? Cet après-midi n'était pas qu'une occasion de faire l'amour. C'était bien plus qu'une façon d'assouvir nos désirs. Du moins, ça l'était pour moi. Ai-je tort d'espérer que vous puissiez me retourner mon inclination ?

Blanche posa une paume sur son torse, attisant le brasier qui ronflait dans tout son corps.

— Jack, j'éprouve moi aussi de… l'affection pour vous. Mais votre vie est en Angleterre.

— Mais peut-être n'est-ce plus le cas ? riposta-t-il.

Son hésitation le mettait au supplice. Qu'avait-elle failli dire à la place d'affection ? Amitié ? Amour ?

— Peut-être y découvrirai-je d'autres bonnes raisons d'avoir quitté mon pays, outre la mort de Margaret ?

— Et peut-être en trouverez-vous de meilleures de rester ? répliqua-t-elle avec gravité. Ne faites pas de promesse que vous n'êtes pas sûr de tenir.

Jack fit glisser sa main le long de son bras et la vit frémir. Elle détourna le regard. S'était-il montré trop insistant ? À moins qu'il ne se soit mépris sur ses sentiments ?

— Si je vous offrais mon cœur, Blanche, demanda-t-il dans un souffle, l'accepteriez-vous ?

Elle leva vers lui des yeux de biche effarouchée.

— Attendriez-vous de moi que je vous épouse ? Je vous l'ai dit, je ne veux pas d'autre mari.

Il eut l'impression d'observer un oiseau qui mourrait si on l'enfermait à nouveau dans une cage, mais, maintenant qu'elle abordait le sujet, Jack prit conscience qu'il aurait en effet souhaité l'épouser, mais il craignait de la voir s'envoler s'il resserrait son étreinte.

— Accepteriez-vous un amant ? proposa-t-il. Pour aussi longtemps que vous et moi le désirerons. Mon ancienne existence, quelle qu'elle soit, m'a conduit jusqu'ici, en France. Me laisserez-vous faire partie de votre vie, si je reviens ?

— Vous pensez me connaître, mais vous n'avez passé que quelques semaines en ma compagnie. Vous pourriez un jour décider que je ne vous conviens plus.

— Il faut parfois prendre des risques, riposta Jack. Vous m'avez dit qu'il vous avait fallu du temps pour trouver une nouvelle raison de vivre, après la perte de vos maris. Nous pourrions apprendre ensemble.

Blanche resserra ses bras autour de son buste. Jack ne se rappelait pas l'avoir jamais vue si vulnérable. Il aurait tant souhaité ôter les fardeaux de ses épaules.

— Qu'y a-t-il ?

Blanche fixa le sol et murmura :

— J'entends votre offre et j'ai l'impression qu'elle m'attire inexorablement vers le bord du précipice. Je crains que l'accepter ne revienne à sauter dans les profondeurs de l'abîme et à disparaître dans les ténèbres.

Elle le voulait aussi ; seule la peur la retenait. Jack enveloppa sa joue de sa paume chaude et la leva avec douceur pour croiser son regard. Les iris de Blanche luisaient d'incertitude.

— Mon amour n'est pas un abîme de ténèbres, chuchota-t-il. C'est le phare sur la côte qui vous guidera jusqu'à la terre ferme… et la sécurité.

Il fit courir ses mains de ses poignets jusqu'à ses épaules, puis dans son dos, et les déposa dans le creux délicat au-dessus de la courbe de ses fesses.

— Un beau parleur, répéta-t-elle avec un soupir.

— Laissez-moi rester avec vous, cette nuit, souffla-t-il. Au petit matin, vous déciderez.

Elle enroula ses bras autour de sa taille et approcha jusqu'à ce que leurs hanches se frôlent. Jack frémit d'un désir réprimé. Un grondement sourd et guttural, semblable à un ronronnement, s'échappa de sa gorge, et le sourire de Blanche se transforma en invitation. Elle leva la bouche vers la sienne et l'embrassa lentement. Jack la sentit faire courir ses ongles le long de son dos, lui tirant un nouveau frisson, et son entrejambe se rigidifia. Il poussa un grognement, qu'il étouffa en plongeant le visage dans la douceur soyeuse de son cou. Blanche ouvrit les yeux et sourit avec la même indécence taquine qui lui avait fait perdre les sens aux Vierges de pierre. Le désir brûlant et la passion débridée qu'il pouvait lire dans ses prunelles lui embrasèrent les sangs.

Blanche tirait déjà avec détermination sur les sangles de ses chausses pour libérer sa taille et, bien qu'il se sente terriblement à l'étroit dans ce bout de tissu, il couvrit sa main pour l'interrompre. Lorsqu'ils avaient fait l'amour au sommet de la falaise, ils avaient laissé parler leurs pulsions charnelles les plus primaires. Ils n'avaient même pas pris la peine de se dévêtir avant de se jeter l'un sur l'autre. Cette fois-ci, il comptait bien savourer l'instant. Blanche avait l'habitude de tout contrôler, et Jack l'avait jusque-là laissée faire. Il était temps de rééquilibrer quelque peu cette relation.

— Doucement, lui ordonna-t-il. Nous avons toute la nuit. Nous ne nous toucherons pas tant que nous ne serons pas tous deux nus et étendus sur ces fourrures.

Les yeux de Blanche étincelèrent, et elle acquiesça docilement. Approchant ses lèvres de l'oreille de Jack, elle murmura :

— Vous feriez mieux de m'aider, dans ce cas. Je porte beaucoup de vêtements.

Puis elle tendit les bras de chaque côté de son corps et

lui désigna d'un signe de tête le haut de son bliaud, qu'un fermail semi-circulaire maintenait en place.

— Je vous en prie, Jack, déshabillez-moi.

Jack sourit de toutes ses dents. Comme il l'avait anticipé, cette expérience était nouvelle pour elle, et il avait l'intention de prendre son temps. Il détacha la boucle et fit glisser le lourd tissu de velours des épaules de Blanche. L'étoffe cascada le long de ses lignes et de ses rondeurs jusqu'au sol. Ses manches étaient plus étroites au niveau des poignets, avec quatre boutons de chaque côté. L'un après l'autre, Jack les ouvrit avec des doigts tremblants. Il détailla du regard l'entrelacs de minuscules veines à l'intérieur de ses bras comme si elles étaient la vision la plus sensuelle du monde, puis il saisit la main de Blanche, la leva jusqu'à son visage et souffla doucement sur la peau délicate, tirant un soupir à son hôtesse. Il se plaça dans son dos, parcourant avidement de ses paumes les sillons et les courbes de Blanche, puis desserra les lacets de sa cotte pour mieux la lui ôter. Elle se tenait désormais devant lui vêtue uniquement de sa chemise couleur crème. Pour conclure son œuvre, Jack retira un à un les peignes de la chevelure de Blanche, libérant un torrent de boucles d'ébène qui coula librement sur ses épaules et son dos. Il ne put résister à la tentation d'effleurer sa nuque laiteuse du bout du doigt, et Blanche inclina la tête avec un doux gémissement.

— J'ai envie de vous, maintenant…, souffla-t-elle.

Jack brûlait de la toucher, mais, au lieu de céder à ses pulsions, il s'éloigna d'un pas avec un œil taquin.

— Pas encore. C'est à mon tour à présent.

Elle le dévisagea avec amusement par-dessus son épaule, puis s'approcha et vira paresseusement autour de lui. L'enveloppant de ses bras, elle le débarrassa sans hâte de son surcot, puis de sa tunique. La sensation était si exaltante qu'il crut que son désir allait avoir raison de lui. Déshabiller Blanche s'était avéré particulièrement érotique, mais demeurer immobile docilement pendant qu'elle faisait de même pour lui le consumait d'une ardeur inextinguible.

Ils s'aidèrent l'un l'autre à retirer leurs bottes, en particulier celles de Jack, que Blanche parvint finalement à lui ôter avec un cri de triomphe avant de les jeter loin derrière elle. Ils échangèrent un sourire enjoué, les prunelles pétillantes de malice. Lorsqu'il ne resta plus à Jack que ses braies, Blanche s'agenouilla devant lui sans jamais quitter ses yeux du regard et entreprit à nouveau de libérer sa taille du vêtement. Quand elle l'eut enfin dénudé, Jack pantelait telle une jouvencelle pendant sa nuit de noces, fiévreux et agité.

Il aurait voulu qu'elle reste ainsi, qu'elle le prenne dans la tiédeur de ses mains et de sa bouche. Il aurait voulu la hisser contre son bassin et la pénétrer avec passion, conquérir son amour.

Blanche résolut son dilemme en se relevant et en l'attirant dans son étreinte pour un baiser. Plaçant ses paumes sous les fesses rebondies de son hôtesse, Jack la souleva du sol et la laissa enrouler ses jambes autour de sa taille tandis qu'il la portait jusqu'au lit. Lorsqu'il la déposa sur le matelas affaissé, il était si tendu et fébrile qu'il sut qu'il peinerait à suivre ses propres instructions et à faire preuve de retenue. Ils s'embrassèrent langoureusement, serrés l'un contre l'autre, tandis que leurs mains exploraient à loisir des territoires inconnus, tantôt aguicheuses, tantôt affamées.

Jack prit le temps de découvrir le moindre pouce de peau de Blanche, d'en définir les plus petits contours à travers le mince tissu. Elle n'était pas encore nue, et les secrets qu'elle lui refusait toujours le mettaient au supplice.

— Retirez votre chemise, susurra-t-il en caressant sa nuque et son dos en signe d'encouragement.

Il perçut alors un avertissement dans les yeux de Blanche qui le fit hésiter et il écarta ses mains.

— Je ne suis plus une jeune femme, Jack, le prévint-elle.

J'ai porté des enfants, traversé deux fois l'épreuve de l'accouchement. Je ne suis sans doute pas ce que vous espérez.

Comment pouvait-elle imaginer une seule seconde que cela puisse l'inquiéter ? Il était habitué à une franchise presque brutale de la part de Blanche ; ce genre d'inhibition le surprenait de sa part et allait à l'encontre de tout ce qu'il avait appris à chérir chez elle. Un élan protecteur s'empara de lui. Quoi qu'elle prétende, elle était bien plus vulnérable qu'elle ne souhaitait le montrer.

— Je veux vous voir, répondit-il. Telle que vous êtes. Je veux sentir votre peau, la goûter…

Il s'agenouilla entre ses cuisses, glissa ses mains sous la chemise et repoussa lentement le tissu, de plus en plus haut, dans une longue caresse. Le parfum si unique de Blanche lui emplit les narines et lui fit tourner la tête, éveillant tous ses sens. Il oublia alors sa promesse de ne pas se précipiter et lui retira d'un geste la chemise pour admirer enfin le corps nu de sa bien-aimée.

Il dévora du regard sa taille mince et son ventre doux et légèrement rebondi. Ce dernier était strié de fines lignes aux endroits où la grossesse avait étiré sa chair. Il retrouva les mêmes sillons entre ses seins et sur les côtés de ses cuisses. D'une couleur plus pâle, ils traçaient au clair de lune un reflet argenté sur sa peau d'ivoire. Aux yeux de Jack, ces marques étaient belles. Rien à voir avec les lésions rougeâtres qui zébraient son propre torse depuis le naufrage. Du bout du doigt, il dessina le contour du ventre de Blanche, qui frémit de la tête aux pieds.

— Vous êtes magnifique, déclara-t-il avant de l'embrasser passionnément.

D'abord sur les lèvres. Puis sur la poitrine. Puis sur la courbe tendre de son abdomen. Elle soupira d'aise et écarta bras et cuisses. Jack poursuivit ses attentions, lentement et méthodiquement, de plus en plus bas, jusqu'à son entrejambe. De longues minutes plus tard, lorsque Blanche, extatique, le supplia en gémissant et en enfonçant ses ongles si fort dans son dos qu'elle menaçait de lui arracher la peau, Jack s'autorisa enfin à céder au désir qui le consumait tel un brasier.

Lorsqu'il s'éveilla, Jack se trouva désorienté. Il jeta un œil en direction de la fenêtre et constata que la lueur de la lune était plus vive qu'elle ne l'était d'ordinaire dans sa chambre. Incapable de se situer, il sentit une profonde panique menacer de l'engloutir, terrifié à l'idée d'avoir de nouveau tout oublié.

C'est alors qu'il remarqua Blanche, allongée sur le ventre à côté de lui, ses cheveux noirs étalés dans son dos à la manière d'un éventail, un bras ramené sous sa tête. Il suivit des yeux la courbe de son corps jusqu'aux draps qui couvraient négligemment ses hanches. La silhouette de ses fesses et de ses cuisses sous la finesse du tissu suffit à apaiser son esprit et à réveiller son entrejambe.

Il devait se lever et s'habiller. L'aube allait bientôt poindre, et le navire de Petrus Nevez prendrait la mer avec la marée matinale. Il lui faudrait se hâter s'il souhaitait atteindre Bénestin à temps et il craignait de ne plus trouver la force de quitter Blanche s'il s'attardait trop.

Il n'aurait jamais dû venir. Il n'aurait jamais dû lui faire l'amour à nouveau, mais l'attirance qu'il ressentait pour elle était irrésistible. Une onde de chaleur envahit sa poitrine, se répandit dans tout son corps et fit palpiter son cœur plus vite. Sa place était ici. Avec Blanche. Dans son lit et dans ses bras.

Cette dernière s'agita et roula doucement sur le côté. Ses yeux se braquèrent aussitôt sur Jack, et elle se raidit en réalisant qu'il y avait quelqu'un d'autre dans son lit. Puis elle le reconnut et se détendit, allant jusqu'à lui offrir un sourire voluptueux. S'allongeant complètement sur le dos, elle tira sur le drap pour couvrir sa poitrine.

— Je dois partir.

— En effet. Ne manquez pas la marée.

Blanche tendit le cou vers lui, et Jack se pencha pour l'embrasser. Mais seulement brièvement ; s'il y mettait autant d'ardeur qu'il le souhaitait, il craignait de ne jamais parvenir à quitter cette chambre. Plus forte que lui, elle le repoussa gentiment et rompit leur étreinte.

— Revenez quand vous le pourrez, lui chuchota-t-elle. Je serai heureuse de vous revoir.

Jack serra sa main, et une boule de plomb se nicha dans sa poitrine. Il sortit du lit et se dirigea vers la fenêtre, nu comme un ver ; par chance personne ne pouvait l'apercevoir depuis la cour. Il ne se rappelait pas que son union avec Margaret ait été si impudique, mais son épouse était une femme jeune et modeste. Rien ne pourrait jamais se mettre entre Blanche et lui. Rien qui puisse engendrer de la honte ou du jugement. La liberté lui ouvrait grand les bras, et il sut aussitôt que sa décision était prise.

Jetant un regard au coffret à bijoux, il se demanda si c'était là qu'elle avait rangé la croix en or, mais préféra repousser cette idée. Il avait d'ailleurs laissé le pendentif dans sa chambre, peu enclin à le porter pour rendre visite à Blanche. Avait-il donc prévu de la séduire depuis le début ? Il fut suffisamment honnête envers lui-même pour admettre avoir nourri ce genre d'espoir. À côté de la boîte en bois se trouvait un pot ouvert plein d'une substance cireuse. Il se pencha pour humer la crème et découvrit qu'il s'agissait du parfum de Blanche. Il inspira profondément la fragrance afin d'en imprégner sa mémoire. Ainsi, il n'aurait qu'à évoquer son souvenir pour la voir dans son esprit avec netteté.

Ses vêtements étaient éparpillés sur le sol, mêlés à ceux de son hôtesse. Il se baissa pour les rassembler et, ce faisant, aperçut le talon d'une botte derrière un paravent. Surpris que ses chaussures aient pu atterrir aussi loin, il approcha pour la ramasser. Blanche l'appela d'un ton alarmé, mais il avait déjà contourné le panneau de bois pour récupérer son bien.

Sauf que la botte n'était pas la sienne. Trop petite pour lui, elle demeurait néanmoins un accessoire d'homme. Confus, il l'examina. À qui pouvait-elle bien appartenir ? Blanche approcha, drapée dans sa couverture, le visage blême et les yeux écarquillés.

— Je vous ai dit d'arrêter !

Jack pivota sur ses talons, et son regard tomba sur un habit noir plié surmonté d'un chapeau… Jack sentit son cœur se larder de plomb et lui comprimer le torse.

Il connaissait bien cette cape et ce couvre-chef. Ils appartenaient à Bleiz Mor. Une douleur brûlante naquit dans sa poitrine. Les vêtements de l'homme avaient été rangés proprement à côté de ceux de Blanche, comme s'ils avaient leur place ici. Il déplia le manteau, et le masque d'animal en tomba.

— Vous avez menti, l'accusa-t-il, incrédule, en ramassant le tragique accessoire.

Le faciès de loup semblait lui adresser un regard moqueur.

— Vous m'avez dit qu'il n'y avait rien entre vous et Bleiz Mor. Pourtant, je retrouve ses maudites frusques dans votre chambre !

Blanche avança à grands pas et lui arracha le masque des mains.

— Est-ce pour cela que nul n'est autorisé à venir ici ? l'interrogea Jack. Parce que le Loup de mer est votre amant ?

À sa plus grande stupeur, Blanche se mit à rire, le loup serré contre sa poitrine, les yeux clos et le visage tendu. Puis ses épaules furent agitées de soubresauts, et Jack réalisa, horrifié, que son hilarité se changeait en sanglots. Une terrible sensation d'avoir mal interprété la situation s'insinua en lui. Elle avait tant insisté sur le fait qu'elle ne prenait jamais de partenaire. Se pouvait-il qu'elle soit la participante involontaire d'un ignoble chantage ?

Prudemment, il approcha et la saisit par les épaules. Elle n'émit aucune protestation lorsqu'il l'attira contre lui et l'enveloppa de son étreinte. Son délicieux parfum lui emplit le nez, et la sensation de sa peau chaude contre lui le submergea aussitôt de désir.

— Vous y oblige-t-il ? Vous n'avez qu'un mot à dire, et je tuerai cet enfant de catin !

— Le tuer ? Oh ! Jack…

Blanche releva la tête et plongea son regard dans celui de Jack en se mordant la lèvre.

— Vous n'avez toujours pas compris, n'est-ce pas ?

— Alors, dites-le-moi, la supplia-t-il.

Il caressa sa joue du pouce et effaça la trace scintillante qu'une larme avait laissée sur sa peau.

Blanche lui adressa un regard dévasté.

— Le Loup de mer n'est pas mon amant.

Il baissa les yeux sur le masque que Blanche tordait entre ses mains et il comprit soudain. Les fils de la grande tapisserie s'assemblaient à nouveau. Il releva la tête et affronta les prunelles désolées de Blanche. Elle sut aussitôt qu'il avait enfin replacé la dernière pièce du puzzle.

— C'est vous, n'est-ce pas ? gronda-t-il, se forçant à faire sortir les mots de sa bouche. Vous êtes Bleiz Mor.

Chapitre 17

Le visage de Jack avait pris la couleur de la cendre, comme ce jour où il était passé si près de la noyade. Ses yeux flambaient de douleur et de colère.

— Vous m'avez menti ! Sur tout !

— Tout ce que je vous ai dit était vrai, protesta Blanche. Je suis allée à Paris, j'ai récupéré le corps de Yann. J'ai tout sacrifié pour pouvoir rentrer. Vous savez comment j'ai survécu et comment j'ai obtenu l'argent pour acheter mon foyer.

Elle leva le menton fièrement et plaça ses mains sur ses hanches, lui adressant un regard de défi.

— Je vous ai dit que je n'avais pas honte de ce que j'avais fait et je ne laisserai personne me juger pour cela.

— Mais vous ne m'avez pas dit toute la vérité non plus, n'est-ce pas ?

Le ton accusateur de Jack lui transperça la poitrine avec autant d'aisance qu'une dague, mettant son cœur à nu.

— Non, en effet.

— Pourquoi avoir fait cela ? Vous étiez enfin chez vous !

— Ça aussi, je vous l'ai dit. Bleiz Mor fend la mer par vengeance. J'ai acheté le fort, j'ai fait équiper les navires. Rien ne me rendra jamais mon époux, mais tous les Français qui ont croisé ma route l'ont rejoint. Nous nous battions pour la même cause, et la lutte n'a pas cessé simplement parce qu'il est mort.

Dire enfin la vérité la libérait d'un lourd fardeau, et elle sentit revenir sa résolution de fer, celle qui l'avait portée toutes ces années.

— Les Français ravagent la Bretagne, détruisent des vies et des familles. Je ferai tout ce qui est en mon pouvoir pour les arrêter.

Elle serra le masque entre ses doigts de toutes ses forces.

— Le pays est divisé, Jack. Comment pourrait-il être à nouveau uni alors que les deux factions ont des croyances aussi différentes ? Nous savons qui est le légitime héritier du duché, mais des hommes riches et puissants usent de leur influence pour changer le sens du vent dans le but de servir leurs propres intérêts. Désormais, j'ai le moyen de redresser certains de leurs torts.

— En combattant et en tuant ? contra Jack.

Il parlait à présent avec un dédain dans sa voix bien plus acerbe que le jour où elle lui avait avoué avoir vendu son corps.

— Auriez-vous posé la même question à un homme ? Mépriseriez-vous de la sorte un homme qui combat pour défendre son foyer et sa patrie ? Bien sûr que non ! Alors, ne me jugez pas plus sévèrement parce que je suis une femme !

Une fureur sans pareille s'était emparée d'elle. Elle se moquait bien qu'il se sente outré et blessé.

— Si c'est nécessaire, oui, je combattrai et je tuerai pour la Bretagne. Comme vous le feriez pour protéger votre pays.

Il grommela son assentiment et fixa ses mains.

— Votre corps vous a permis de faire équiper deux navires ?

— Hélas, tout comme le cheval que j'ai vendu, je ne possède pas tant de valeur.

Elle lui lança un regard désabusé avant de poursuivre :

— Non, j'ai acheté des bijoux et des vêtements. En

prenant l'apparence d'une femme fortunée, j'ai pu m'ouvrir certaines portes, en particulier celle du commandant de la marine anglaise, qui soutient la maison de Montfort. J'ai mis mon sort entre ses mains.

— Seulement votre sort ? grommela Jack.

— Oui ! Je lui ai parlé du sacrifice de Yann, qui avait donné sa vie pour assurer la sécurité des forces anglaises, et lui ai dit vouloir me venger. Je me suis exprimée avec éloquence et conviction et, par la grâce du roi Édouard, les Anglais m'ont offert le *Loup blanc* et l'ont fait apprêter. Ils n'ont imposé qu'une seule condition : que je fournisse l'argent pour équiper le *Faucon blanc* et que j'utilise ces deux vaisseaux pour servir leur cause. J'ai ensuite demandé aux hommes qui avaient combattu avec Yann ainsi qu'aux pêcheurs du village de se rallier à mon commandement.

Elle marcha jusqu'à la fenêtre, dos à Jack, et posa les mains sur le rebord. Elle aurait pu lui dire que ses liens avec son pays étaient plus étroits encore, que la maisonnée où son fils Fransez vivait désormais se trouvait en Angleterre, mais il avait perdu le droit d'en apprendre davantage sur elle.

Jack ramassa le chapeau et le tourna entre ses doigts.

— Pendant tout ce temps, vous m'avez laissé croire que Bleiz Mor était quelqu'un d'autre. Moi qui vous imaginais sans défense. Je savais que Ronec vous faisait chanter d'une façon ou d'une autre, mais j'ignorais comment.

Il serra les poings et se tourna vers Blanche. La colère dans sa voix fut terrible à entendre, mais l'expression de profonde trahison dans ses yeux la frappa plus férocement encore qu'un coup d'épée au ventre.

— Je n'avais pas le choix, répliqua-t-elle tandis que ses larmes lui brouillaient la vue.

Elle les essuya d'un geste rageur.

— Si, vous l'aviez ! rétorqua Jack avec fureur en se détournant violemment. Vous n'avez pas cessé de me mentir.

— Vous êtes injuste ! s'exclama Blanche. Je vous ai avoué mon plus noir secret. Ma plus terrible honte.

— Mais vous n'avez rien dit sur cela ! gronda Jack, le visage orageux.

— Je pensais que ça n'aurait pas d'importance, puisque vous partiez. Je n'avais jamais osé rêver que vous puissiez vouloir rester ou revenir. La première fois, j'ai tardé à vous rendre vos affaires, car j'estimais que c'était la meilleure solution. J'ignorais si nous pouvions vous faire confiance ; Ronec aurait exigé votre mort ou votre arrestation si vos effets avaient contenu la moindre preuve vous incriminant. Je… je ne pouvais pas laisser cela se produire.

— Pourquoi ? contra Jack.

Il la dévisagea par-dessus son épaule, mais Blanche détourna les yeux.

— J'espérais vous garder ici un peu plus longtemps. Parce que je commençais à m'attacher à vous.

Elle affronta enfin son regard, mais n'y vit pas la moindre trace de la tendresse qu'il lui avait témoignée quand ils avaient fait l'amour. Seulement de l'incrédulité et de la douleur.

— Comment pourrais-je encore vous croire après le tissu de mensonges que vous m'avez servi ? répliqua-t-il avec amertume. Vous ne m'avez donné que des morceaux de vérité chaque fois que vous étiez dos au mur, et cette fois encore ! Combien d'autres secrets me cachez-vous ?

— Aucun ! cria Blanche. Il n'y a rien d'autre. Je croyais que c'était inutile, vous étiez si déterminé à rentrer en Angleterre. Et lorsque vous m'avez confié votre souhait de rester, je… je n'ai pas eu la force de vous l'avouer.

Elle tendit les bras vers lui, mais il secoua la tête avec hargne.

— Ne me touchez pas ! Plus jamais.

Ses paroles lui fendirent le cœur.

— Comptiez-vous me le dire un jour ?

La voix de Jack se brisa, et Blanche sentit son monde s'écrouler.

— Je savais que vous me mépriseriez, couina-t-elle faiblement.

Elle se haïssait de ne pas avoir plus de force, de montrer aussi ouvertement son désespoir. Où était passée la femme qui couchait avec des inconnus sans sourciller ? Qui se moquait de leurs jérémiades et endurcissait son cœur chaque jour davantage ? Comment Jack était-il parvenu à broyer tous les murs qu'elle avait si soigneusement érigés autour d'elle ?

Il cracha un rire acerbe.

— J'ai longtemps cru que Ronec était Bleiz Mor, même si je vous avais vu tous les deux ensemble. Quel marché avez-vous passé avec ce scélérat ? Et ne songez pas un seul instant à me mentir.

Blanche sentit la nausée la gagner.

— J'avais besoin d'argent pour équiper les navires et payer les hommes, mais je n'étais pas assez riche pour y parvenir sans aide. Ronec était un ami de la famille de Maël. Je croyais pouvoir lui faire confiance.

— Vous avez partagé sa couche, n'est-ce pas ?

Le mépris dans la voix de Jack lui tira un frisson glacé, mais elle se rappela qu'elle s'était juré de ne jamais rien regretter. Elle leva le menton et affronta son regard.

— Oui. En effet.

— Combien de fois ?

Elle ne pouvait plus supporter le dégoût dans sa voix et refusait qu'il constate à quel point elle se haïssait pour ce qu'elle avait fait, autant que l'homme *avec qui* elle l'avait fait.

— Est-ce vraiment important ? murmura-t-elle.

— Je ne sais pas, admit-il, la mâchoire serrée, le regard noir. Combien de fois avez-vous fait l'amour avec lui ?

— Je n'ai jamais fait *l'amour* avec Ronec !

Elle carra les épaules, les joues brûlantes, et referma ses

bras autour de sa poitrine comme pour se protéger des iris bleus accusateurs qui la clouaient sur place.

— J'ai dû supplier Ronec de donner plus d'argent que nous ne l'avions convenu à l'origine. Le prix à payer était une semaine dans son lit. Mais depuis, il n'a cessé d'en exiger davantage, en échange de son silence.

— Pourquoi souhaite-t-il vous épouser ? l'interrogea Jack. Puisqu'il peut vous mettre dans sa couche chaque fois qu'il le désire, pourquoi prendre cette peine ?

— Un mari contrôle les biens de sa femme. Il veut la propriété et le commandement des navires. D'après lui, nous ne devrions pas nous cantonner aux bâtiments français lorsque la mer regorge de vaisseaux marchands. C'est pour cela qu'il encourage les actions des naufrageurs. Vous savez que j'ai refusé d'y prendre part. J'ai interdit à tous mes hommes de recommencer. Je vous ai sauvé parce que c'était juste et je suis heureuse que vous ayez survécu.

— Mais si je m'étais trouvé sur un navire que vous aviez décidé d'attaquer, vous n'auriez pas hésité à me tuer, fit remarquer Jack.

— Non, en effet. Pas par choix, mais parce que c'est ce que l'on attend de moi.

Jack plongea son visage dans ses mains.

— Moi qui croyais que vous étiez une veuve innocente et vertueuse. Je vous ai secourue ! Offert ma protection.

— Je ne vous ai jamais rien demandé ! lui rappela Blanche. Je vous ai répété à maintes reprises que je n'avais pas besoin d'être sauvée, que je n'étais pas le genre de femme frêle qui s'accroche à un homme pour survivre. Vous avez choisi d'ignorer mes propos. C'est votre erreur, pas la mienne.

Mais n'avait-elle pas tout fait pour le conforter dans cette idée ? Elle *voulait* qu'il la considère comme une veuve douce et chaste. Blanche baissa la tête pour masquer sa propre douleur.

— Une erreur que je compte bien laisser derrière moi le plus tôt possible, conclut sombrement Jack.

Il parut soudain terriblement las. Aussi faible que le jour où il s'était réveillé dans sa cave après des jours de fièvre.

— Ce sont vos compatriotes qui m'ont soutenue, Jack. Vous et moi sommes dans le même camp. Pourquoi refusez-vous de le voir ?

Il la dévisagea avec dépit.

— Nous ne sommes pas dans le même camp, Blanche. Le seul camp auquel vous avez prêté allégeance, c'est le vôtre.

Elle releva la tête et le foudroya du regard.

— Comment aurais-je pu faire autrement ? Personne n'a jamais été de mon côté. Personne ! Ronec est un prédateur. J'ai passé des années à les épauler, mon mari et lui, sous couvert d'être une épouse fidèle et docile, et à quoi cela a-t-il servi ? Non, je suis seule.

Elle secoua la tête avant d'ajouter :

— J'ai été si sotte de croire que cela pourrait changer un jour.

Ses jambes se mirent à trembler. Elle verrouilla ses genoux, refusant de montrer la moindre faiblesse.

— Vous disiez ressentir de l'affection pour moi, murmura-t-elle, dévastée.

Il approcha et tendit la main vers elle, mais s'interrompit à quelques pouces de sa joue. Elle pouvait sentir la chaleur qui émanait de sa peau, et crut, l'espace d'une seconde, qu'il allait caresser son visage, mais il se ravisa.

— C'est le cas, mais comment pourrais-je rester en sachant ce que vous avez fait ?

— Je ne vous ferai pas l'insulte de vous le demander.

Jack acquiesça en serrant la mâchoire. Il remit sa chemise et son surcot, puis se pencha une nouvelle fois pour ramasser le chapeau et le tendre à Blanche. Elle n'esquissa aucun geste pour le récupérer, et il le jeta sur le lit.

— Merci pour vos soins et votre hospitalité, Blanche. Je tâcherai de m'en souvenir au lieu de… cela.

Il s'éloigna, et elle ne tenta pas de le rattraper.

Blanche attendit d'être certaine que Jack avait quitté le château. Un torrent d'idées noires tourbillonnait dans sa tête, suffisant à lui occuper l'esprit, principalement des remords et de la haine dirigée contre elle-même. Elle patienta encore, préférant s'assurer qu'il avait eu le temps de rallier Bénestin et peut-être même d'embarquer avec Petrus Nevez. Vers quel port d'Angleterre se rendrait-il ? À présent, elle aurait deux raisons de sentir son cœur se briser chaque fois qu'elle penserait à cette île. Elle revêtit le déguisement du Loup de mer, malgré le dégoût que celui-ci lui inspirait désormais. Nouant étroitement ses cheveux, elle les dissimula sous son écharpe avant de déposer le chapeau sur sa tête. Une boule de plomb s'était insinuée dans sa gorge, et elle mourait d'envie d'avaler une longue goulée de vin pour la faire passer. Blanche descendit l'escalier et retrouva Andrey, qui haussa les sourcils en l'apercevant.

— Jack est parti, annonça-t-il.

— Je sais.

Elle s'efforça de garder les yeux secs.

— Nous avons reçu des nouvelles de nos hommes de Saint-Pétroc. Les Français prendront la mer depuis Brest ce soir, l'informa Andrey avec un regard enthousiaste.

Comment lui avouer qu'elle aurait préféré se recroqueviller dans sa chambre plutôt que de lancer un nouvel assaut ? Mais son cousin ne comprendrait jamais. Au crépuscule, ils lèveraient l'ancre. Demain, elle tenterait de lui expliquer.

— Préviens l'équipage. Nous allons voguer à leur rencontre.

Après avoir récupéré son cheval, elle gagna la maison de Ronec. Elle le trouva seul et se dirigea vers lui d'un pas déterminé pour lui transmettre le message d'Andrey.

— Nous appareillerons avec la marée du soir, l'informa-t-elle. Le *Faucon blanc* aura besoin de son capitaine.

Ronec leva le menton.

— Cela faisait longtemps que je ne vous avais plus vue dans cet accoutrement. Je commençais à me demander si vous aviez définitivement raccroché le masque.

Blanche serra les dents.

— En aucun cas. Notre invité est parti, et nous pouvons désormais reprendre nos activités.

Il lui adressa un sourire lubrique.

— Bien. Le capitaine du *Loup blanc* a-t-elle aussi besoin de moi ?

Blanche lui tourna le dos. Elle avait perdu Jack et toute chance de connaître un jour le bonheur. Au fond, quelle importance qu'elle se donne à nouveau à Ronec, même s'il la répugnait ?

Non. Elle ne pouvait pas faire ça. Plus aucun homme n'abuserait d'elle désormais. Jack demeurerait son dernier amant. Celui dont elle se souviendrait à jamais.

— Retrouvez-moi à la crique, dicta-t-elle à Ronec avant de s'en aller.

Blanche se dressait fièrement sur le pont du *Loup blanc*. Elle n'avait guère besoin de hurler des ordres ; Andrey était un excellent second et s'en chargeait à sa place avec efficacité. Elle regarda les rameurs pousser et tirer sur les avirons pour mener le navire jusqu'à l'extérieur de la crique et gagner la haute mer. Le soleil avait entamé sa descente derrière l'horizon et faisait scintiller ce miroir aqueux d'une palette d'or et de pourpre. L'écume culminait au sommet des vagues, et une brume iodée se déposa sur le masque qui couvrait son visage. Le cogue bondit vers l'avant. Blanche inspira profondément, purgeant son corps de tous ses maux d'une simple goulée d'air frais. Le roulis marqué du plancher sous ses pieds et le vent qui lui fouettait la peau suffisaient d'ordinaire à l'essor de son cœur, mais ce soir son plaisir se teintait de chagrin et de mélancolie.

Cette sortie en mer serait la dernière. L'idée s'était installée dans son esprit petit à petit depuis le naufrage, et la condamnation de Jack avait plus que renforcé sa conviction. Bleiz Mor allait tirer sa révérence. Mais ce sentiment de liberté lui manquerait plus que tout au monde, une fois qu'elle y aurait renoncé.

Enfin, pas tout à fait. La présence et l'amour de Jack lui manqueraient plus encore.

Il fallait trouver le moyen d'avancer, lui avait-elle dit. Ses propres paroles lui semblaient bien vides à présent. Blanche s'efforcerait de vivre comme la veuve vertueuse que Jack avait cru voir en elle. Il ne le saurait jamais, mais elle aurait la satisfaction d'être devenue une meilleure personne.

Elle fit face à l'océan pour ne pas risquer de dévoiler son émoi à son équipage, et s'émerveilla devant les pirouettes aériennes des mouettes, au-dessus d'eux.

Un cri d'Andrey ramena son attention sur le pont. Elle tourna les yeux dans la direction qu'il lui indiquait du bras. Une voile était apparue au loin, suivie d'une autre à une longue distance derrière. Deux cogues. Sans doute les navires français qu'ils traquaient. Elle lança à ses hommes d'une voix rauque :

— Pour la Bretagne ! Pour notre liberté et notre honneur !

L'équipage l'acclama et redoubla d'ardeur pour faire virer de bord le vaisseau, tout en prévenant le *Faucon blanc* de leur changement de cap grâce à une série de coups de sifflet. Blanche, l'épée au poing, gagna la proue pour mieux surveiller leur cible. Leurs navires, légers et élancés, fendaient les flots avec aisance. Le *Faucon blanc* les flanquait, prêt à couper la retraite au vaisseau français s'il faisait mine de s'esquiver. Ils rattrapèrent le cogue le plus proche, qui longeait paresseusement la côte. Une fois suffisamment près pour distinguer les visages des marins sur le pont, Blanche leva son épée au-dessus de sa tête et ses hommes braillèrent en réponse.

L'équipage ennemi fut aussitôt en alerte et s'empressa de charrier des caisses pour les dissimuler à l'intérieur de la coque. Blanche plissa les yeux, perplexe. Les soldats d'un navire de guerre n'auraient jamais réagi de cette façon. Des combattants se seraient armés et préparés à repousser l'assaut.

Ce n'était pas un bâtiment français, mais un vaisseau privé transportant de la marchandise ! Le cogue était similaire à ceux de Blanche, mais sans le gaillard avant, caractéristique des embarcations de guerre.

Personne, à bord de cet esquif, ne méritait de mourir. Blanche rengaina son épée et donna aussitôt l'ordre d'annuler l'attaque.

— Assez ! cria-t-elle de sa voix la plus menaçante. Baissez vos armes. Ce vaisseau n'est pas notre cible.

Des murmures de surprise et de colère lui répondirent.

— Ce n'est pas un navire de guerre, ajouta-t-elle en pointant le cogue du doigt. Ces gens ne sont pas nos ennemis.

Elle répéta ses ordres et, lentement, le *Loup blanc* s'écarta de sa proie. Blanche jeta un dernier regard vers le vaisseau marchand, et une silhouette qui grimpait sur la proue attira son attention. L'homme saisit un cordage et se hissa sur le bastingage. Il se redressa complètement, le dos bien droit, et défia le *Loup blanc* du regard.

Jack.

Blanche n'avait pu retenir son cri, mais sa voix fut emportée par le vent et elle sut qu'il ne pourrait l'entendre. Il l'aperçut cependant et, pendant un instant qui lui glaça le sang, elle croisa le regard de l'homme qu'elle aimait. C'était le navire de Petrus Nevez, qui était censé prendre la mer ce matin même. Sans doute avait-il été retardé, le plaçant directement sur la trajectoire de Blanche.

La retraite avait bien été transmise au *Faucon blanc*, mais Ronec ne donnait aucunement l'impression de compter suivre les ordres. Blanche bondit à son tour sur le bastingage, imitant la position de Jack. Elle tira son épée et la pointa en direction de Ronec en hurlant :

— Virez de bord immédiatement, ou le prochain navire que je coulerai sera le vôtre.

— As-tu perdu l'esprit ? s'exclama Andrey en la rejoignant.

— Jack est sur ce navire !

Elle préférait encore envoyer son propre vaisseau par le fond que voir Jack mourir sous ses yeux. La mer l'avait épargné une fois, mais ses eaux troubles n'étaient pas connues pour leur clémence. Andrey répéta les ordres de Blanche.

Finalement, Ronec comprit qu'elle ne plaisantait pas et commanda à son équipage de virer de bord. Les deux cogues firent demi-tour et prirent la direction de leur crique secrète. Blanche courut vers la poupe et grimpa sur le gaillard arrière. Jack les observait toujours. Le vaisseau de Petrus Nevez s'éloignait, et il longea le bastingage sans quitter Blanche des yeux. Elle ne pouvait plus discerner clairement son visage, mais leva la main en signe d'adieu. Lentement, Jack tendit également son bras vers le ciel, et ils demeurèrent ainsi jusqu'à ce que la distance soit trop grande pour qu'il puisse encore la voir.

Trop grande pour qu'il puisse distinguer les larmes qui coulaient sur le visage de Blanche et trempaient son masque. Trop grande pour qu'il l'entende murmurer :

— Je suis désolée.

Dès que le *Loup blanc* eut accosté, Blanche se dirigea vers le *Faucon blanc*, déterminée à s'expliquer avec l'équipage quant à ses raisons d'annuler l'assaut. Ronec lui fit face.

— À quoi jouez-vous ? tonna-t-il, le visage rouge de

colère. C'était une occasion en or. Nous aurions écrasé ce bateau comme une fourmi sous notre botte !

— Ce n'était pas le navire français, expliqua fermement Blanche, consciente que leurs hommes s'étaient rassemblés pour les écouter. Seulement un vaisseau marchand.

— Peu importe ! s'énerva Ronec. Qu'est-ce que cela peut bien nous faire ?

Blanche baissa la voix :

— Et Jack était à bord.

Ronec cracha à ses pieds.

— C'est donc pour ça que vous nous avez fait manquer cette opportunité ? Eh bien, notre cher Jack n'est plus là, désormais, et je me suis montré bien trop patient avec vous.

Il lui saisit le poignet et le serra avec une force de taureau.

— Que faites-vous ? s'exclama Blanche en tentant de se dégager.

— Ce que j'aurais dû faire depuis longtemps. Je vous relève de votre rôle de capitaine.

— Une mutinerie ? ricana Blanche avec mépris.

Ronec rit.

— Appelez ça comme vous voudrez. Pour moi, c'est du bon sens. Je savais bien qu'une femme serait trop faible pour nous diriger, et aujourd'hui encore vous m'en avez fourni la preuve. C'est la seconde fois que vous épargnez nos ennemis. C'est une fois de trop !

— Je vous l'interdis. Vous n'avez aucun droit !

— Et comment comptez-vous m'en empêcher ?

Ronec se tourna vers leurs équipages. Blanche prit alors conscience qu'à l'exception d'Andrey et de quelques hommes qui avaient saisi leurs épées personne ne bougeait. Certains dansaient d'un pied sur l'autre, une expression vaguement désapprobatrice sur le visage, mais la plupart se contentaient d'assister passivement à la scène. Ronec l'avait prévenue qu'ils se tourneraient vers lui pour les guider et il avait eu raison. Aucun d'eux ne la soutiendrait.

— Je prends le commandement, et vous, très chère, vous allez m'accompagner.

Il tira sur son bras pour l'entraîner derrière lui. Une colère sourde envahit Blanche et l'aveugla complètement. Peu importait désormais qu'elle ait eu l'intention de tout abandonner. Elle mourrait avant de laisser Ronec lui voler ses navires et se battrait jusqu'à son dernier souffle avant de le laisser l'emmener, *elle*. Tordant son bras libre derrière son dos, elle dégaina une dague de sa ceinture. D'un sauvage coup vers le haut, elle plongea en visant sa gorge. Hélas, n'usant pas de sa bonne main, elle le toucha en plein milieu du torse et lui taillada la chair en surface au lieu de planter la lame dans sa peau. Ronec hurla lorsqu'une gerbe de sang jaillit de son buste. La coupure n'était pas assez profonde pour le blesser réellement, aussi Blanche pivota et enfonça la dague dans l'épaule du pirate jusqu'à l'os.

Ronec la relâcha dans un rugissement de douleur, et la repoussa brutalement du coude. Il retira le couteau de sa chair avant d'asséner un coup à Blanche en plein visage, du revers de la main. Un silence de mort tomba, suivi par un affreux bourdonnement qui résonna dans ses oreilles. Elle eut à peine le temps de recouvrer ses esprits que Ronec la cueillit violemment au menton avec sa botte. Elle roula sur le côté et leva les bras pour se protéger du prochain coup, qui l'atteignit à l'estomac et lui vida l'air des poumons pour le remplacer par une douleur atroce.

— Maudite carne ! Catin !

Andrey brandit son épée et chargea.

— Non, le stoppa Blanche. Arrête.

Quelqu'un devrait veiller sur le château et sur ses gens quand elle ne serait plus là. Si Andrey était fait prisonnier, ou pire, Blanche se retrouverait sans aucun soutien.

— J'irai avec lui.

Elle rassembla ses forces et s'agenouilla, les mains tendues devant elle, pantelante. Sa vision s'éclaircit, et elle aperçut la dague sur le sol, à quelques pouces d'elle. Ronec tenait toujours son épaule, le teint cendré, et n'avait rien remarqué. Lorsqu'il approcha pour traîner Blanche jusqu'à lui, elle se jeta sur l'arme, la saisit et frappa sans prendre la peine de viser. La lame s'enfonça dans la cuisse de Ronec, qui beugla d'agonie.

— Ça fait trois touches pour moi, ricana-t-elle avec un sourire triomphant.

— Tu mourras pour ça, maudite catin.

— Alors je t'entraînerai avec moi, exulta-t-elle en l'étudiant de pied en cape.

Ronec suivit son regard ; une large tache de sang recouvrait l'avant de son pantalon. Il fronça les sourcils. Sa tunique couleur crème était déjà presque entièrement cramoisie au niveau de son épaule. Son teint se fit de plus en plus pâle. Blanche avait vu de nombreux hommes mourir. Elle en avait bien souvent été la cause. Certains trépas l'avaient attristée, d'autres l'avaient laissée de marbre. Mais si Ronec périssait, elle danserait d'allégresse sur sa tombe. Dans le cas contraire, elle était condamnée.

— Sortez-la de ma vue, grommela-t-il d'une voix sifflante.

Des mains saisirent Blanche par-derrière, lui entravèrent les bras et la remirent sur pied pour l'entraîner en direction du sentier de la falaise. Elle lança un dernier regard vers le ponton et aperçut quatre de leurs hommes soulever Ronec. Ils avaient placé un bandage de fortune à son épaule, et un bout de corde tenait lieu de garrot sur sa cuisse. Malgré la distance et l'évidente douleur qui le mettait au supplice et couvrait son front de sueur, le pirate lui adressa un sourire malfaisant.

— Le prévôt entendra parler de ça. Au petit matin, je lui raconterai que tu m'as attaqué. Ton destin sera entre ses mains. Une veuve qui agresse un membre influent de notre communauté, sans époux pour plaider en sa faveur ? Tu n'as aucun ami. Tu es seule.

Blanche vacilla. Seule. Ce n'était là rien de plus que ce qu'elle méritait.

Elle fut hissée sans ménagement sur son cheval, les poignets liés dans son dos pour l'empêcher de saisir les rênes et de fuir, flanquée de deux gardes. On l'emmena jusqu'à la maison de Ronec, où elle fut jetée dans une réserve, fort semblable à celle qui avait servi de cellule à Jack à son arrivée. Elle hurla et tambourina, mais personne ne vint. Finalement, elle s'écroula, terrassée par le désespoir. Son visage et son estomac étaient encore terriblement douloureux, et elle avait la gorge sèche. Contrairement à la première « chambre » de Jack, celle-ci ne comportait pas même une paillasse où s'allonger.

Jack était vivant. C'était bien là l'unique victoire qu'elle pouvait attribuer à cette journée. Au moins, il regagnerait l'Angleterre sain et sauf. En dépit de ses espoirs, Ronec ne succomberait probablement pas à ses blessures, il n'avait pas perdu suffisamment de sang. À moins que l'infection ne l'empoisonne ? Quelle ironie que toute sa vie dépende des caprices du sort !

Elle avait tout gâché. Elle avait été si près de connaître le véritable bonheur, mais désormais Jack savait qui elle était et il était parti. Il lui avait déjà pardonné tant de secrets et de mensonges, mais découvrir sa vraie nature avait été trop pour que même un homme aussi compréhensif et charitable que lui l'accepte.

Et il avait eu raison de la condamner. Elle avait un jour été la femme douce et innocente qu'il avait cru connaître, mais la vie l'avait endurcie. La soif de vengeance avait fait d'elle une meurtrière et une voleuse. Elle ne valait guère mieux que les naufrageurs. Le poids de sa conscience pesait sur ses épaules à la manière des monolithes qu'elle aimait tant.

Son unique consolation était la certitude que Jack l'avait reconnue et l'avait vue annuler l'attaque. La main qu'il avait levée en réponse à son geste avait été sa façon de la remercier. De lui dire adieu. S'il repensait un jour à elle, Blanche espérait qu'avec le temps il se remémorerait les bons moments et oublierait les mensonges et les trahisons. Les souvenirs du bonheur qu'elle avait vécu en sa compagnie et de l'extase qu'elle avait connue dans ses bras étaient désormais son unique source de réconfort. Quoi que le destin lui réserve, elle devrait l'affronter seule et sans soutien. Un jour après l'autre.

Chapitre 18

La matinée touchait à sa fin. Jack se tenait sur Winch Street, à Bristol, face à un édifice qui, d'après la plaque, hébergeait les bureaux de la compagnie commerciale Fortin & Rudhale. Crasseux et las d'une longue semaine de pérégrinations, d'abord jusqu'à Roscoff, puis à travers la Manche pour atteindre enfin le sol anglais, il reçut pourtant un accueil chaleureux de la part du vieux Gilbert Rudhale. Il se sentit gêné de ne pas réussir à lui rendre son accolade avec la même affection sincère. À l'évidence, le marchand de vin était heureux de le retrouver.

— Votre dernier rapport nous est bien parvenu, expliqua Rudhale. Lorsque nous avons réalisé que vous ne le suiviez pas, nous avons craint le pire.

Jack lui narra son histoire autour d'un plateau de pain et de fromage accompagné d'une bouteille d'un excellent vin, mais préféra omettre certains détails qu'il avait décidé de taire jusqu'à sa mort. Il finit par demander à Rudhale s'il savait où se trouvait la résidence de Jack Langdon. L'homme lui donna le nom d'un village ainsi que l'emplacement de la maison puis, d'une voix triste, lui indiqua dans quel cimetière Margaret reposait.

C'était à une demi-journée de cheval de Bristol, sans presser sa monture, et Jack résolut de partir immédiatement. Tandis qu'il remerciait une nouvelle fois Gilbert, un autre homme pénétra dans la pièce. Il dut alors reproduire la même routine avec Henry Fortin, mais, quand Jack s'apprêta à prendre congé, le second associé s'exclama :

— Votre coffre ! L'avez-vous récupéré ?

Jack haussa les sourcils.

— Vous laissez toujours un coffre ici, chaque fois que vous voyagez. Je crois qu'il contient des documents importants que vous tenez à garder en sécurité.

Tandis que Gilbert s'empressait de quitter la pièce pour lui rapporter l'objet, Jack se félicita intérieurement d'avoir été si prévoyant. Il n'avait donc pas perdu la totalité de ses affaires dans le naufrage. On lui présenta une boîte de bonne taille verrouillée par deux serrures… mais accompagnée d'une seule clé. Il l'essaya sur les deux cadenas, mais ne parvint à en ouvrir qu'un. Jack avait sans doute dissimulé la seconde quelque part, en lieu sûr, et se morigéna intérieurement d'avoir été si consciencieux.

— Un homme est venu s'enquérir de votre santé, il y a à peine trois jours, et nous a demandé si vous aviez laissé quoi que ce soit à son intention, se rappela soudain Henry. Ce type ne me disait rien qui vaille, un jeune au teint blafard incapable de distinguer un bon bourgogne d'un vulgaire picrate. Je lui ai sommé de déguerpir.

Masquant sa déception de ne pas être parvenu à ouvrir le coffre, Jack remercia à nouveau les associés, sangla la boîte au harnais de son cheval et quitta la ville au petit galop en se demandant qui était l'homme à sa recherche.

Des nuages gris menaçants suivirent Jack pendant toute la durée de sa chevauchée jusqu'au village de Rooksridge. Lorsqu'il trouva enfin le cimetière, une pluie torrentielle s'était abattue sur le paysage, faisant fi de toutes les couches de tissu que Jack portait. Il fit de son mieux pour ignorer cet inconfort et s'agenouilla devant la tombe de Margaret en serrant sa petite croix au creux de son poing. Il avait les yeux secs et trouvait étrange de ne pas réussir à pleurer, maintenant qu'il était enfin auprès d'elle. Peut-être la fatigue du voyage lui avait-elle engourdi le cœur, mais il avait la sensation que son chagrin n'était plus aussi à vif que le jour où Blanche lui avait rendu le bijou et qu'il s'était remémoré la perte de son épouse.

Il chassa Blanche de ses pensées. La tombe de sa femme n'était guère l'endroit où songer à celle qui avait été, bien que brièvement, son amante… Pourtant, son esprit traître ne cessait de raviver le dernier instant où il l'avait vue. Elle avait rappelé ses hommes et annulé l'assaut avant de le reconnaître sur le pont ; il en avait la certitude, car son navire s'éloignait déjà lorsqu'il avait couru jusqu'à la proue. Ne lui avait-elle pas assuré qu'elle n'attaquait que les vaisseaux français ? De toute évidence, elle n'avait pas menti sur ce point.

Il se recueillit sur la tombe de son épouse jusqu'à ce que le torrent se change en déluge, puis parcourut à pied la courte distance qui le séparait de la maison censée lui appartenir. Des voisins le croisèrent en courant pour se protéger des intempéries, mais prirent un instant pour lui adresser un signe de tête amical. Incapable de les reconnaître, il se contenta de leur rendre leur salut avec un sourire, soulagé que la pluie lui évite de devoir expliquer ses mésaventures.

Lorsqu'il trouva enfin sa demeure, il se figea de surprise. À l'évidence, il devait être un homme riche. C'était inattendu, et maître Fortin n'en avait pas fait mention. Il ne comprenait pas comment un simple agent d'une compagnie commerciale pouvait posséder une propriété aussi grande. Avec ses trois étages et son pigeonnier à colombages face à la rue, la maison dominait le quartier. Une boutique vendant des coupes et des bols en bois sculpté occupait le rez-de-chaussée, mais, une fois qu'il eut emprunté une seconde porte et longé un corridor, il se retrouva dans une pièce spacieuse à l'écart du bruit ambiant. La luminosité lui parut aussitôt familière ; la lueur chaude du soleil traversait les petits carreaux de corne cloués de la baie principale. Il régnait dans l'air une odeur de renfermé et d'abandon, mais il pouvait percevoir les senteurs originales de santal, de cire et de paille. Il se trouvait dans la cuisine et s'y revit soudain, assis en compagnie de Margaret, un gros chat blanc et gris se frottant contre leurs jambes. Il sourit à ce souvenir et se demanda ce qu'il était advenu du bel animal. Le foyer était propre, sans la moindre trace de cendre, et il ne releva aucune odeur récente d'aliments qui auraient mitonné. Apparemment, Jack ne prenait même pas la peine de trouver un locataire pour sa demeure lorsqu'il prévoyait de s'absenter.

Les meubles, une lourde table, un coffre robuste et quatre chaises à dossier bas, étaient couverts d'une pellicule de poussière. S'il y avait eu des décorations aux murs, ces dernières avaient dû être retirées et rangées. Jack examina ses possessions, conscient d'un lien entre les objets et lui, mais incapable d'y accorder une valeur affective. La malle était ouverte, mais ne contenait que des tableaux et des tapisseries, ainsi qu'une poignée de bougeoirs. Un bout de chandelle était encore figé dans l'un d'eux. Jack l'alluma et grimpa au premier étage avec la satisfaction de sentir ses souvenirs se consolider à chaque pas.

Il y trouva deux grandes pièces. La plus vaste était la chambre à coucher qu'il avait partagée avec Margaret. Il n'était pas encore prêt à franchir ce cap, aussi se rendit-il dans la seconde salle et il se rappela aussitôt qu'il s'agissait de son bureau privé. Tout comme dans la cuisine, le mobilier était poussiéreux, mais une petite boîte poussée sous la table dans un recoin attira son attention. Un visiteur ordinaire l'aurait sans doute manquée, mais Jack était à la recherche d'un objet dans ce genre et un rayon de soleil se reflétait sur la serrure. Il ramassa le conteneur et découvrit, dans le mur juste derrière, un trou à peine assez grand pour y glisser la main. Jack rit en se remémorant cette cachette.

Il en tira une grosse clé et sut immédiatement qu'elle lui permettrait de déverrouiller le second cadenas du coffre que lui avaient rendu ses associés.

Il s'empressa d'ouvrir ce dernier et y découvrit de nouvelles liasses de documents. Jack sentit ses cheveux se dresser sur sa nuque lorsqu'il reconnut la même écriture que sur les papiers récupérés dans le coffret volé par Ronec. Il s'assit sur la table, examina les parchemins à la lumière, puis prit le temps de lire son passé et de redécouvrir son identité. Quand il eut terminé, il demeura immobile, perdu dans ses pensées, serrant dans sa main le dernier document. Il était bien riche. Très riche, même. Mais mieux que cela, il savait désormais pourquoi.

Il était un envoyé de la Couronne. Son travail chez Fortin et Rudhale n'était qu'une façade pour justifier ses déplacements à l'étranger. Voilà qui expliquait les tablettes codées. Il examina l'autre objet qu'il avait découvert : une large chevalière gravée des initiales *JS*. John Sutton. *Ses* initiales. Son véritable nom.

Jack en aurait ri, s'il ne s'était pas senti si las. Il était bel et bien un espion, en fin de compte ! Le coffre ne contenait hélas pas le code pour déchiffrer la tablette, mais il y avait déniché une lettre unique avec un nom et un cachet de cire : Richard Marten, qui résidait à la périphérie de Portsmouth. Il lui faudrait se rendre au port et trouver cet homme. Peut-être pourrait-il lui en apprendre davantage ?

La nuit allait bientôt tomber. Jack se résolut à entrer dans la chambre à coucher ; il aurait été lâche de retarder encore l'échéance. Certes, il s'était recueilli sur la tombe de Margaret, mais il devait à la mémoire de sa femme de se rappeler l'endroit où ils avaient dormi ensemble. La pièce était vide comme il s'y attendait, à l'exception d'une banquette et d'un cadre de lit sans matelas. Des araignées avaient tissé leurs toiles entre les ressorts. Il s'assit sur le bord en bois de la structure et caressa la tête de lit. Sa mémoire était bien plus nette maintenant qu'il pouvait associer son épouse à un lieu. Il se rappela les instants passés avec Margaret, cette fois-ci avec un doux mélange de tristesse et de tendresse, et non un chagrin dévastateur.

— Pardonnez-moi, mon amour, murmura-t-il. J'avais tout oublié. Je serais rentré si j'avais su.

Il tendit l'oreille dans l'attente d'une réponse, mais Margaret avait rejoint un endroit où elle ne pouvait plus l'entendre. Ils s'étaient aimés sincèrement, mais elle était partie. Blanche avait sans doute raison : une épouse aussi affectueuse et généreuse que Margaret n'aurait pas souhaité qu'il passe le restant de ses jours seul, à pleurer sur ce qu'il avait perdu. Une nouvelle fois, le visage de l'hôtesse de Fort Carouel s'imposa devant ses yeux, et une pointe de douleur naquit dans sa poitrine. Il aimait Margaret, même si son esprit refusait toujours de reformer toute la tapisserie de ses souvenirs, mais il savait également qu'une partie de son cœur ne battait plus que pour Blanche. Il appuya la tête contre le mur et ferma les yeux.

Quelles que soient ses fautes, il ne pouvait contenir le torrent d'amour qui se déversait en lui chaque fois qu'il pensait à Blanche. Sous la couche de rancœur glacée brûlait une profonde affection, aussi sincère que ce qu'il avait éprouvé pour sa femme. Il l'imagina endormie dans son lit, au sommet de sa tour. À travers ses rideaux élimés, la lueur de la lune tissait des reflets d'argent dans sa chevelure d'ébène. Il espéra que ses rêves étaient paisibles.

Jack passa la nuit sur la banquette et le lendemain matin il ferma une nouvelle fois la maison et se prépara à rallier Portsmouth pour y rencontrer Richard Marten. Cet homme détenait probablement les derniers fils de la tapisserie de sa vie.

Richard Marten était un cinquantenaire au visage sévère, habitant un manoir tentaculaire le long d'une rivière, en amont de Portsmouth. Il accueillit Jack cordialement et écouta avec attention son récit de perte de mémoire. Cela fait, il ordonna sèchement à ses domestiques de faire préparer une chambre. Jack montra à Richard Marten les tablettes en cire découvertes dans le coffret et s'excusa d'être incapable de les traduire. L'homme l'invita à prendre un bon bain et à enfiler une tenue propre avant de le rejoindre pour dîner.

— Je vous trouve changé, John, commenta son hôte lorsqu'ils s'assirent près du feu. Plus serein. Moins enclin à vous détruire vous-même.

Jack réfléchit aux paroles de Richard Marten. C'était si bizarre de l'entendre l'appeler par son vrai nom. Il se considérait toujours comme Jack, même s'il finirait sans doute par se réhabituer à John avec le temps. Il se sentait effectivement plus serein. Le capitaine qui avait défié la mort tant de fois par le passé était devenu un étranger à ses yeux.

— Est-ce qu'un coup à la tête peut apaiser un homme ? se demanda-t-il à voix haute.

— Je l'ignore. Peut-être. Rien d'autre ne vous a influencé, j'espère ?

Jack prit le temps de méditer sur la question.

— Rien de marquant. Je me rappelle certaines émotions, mais pas tout. C'est comme si j'observais la tapisserie de ma vie avec la sensation qu'elle appartient à un autre. Je sais que je devrais reconnaître les objets et les visages, mais je ne ressens aucun lien avec eux.

— Allez-vous continuer à travailler pour nous ? s'enquit Richard Marten.

Jack haussa les épaules.

— Cela vaut sans doute mieux. Plus rien ne me retient ici.

Richard Marten leva un sourcil.

— C'est exactement ce que vous m'aviez dit à l'époque.

Il y a de nombreux endroits où vos talents pourraient être utiles, et le travail ne manque pas. La guerre de succession en Bretagne continue, et je ne doute pas que vous seriez en mesure de leur prêter main-forte.

Jack fronça les sourcils. La Bretagne était le seul lieu où il avait ressenti un lien suffisamment fort pour l'y retenir. Mais c'était aussi le seul lieu où il s'était promis de ne jamais remettre les pieds.

Blanche avait rappelé ses navires. Elle avait dit la vérité. Cette simple idée ne cessait de le titiller. Était-il prêt à surmonter sa rancœur ? Juste avant qu'il ne découvre le pot aux roses, Blanche avait accepté son offre. Pourrait-il vivre avec elle en sachant ce qu'elle était ? Son cœur et son corps lui hurlaient que oui. Seule une petite voix têtue, quelque part dans son esprit, refusait de céder.

Il prit soudain conscience que Richard Marten guettait sa réponse.

— Peut-être. Accordez-moi quelques jours pour finir de rassembler ce qu'il manque de mes souvenirs. Je vous ferai part de ma décision dès que je m'en sentirai capable.

— N'attendez pas trop longtemps, lui conseilla Richard Marten.

Jack ne se leva que tardivement le lendemain matin. Cela faisait des jours qu'il n'avait pas dormi dans un lit digne de ce nom ! La dernière fois avait été une nuit extraordinaire au cours de laquelle il avait tenu Blanche dans ses bras, mais ce souvenir lui nouait l'estomac.

Lorsque Jack descendit enfin, en quête d'un petit déjeuner, Richard Marten l'attendait.

— Pendant votre séjour ici, j'ai une mission à vous confier.

Il tira de sa poche les tablettes de cire de Jack.

— Je ne les ai pas consultées. Je pense que cette tâche vous revient.

Il mena Jack dans une minuscule pièce à l'écart du reste

de la maison et déposa le livre factice sur un bureau incliné à côté d'un rouleau de parchemin.

— Voici le code. Peut-être que, si vous traduisez le rapport vous-même, vous vous en souviendrez.

Richard Marten ramassa un autre document et s'assit près du feu tandis que Jack s'attelait à la tâche ardue de transformer les symboles en mots, non sans profiter d'un généreux plateau de victuailles. Le compte rendu ne contenait rien de très palpitant : juste une série de réflexions et de commentaires sur la situation en Bretagne. Quelques lieux où la cause requérait davantage de soutien ou semblait au contraire se renforcer.

Jack décrypta les tablettes sans beaucoup d'intérêt jusqu'à atteindre les dernières lignes. Alors son cœur s'arrêta.

Loup de mer. Bleiz Mor. Pirate. Potentiel allié ? Enquêter ou supprimer ?

Il exhala bruyamment, fébrile, et posa une main tremblante sur la cire. Devant lui se tenait une preuve incontestable qu'il était un danger pour Blanche. Elle aurait dû laisser Ronec lui trancher la gorge sur la plage dès la première nuit ! Il frémit en songeant à ce qui aurait pu arriver s'il s'était rappelé comment décrypter les tablettes alors qu'il vivait sous son toit.

— Qu'avez-vous découvert ?

Il ne s'était pas rendu compte que Richard Marten se tenait derrière lui. Trop tard pour effacer les mots… Il retira sa main à contrecœur.

L'homme lut sa traduction et haussa les épaules.

— C'est un allié, comme vous le pensiez. Le supprimer ne sera pas nécessaire, soupira-t-il, mais je vous félicite pour cette découverte.

Jack s'affala de soulagement sur sa chaise. Blanche ne risquait donc rien. Ce fut à cet instant, alors que son cœur bondissait de joie dans sa poitrine, qu'il prit conscience de l'étendue de son amour pour elle. L'idée qu'il ait pu représenter le moindre danger pour elle le terrifiait.

— Venez, j'ai quelque chose à vous montrer qui pourrait vous intéresser, lui proposa Richard Marten.

Ils gagnèrent ensemble les jardins où plusieurs enfants de la maisonnée profitaient d'un bref répit entre deux corvées pour s'amuser avec un terrier gris. Ils couraient après une balle en riant et en se chamaillant, tandis que d'autres mâchouillaient d'appétissantes pâtisseries disposées sur une table à tréteaux.

— Vous voyez ce jeune garçon ? lui demanda Richard Marten en désignant un gamin aux cheveux noirs.

Le profil de l'enfant lui parut tout de suite familier, mais il ne réalisa à quel point que lorsqu'il le vit de face. La mâchoire angulaire était dissimulée sous la rondeur de son visage enfantin, et il avait un nez plus large, mais les yeux de faucon aux iris d'encre étaient identiques à ceux qui l'avaient contemplé depuis le pont du *Loup blanc*.

En France, Jack s'était habitué à ne reconnaître personne et le long processus d'association des noms aux visages depuis son retour en Angleterre s'était avéré une expérience déconcertante. Mais discerner des traits aussi intimement familiers sur une personne inconnue et à un endroit aussi insolite lui causa un terrible choc. Il craignit soudain que son esprit ne se soit totalement embrouillé et qu'il commence à mélanger les identités.

— Qui est-ce ?

— Un petit Français. Un pupille de notre roi.

Blanche lui avait révélé que son fils vivait dans une maisonnée à l'étranger, mais sans préciser où.

— Quel est son nom ?

— Fransez Tanet, répondit Richard Marten.

Du bout des doigts, il tira inconsciemment sur sa barbe grisonnante, son regard soudain moins dur. Plus triste.

— Ce pauvre petit a déjà perdu l'un de ses parents

pendant le combat contre Charles de Blois. Et je crains qu'il ne devienne orphelin avant la fin de l'été.

Jack sentit son sang se glacer dans ses veines. Blanche lui avait-elle dissimulé un dernier et terrible secret ? Elle n'avait pourtant pas paru malade. C'était une femme forte et pleine de vie. L'image de Margaret emplit son esprit. Jack était arrivé trop tard pour elle. À son retour, seule une tombe l'attendait. Toute sa rancœur et sa colère envers Blanche et ses secrets fut brusquement balayée par une panique sans nom.

— Pourquoi ?

Richard Marten sembla surpris par l'urgence dans la voix de Jack.

— Croyez-le ou non, mais sa mère est justement le pirate connu sous le nom de Bleiz Mor. Elle est venue en Angleterre après la mort de son époux et nous a suppliés de l'aider à se venger des Français. Personnellement, j'aurais dit à cette petite insolente de se trouver un autre mari et de se rappeler sa place, mais apparemment elle s'est montrée très convaincante. Vous imaginez ? Une femme commandant un navire et son équipage ?

Jack répondit par une grimace, que Richard Marten prit pour de l'assentiment, quand elle signifiait tout le contraire. Si l'homme avait connu Blanche, jamais il n'aurait douté de ses compétences, de son courage, ni de sa détermination.

— Je pense qu'une femme peut réussir tout ce qu'elle entreprend, si elle s'en donne les moyens, répliqua-t-il.

Mais sa conscience le rappela à l'ordre. Lui aussi avait dédaigné Blanche pour ses actions, dénigrant ainsi tout ce qu'elle avait accompli. Mais aujourd'hui, en défendant sa conduite face à Richard Marten, il réalisa l'exploit que représentait son entreprise. Le visage de Blanche surgit dans son esprit, tantôt rieuse, tantôt furieuse, la tête basculée en arrière tandis qu'elle cédait à l'extase… son regard dévasté lorsqu'il l'avait quittée pour la dernière fois.

— Mais cela n'explique pas vos propos, intervint Jack.

— Contre toute attente, Mme Tanet s'est avérée extrêmement compétente, poursuivit son hôte. Hélas, nous avons appris hier que le prévôt local s'était lassé de ses activités. Elle a été démise de ses fonctions.

Jack serra les poings. Erwan de Larrion ne serait pas impliqué dans cette affaire sans y être contraint, il en était sûr, et Jack avait sa petite idée sur l'identité du véritable responsable.

— Elle se trouve en maison d'arrêt dans l'attente de son procès. Je crains qu'elle ne risque la pendaison.

Jack vacilla, une lame de terreur s'enfonçant dans sa poitrine.

— Un procès ? Pour avoir obéi à nos ordres ?

— Pour tentative de meurtre, le corrigea Richard Marten avec une grimace compatissante.

Il poursuivit son histoire sans se rendre compte que chacun de ses mots réduisait le cœur de Jack en poussière.

— La bougresse a attaqué son propre capitaine, semble-t-il. Il a survécu, mais ne pourra plus naviguer avant un long moment. C'est un coup dur pour nos forces, car nous avons besoin de tous les navires disponibles.

Enveloppé dans un voile d'horreur absolue, Jack peinait à se concentrer sur la conversation. Blanche était en prison à attendre la mort. Comment aurait-il pu la blâmer d'attaquer Ronec quand lui-même avait nourri l'idée à de multiples reprises ? Il brûlait d'écraser ce maudit cancrelat sous sa botte jusqu'à ce que la moindre étincelle de vie ait quitté sa carcasse sans valeur. Richard Marten poussa un soupir en regardant le jeune Fransez jeter la balle au chien avant de se lancer à sa poursuite. L'innocence du garçon ne fit qu'accroître le profond malaise de Jack. Il serra les dents et les poings pour s'empêcher de hurler son désespoir ; il souhaita brusquement se trouver à des milles de là, auprès de Blanche.

— L'enfant restera ici et apprendra à devenir un Anglais. Ainsi, s'il retourne un jour dans son propre pays, il nous sera loyal. Hélas, il est trop jeune pour remplacer sa mère.

— Le garçon est-il au courant ?

Richard Marten fronça les sourcils.

— Nous ne sommes pas si cruels. Nous avons pris des mesures drastiques pour nous assurer qu'il n'en sache rien. Par ailleurs, elle pourrait encore échapper à la mort. Si elle plaide sa défense avec conviction et parvient à attendrir le cœur de ces maudits Français, il n'est pas impossible qu'ils l'autorisent à finir son existence dans un couvent.

Les paroles de l'homme n'étaient d'aucun réconfort pour Jack. Blanche préférerait sans doute la libération d'une mort rapide à une vie de confinement. Mais pour lui, c'était hors de question.

— Allez-vous dépêcher quelqu'un pour la défendre ?

Richard Marten lui adressa un regard désolé.

— Malheureusement, la guerre mobilise déjà tous nos hommes.

— Dans ce cas, j'irai.

Les mots avaient quitté la bouche de Jack avant même que Richard Marten n'ait fini de parler. Il avait pris sa décision dès qu'il avait appris la nouvelle : il ne laisserait pas Blanche affronter cette épreuve sans soutien.

— Je connais la région.

Il appuya fermement sur ses yeux avec ses paumes pour refouler ses larmes et déglutit pour empêcher sa voix de vaciller.

— Je connais la femme en question. C'est elle qui m'a recueilli en Bretagne quand j'avais tout perdu. Je sais que c'est une personne honorable. Elle ne mérite pas un sort aussi atroce. Je pense même pouvoir réquisitionner ses deux navires, mais, si j'y parviens, j'exigerai quelque chose en retour.

— Que désirez-vous ? s'enquit Richard Marten.

Il était riche. Il possédait une immense maison dont il ne voulait plus et assez d'argent pour acheter un bateau.

— Si je récupère les vaisseaux, je demande seulement le remboursement du prix de l'un des deux.

Richard Marten l'observa en plissant les yeux. Jack envisagea alors de lui narrer toute l'histoire, mais l'homme finit par acquiescer d'un court hochement de tête.

— Ce n'est pas très conventionnel, mais je pense que notre roi acceptera votre prix. Très bien. Que souhaitez-vous que je fasse ?

Chapitre 19

Jack atteignit Fort Carouel juste avant le coucher du soleil et tambourina à la porte principale. Ce fut Marie qui lui ouvrit en poussant une exclamation de surprise lorsqu'elle le vit. Elle cria le nom d'Andrey par-dessus son épaule, suivi d'un torrent de mots français dont Jack ne capta que la moitié. Il ne l'avait jamais entendue parler autant. Son époux apparut bientôt et l'accueillit avec un sourire las.

— Je savais que vous reviendriez. Je le lui ai dit, mais elle a refusé de me croire.

Ses paroles transpercèrent le cœur de Jack. Comment aurait-elle pu le croire quand Jack avait si clairement exprimé son souhait de ne plus jamais avoir affaire à elle ?

— J'ai appris, pour le procès. Est-elle… ?

Pourvu qu'il ne soit pas déjà trop tard.

— Incarcérée à Bénestin, le rassura aussitôt Andrey. Dans la maison du prévôt.

Jack poussa un long soupir de soulagement. Blanche était encore en vie.

— Elle n'est donc pas aux griffes de Ronec.

— Non, même s'il n'a pas ménagé ses efforts pour convaincre M. de Larrion de la laisser sous sa garde. Heureusement pour Blanche, il a jugé Ronec trop mal en point pour héberger son assaillante.

Ainsi, le magistrat les avait séparés, preuve qu'il était un homme sage. Voilà qui allait lui simplifier la tâche.

— Je dois la voir, pressa Jack.

Andrey fronça les sourcils.

— Ce sera difficile.

— Pensez-vous qu'elle acceptera de me parler ? l'interrogea Jack.

Ils s'étaient quittés en de bien mauvais termes, et il craignait qu'elle ne lui fasse pas bon accueil.

Andrey sourit.

— Ignorez-vous vraiment la réponse à cette question ? Non, je dis que ce sera difficile parce qu'elle n'est pas autorisée à recevoir de visites. Je m'y suis rendu deux fois pour la voir, en vain.

Une colère sourde se mit à bouillir dans les veines de Jack à l'idée que Blanche se retrouve prisonnière sans le moindre recours, isolée de son entourage. Il aurait dû être là pour elle. Lissant sa cape sur ses épaules, il jeta un œil au ciel cramoisi. Son instinct le poussait à galoper jusqu'à Bénestin sans tarder, mais le soir tomberait bien avant qu'il n'arrive à la ville.

— Puis-je requérir humblement que l'on me laisse utiliser mon ancienne chambre pour la nuit ? Je pense pouvoir assurer la défense de Blanche, mais j'aurai plus de chances d'être accepté pour une audience chez le prévôt demain matin.

Andrey se dérida.

— Vous croyez pouvoir l'aider ?

Jack acquiesça avec davantage de confiance qu'il n'en ressentait réellement.

Ce soir-là, il dîna donc avec Andrey et Marie, et eut l'agréable sensation de rendre visite à un vieil ami. Tout lui était familier, à l'exception de l'absence de Blanche qui, il l'espérait, ne serait que de courte durée. À l'évidence, Andrey ressentait la même chose. Ce dernier conclut son récit de leurs mésaventures en posant sa main sur celle de Jack.

— Votre venue m'ôte un terrible poids, Jack. Ronec a exigé que Blanche paye pour ses actes. Plus vite elle sera en sécurité et mieux je me sentirai.

Jack marmonna une réponse vague. La description de la mutinerie de Ronec et de la façon dont ses hommes avaient traité Blanche avait ouvert un trou béant dans sa poitrine. Il regagna son ancienne chambre et en franchit le seuil avec un frisson. C'était un lieu où il n'aurait jamais cru remettre les pieds. Incapable de résister à la tentation, il se rendit dans les quartiers spartiates et solitaires de Blanche. Que lui avait rapporté sa vie de corsaire, en dehors d'une menace de pendaison ? Toutes les prises de Bleiz Mor avaient été redistribuées pour soutenir les miséreux.

Jack eut du mal à trouver le sommeil, cette nuit-là, laissant son esprit réfléchir et planifier. Il n'osait envisager la gravité des conséquences pour Blanche, s'il échouait.

Le matin suivant, il enfila des vêtements propres, et descendit retrouver le reste de la maisonnée.

— Vous avez une drôle d'allure, commenta Andrey en jaugeant du regard sa lourde robe vert sapin bordée d'une épaisse fourrure de castor, son chapeau de velours noir et les nombreux anneaux à ses doigts.

— L'occasion nécessite de sortir ma tenue d'apparat, lui expliqua Jack. Je ne laisserai pas Ronec obtenir ce qu'il veut.

— Alors je vous souhaite bonne chance, répondit Andrey. Et si nous devons en arriver là… mon bras et mon épée sont à vos ordres.

Jack sourit.

— J'espère que nous n'aurons pas à recourir à de telles mesures, mais je suis rassuré de le savoir.

Il chevaucha jusqu'à Bénestin et trouva aisément la maison du prévôt, où il demanda audience. Si le domestique qui lui ouvrit la porte fut surpris de découvrir sur son seuil un bel Anglais richement vêtu, il le cacha avec brio.

— Dites au magistrat que ma visite concerne Mme Tanet. Je suis ici pour clore l'affaire. Mes maîtres m'ont demandé de faire parvenir au vôtre un message urgent.

Le serviteur haussa les sourcils en l'entendant parler de la prisonnière. Il referma l'huis, puis réapparut rapidement pour permettre à Jack d'entrer et le conduire à un petit salon. Erwan de Larrion ne tarda pas à se présenter à lui. Le prévôt écouta attentivement la plaidoirie de Jack et opina du chef.

— Je vais convoquer M. Ronec.

Une triste journée de plus à fixer les mêmes quatre murs. Blanche arpenta la pièce. Sept pas dans une direction, neuf dans l'autre. Cela faisait plus d'une semaine qu'elle était enfermée chez le prévôt. Heureusement, l'endroit était plus agréable que le cellier froid et sinistre de Ronec. Ici, elle bénéficiait d'une petite fenêtre donnant sur l'arrière-cour de la résidence d'Erwan de Larrion. En se hissant sur la pointe des pieds, elle avait une vue imprenable sur la porcherie et la pile de déchets qui servait à les nourrir, mais au petit matin elle pouvait sentir les rayons du soleil toucher son visage. Elle grava une autre marque dans le plâtre, derrière la porte, afin de garder conscience du passage des jours, et s'efforça de ne pas pleurer.

Le battant en bois s'ouvrit brusquement, et le domestique d'Erwan de Larrion, Gui, apparut avec un plateau de pain et de fromage. Il salua Blanche d'un signe de tête. Au moins, ici, elle était bien traitée et cela lui réchauffait quelque peu le cœur.

— Quelqu'un demande à vous voir.

Blanche lui lança un regard par-dessus son épaule.

— Si c'est Ronec, dites-lui qu'il peut aller se pendre au mât du *Faucon blanc*.

Gui sourit de toutes ses dents. Jagu ne s'était guère rendu populaire. La dernière fois qu'il avait rendu visite à Blanche pour exulter devant elle, il avait fallu trois domestiques pour le libérer de ses griffes. Blanche baissa les yeux sur le panier plein de laine et la carde qu'on lui avait accordés. Elle aurait préféré coudre, mais, depuis qu'elle avait enfoncé son aiguille dans la cuisse de Ronec après qu'il eut tenté de poser les mains sur elle, le prévôt l'avait privée de ce plaisir. Mais le sacrifice en avait valu la peine ; les cris de douleur de son ancien capitaine avaient secoué la maisonnée comme un coup de pied dans une fourmilière.

— Ce n'est pas lui. C'est un Anglais.

Le fuseau lui échappa des mains, et elle se maudit de céder si facilement à ce genre d'espoir.

— Quel est son nom ?

— Il s'est présenté comme le capitaine Sutton, répondit Gui. Il est venu discuter de sujets importants avec le prévôt.

Le cœur de Blanche retomba dans sa poitrine comme une boule de plomb. L'espace d'une merveilleuse seconde, elle avait cru que Jack revenait la chercher.

— Je ne veux pas lui parler.

Elle déchira l'écheveau en plusieurs petits amas de laine.

— Quelle que soit la nature de ses affaires avec Erwan, cela ne me concerne pas.

Gui insista :

— Mais il a dit…

Blanche pivota vers lui avec détermination.

— Ne m'avez-vous pas entendue ? Je ne veux voir personne. À présent, laissez-moi.

Le domestique battit en retraite en marmonnant dans sa barbe. La porte refermée, la clé tourna bruyamment dans la serrure, et Blanche regretta aussitôt ses paroles peu amènes.

Gui l'avait toujours traitée avec bonté, mais à l'évidence elle-même était incapable d'en témoigner. Elle plongea son visage dans ses mains et pleura en silence. Jack ne viendrait pas. Il serait sans doute heureux d'oublier jusqu'à leur rencontre et, même s'il lui avait pardonné sa trahison, comment un marchand de vin pourrait-il apprendre qu'elle était en difficulté ? Et que pourrait-il bien dire pour la sortir de là ? Andrey lui-même n'avait pas été autorisé à la voir. Elle était seule et sans connexion… au fond, rien de plus que ce qu'elle méritait.

En milieu d'après-midi, elle commença à regretter d'avoir refusé son unique visiteur. N'importe quelle conversation avec un étranger serait préférable au silence de plomb de sa cellule. Erwan était un geôlier équitable, qui ne la gardait pas séquestrée en permanence et l'avait invitée à dîner à trois occasions, au cours desquelles il l'avait traitée comme n'importe quel convive.

Lorsque la clé tourna une nouvelle fois dans la serrure, elle releva la tête avec avidité. Ce n'était pas Gui cette fois, mais deux gardes d'Erwan.

— Vous allez nous accompagner, lui annonça le premier.

— Où ?

— Votre cas va être délibéré. Le prévôt de Larrion vous attend.

Blanche se raidit. Il y avait forcément un rapport avec la venue de l'Anglais. Des nouvelles de sa situation avaient dû parvenir aux oreilles du lieutenant du roi Édouard. À présent, elle regrettait amèrement de ne pas avoir saisi l'opportunité de se jeter aux pieds de son émissaire pour implorer sa pitié. Ses jambes tremblèrent lorsqu'elle se leva.

Le deuxième garde tira une paire de menottes de son ceinturon.

— Vous devez porter ça, l'informa-t-il d'un ton penaud.

Blanche haussa les yeux au ciel.

— Suis-je donc une prisonnière si dangereuse qu'il faille m'enchaîner ?

— C'est Jagu Ronec qui a insisté, répondit le garde. Et oui, vous l'êtes.

Blanche lui sourit avec amusement en dépit de son inquiétude. L'homme était jeune et incroyablement plaisant à regarder. Elle avait envisagé de le séduire à son arrivée, mais avait préféré demeurer ferme dans sa décision de ne plus prendre d'amants après Jack. Il aurait été idiot de briser un vœu aussi sacré à ses yeux pour un homme de peu d'influence, même si le regard de ce dernier brillait d'admiration lorsqu'il la contemplait. Blanche poussa un soupir et tendit les mains docilement, réprimant un frisson quand le fer glacé se referma autour de ses poignets.

Son escorte se montra courtoise et la conduisit sans la malmener ni même la toucher jusqu'au cabinet d'Erwan. Ils lui firent signe de s'asseoir à l'une des deux tables face au pupitre le plus imposant. La pièce avait des airs de salle d'audience, et Blanche s'efforça de conserver son calme. Après cette longue captivité et l'angoisse de l'attente, le verdict serait un soulagement, quel qu'il soit. Les deux gardes prirent place de chaque côté de sa chaise.

Ronec entra un moment plus tard et lui adressa un regard haineux suivi d'un rictus de triomphe lorsqu'il aperçut les menottes. Il boitait légèrement, à la grande satisfaction de Blanche, qui lui lança un sourire carnassier en retour. Puis la porte s'ouvrit une nouvelle fois, et elle entendit des voix avant qu'Erwan de Larrion ne pénètre dans la pièce en compagnie de l'Anglais. Blanche le dévisagea, et son cœur bondit dans sa poitrine. Elle ignorait pourquoi il avait donné un nom factice, mais l'homme aux côtés du prévôt n'était nul autre que Jack.

Il paraissait différent, cependant. Sa démarche était fière et condescendante, il avait revêtu une tenue protocolaire et à ses doigts resplendissaient de multiples anneaux en or.

Sa chevelure, taillée avec goût, retombait sur ses oreilles en vaguelettes soyeuses, et une frange savamment placée recouvrait la majeure partie de sa cicatrice. Il contempla la salle comme s'il était le maître des lieux.

Un frisson parcourut Blanche de la tête aux pieds à la simple vue de son compagnon. Désir et confusion se mêlaient en un tourbillon d'émotions qui menaçait de la submerger. Elle voulait hurler sa joie. Se jeter à ses genoux et supplier son pardon. Bondir sur lui et l'entourer de ses jambes en le couvrant de fiévreux baisers. Lui crier de partir. Pleurer qu'il la voie dans un tel état. Elle croisa son regard, et Jack lui adressa un imperceptible signe de tête, lui intimant de ne rien dire. Blanche ne put s'empêcher de chercher une trace d'affection ou d'inquiétude sur son visage, mais ne vit rien. Rien d'autre qu'une expression de froide neutralité. Désemparée, elle se cala contre le dossier de son siège et croisa docilement les mains sur ses genoux. Les maillons de ses menottes cliquetèrent.

— Est-il vraiment nécessaire que la femme soit enchaînée ? s'enquit Jack avec détachement.

Mais Blanche le connaissait bien et discerna un écho de la violente colère qu'il dissimulait avec brio sous son masque d'indifférence. Il avait cependant dit « la femme » avec un tel mépris dans la voix qu'elle n'osa y voir un espoir.

— La bougresse est capricieuse et sujette à des accès de rage, intervint Ronec. C'est typique du sexe faible.

Il dévisagea Jack et retroussa les lèvres en fronçant les sourcils. Apparemment, son ancien capitaine ne reconnaissait pas cet Anglais tiré à quatre épingles comme le survivant fébrile et négligé qu'elle avait recueilli quelque temps plus tôt. D'ailleurs, Blanche elle-même ne pouvait s'empêcher de penser que son esprit lui jouait des tours.

— Le sexe faible n'aurait pourtant aucun mal à vous étrangler avec ces chaînes, gronda-t-elle pour détourner l'attention de Ronec.

— Assez !

Erwan de Larrion haussait rarement le ton, mais, lorsqu'il le faisait, son ordre claquait tel un fouet.

— Mme Tanet demeurera entravée, pour le moment. À présent, capitaine, veuillez expliquer à tous le but de votre visite.

Jack prit lentement place au centre de la pièce pour faire face au prévôt, lequel était posté rigidement derrière son pupitre. Il jeta à peine un regard à Blanche, qui retint son souffle.

— Je me tiens devant vous en qualité d'émissaire de Richard Marten, mandataire du lord lieutenant de Sa Majesté, le roi Édouard d'Angleterre. On m'a confié la mission de vous informer que les vaisseaux portant les appellations *Loup blanc* et *Faucon blanc* étaient autrefois propriété de la Couronne.

— Je suis au courant, répondit Erwan de Larrion avec gravité. Mais cela n'explique pas votre présence ici. Cette audience a pour but de décider du sort de Mme Tanet.

— Mon maître a cru comprendre qu'il demeurerait une incertitude quant au rang et au comportement du propriétaire actuel des navires. Il m'a confié une missive écrite de la main du lord lieutenant et qui vous est personnellement adressée, au sujet de sa sentence. Le problème des vaisseaux reste toutefois sa principale préoccupation.

Il lança un regard tranchant en direction de Blanche.

— Tout comme la mienne.

Blanche sentit sa gorge se serrer. C'était donc le devoir qui l'avait conduit ici et non l'affection.

Jack tira d'un coffret qui l'accompagnait un rouleau de parchemin portant un cachet de cire pourpre parfaitement identifiable.

— Le roi Édouard lancera une offensive contre la France dans un mois. Son armée s'attaquera à la Normandie dans l'objectif d'affaiblir les forces françaises. Il a besoin de tous les bâtiments disponibles pour transporter troupes et cargaisons. Cette missive porte le sceau de Richard Marten et demande à ce que les deux navires soient placés sous le commandement de John Sutton, alors et à nouveau capitaine au service du lord lieutenant du roi, en France. Toute dette subsistante sera payée à qui de droit.

Ronec bondit sur ses pieds.

— C'est un scandale ! Je n'ai jamais entendu parler de ce John Sutton. Qui est-ce ?

Pour la toute première fois depuis qu'il l'avait incitée à rester assise en silence, Jack croisa le regard de Blanche.

— C'est moi, répondit-il simplement.

Il se tut pour laisser une vague de murmures parcourir la salle. Erwan de Larrion observait la scène en prenant soin de demeurer inexpressif. Ronec, en revanche, était vert de rage. Blanche, quant à elle, s'efforçait de contenir ses propres protestations, mais elle était tout aussi indignée à l'idée que Jack réquisitionne ses navires.

Jack confia le rouleau de parchemin à Erwan de Larrion qui en brisa le sceau et le lut avec attention. Puis il lança un long regard à Jack avant de se tourner vers Blanche.

— Ce document atteste également que Blanche Tanet, ancien propriétaire et capitaine connu sous le pseudonyme de Bleiz Mor, ou le Loup de mer, doit être remise entre les mains de la justice anglaise, par ordre du lord lieutenant du roi.

— Quoi ?

Ce fut à Blanche de se lever de colère.

— Mes navires sont une chose. Ma personne en est une tout autre !

Erwan de Larrion sortit le nez du parchemin et lui lança un regard d'avertissement.

— Je lis également dans cette déclaration que la Couronne reconnaît les efforts de Mme Tanet pour soutenir la maison de Montfort et la remercie d'avoir si bravement lutté. Il est ensuite suggéré que Mme Tanet prenne sa retraite des forces armées anglaises et soit remise aux mains du capitaine Sutton, sous l'autorité et la supervision duquel elle pourra vivre librement.

Remise aux mains de Jack ? Une vie avec l'homme qui avait bouleversé son monde et lui avait rappelé la femme vertueuse qu'elle avait été ? Cela faisait trop d'informations à digérer, même pour elle. Blanche se mit à trembler. Non, pas Jack. Le capitaine Sutton. Elle tenta de capter son regard, mais il l'ignorait délibérément. Il ne voulait pas d'elle. Erwan quitta son pupitre et transmit le document à Ronec, en faisant fi de Blanche qui tendait le bras pour le lire. Elle exhala avec colère et plaqua ses mains sur les tables dans un bruyant cliquetis de chaînes, furieuse de voir une nouvelle fois des hommes décider de son destin sans l'inclure dans les négociations. Erwan lui adressa un autre regard sévère.

— Mme Tanet n'a pas encore donné son avis ni son accord vis-à-vis de sa sentence, dit-il.

— Mme Tanet n'a pas son mot à dire !

Ronec avait pratiquement décollé de son siège pour saisir le bras de Blanche, comme s'il s'attendait à ce qu'elle coure en direction de Jack.

— C'est une femme, elle n'a aucune autorité légale. Seul un homme pourrait parler en son nom et prendre cette décision. Si elle doit être placée sous la supervision de qui que ce soit, ce devrait être la mienne, s'insurgea-t-il. C'est à moi qu'elle a causé du tort. J'exige une compensation !

— Blanche n'est pas une compensation. Elle ne veut pas de vous. Et elle n'a guère besoin d'un homme pour exprimer son opinion. En revanche, elle jouira de tout mon appui si elle le souhaite, rétorqua Jack.

Il l'avait appelée Blanche. Dans ce simple mot, elle avait perçu un écho de la passion qu'ils avaient partagée. Mais Jack, ou John, quel que soit son nom, se préparait à disposer d'elle aussi froidement que l'aurait fait Ronec, à la traiter comme un meuble dont il pouvait user selon son bon vouloir.

— Je parlerai pour moi-même, intervint-elle. Comme le prévôt de Larrion l'a dit, je n'ai pas encore donné mon accord.

Blanche serra la mâchoire. Le visage de Jack demeurait aussi inexpressif qu'une effigie.

— Puisque le capitaine Sutton m'offre son appui, je demande la permission de m'entretenir avec lui, seule à seul.

Elle se leva à nouveau et ajouta :

— Prévôt de Larrion, l'autorisez-vous ?

Erwan acquiesça :

— Soyez brefs.

Les gardes escortèrent Blanche et Jack jusqu'à une petite pièce qui servait de cellule de détention. Ils les laissèrent sur ordre de Jack, mais se postèrent à portée de voix.

Blanche se tourna vers Jack. Il se tenait devant elle, les bras fermement croisés en travers de son torse et l'air toujours aussi distant. Un jour plus tôt, si on lui avait offert une chance de lui parler à nouveau, elle aurait préparé un discours d'excuses ou de supplication. Ou même d'amour. Mais à présent, elle avait l'esprit vide.

— Votre nom est-il vraiment John Sutton ? l'interrogea-t-elle.

Elle croisa les bras à son tour en tentant d'imiter sa posture et son détachement.

— En effet. Et je suis réellement un agent de la Couronne.

Jack eut un rire amer et haussa un sourcil avant d'ajouter :

— Finalement, vous aviez raison de me soupçonner d'être un espion.

Stupéfaite, Blanche porta les mains à ses joues. Ronec ne s'était donc pas trompé ? Une vrille de douleur lui saisit l'estomac. Que se serait-il passé s'ils avaient découvert son identité pendant qu'il demeurait sous son toit ? Aurait-elle été contrainte de le tuer après l'avoir soigné ? Après avoir appris à l'aimer ? La Blanche d'autrefois, la corsaire sans remords, l'aurait exécuté sans la moindre hésitation.

— Je ne suis donc pas la seule coupable de subterfuge, dit-elle.

— Non, mais vous êtes la seule coupable de l'avoir employé intentionnellement, contra Jack.

Blanche fronça les sourcils. L'indignation qu'elle avait ressentie en demeurant docilement assise pendant que sa vie se jouait s'éveilla à nouveau avec la puissance d'une tempête.

— Vous aviez juré ne jamais revenir, pourtant vous êtes ici pour voler mes navires ! s'exclama-t-elle avec colère. Pourquoi reparaître céans, *John Sutton* ? Par devoir ou par vengeance ?

Chapitre 20

Jack cligna des yeux. De toutes les accusations qu'il avait anticipées de la part de Blanche, le vol était la plus inattendue. Ses joues écarlates jetaient un contraste marqué sur sa peau blême et les cernes sombres au-dessus de ses pommettes. Ces derniers jours avaient dû être une véritable épreuve : enfermée sans savoir si elle serait condamnée à mort ou non. Il voulait la serrer contre lui et lui offrir un peu de réconfort, même s'il arrivait tardivement, mais elle approcha et pointa vers lui un index menaçant.

— Je croyais ne jamais vous revoir. Lorsque vous êtes entré dans la pièce, mon cœur s'est remis à battre, mais j'apprends que vous n'êtes ici que pour m'utiliser et me contrôler. Je m'attendais à cela de la part de Ronec, mais… pas de la vôtre.

Sous la colère, Jack perçut sa fatigue. Elle était bien plus lasse, et désespérée, que furieuse. C'était comme si le feu qui l'avait embrasée quelques secondes plus tôt étouffait sous le poids d'une semaine de lutte.

— Je ne suis pas ici pour voler vos navires, la corrigea Jack. Dois-je vous rappeler que Ronec vous les a déjà pris ? Je suis venu les réquisitionner afin qu'ils servent une cause plus noble que le pillage d'innocents vaisseaux marchands. *Votre* cause. Celle que nous défendons tous les deux.

Une étincelle d'espoir brilla dans son regard, et elle baissa la tête pour montrer qu'elle comprenait.

— Enfin, pour répondre à votre seconde accusation : qu'est-ce qui vous fait dire que j'essaie de vous contrôler ? s'étonna Jack.

— « Blanche Tanet doit prendre sa retraite et vivre sous l'autorité de John Sutton ? » répéta-t-elle avec indignation. Pourquoi ? Vous me méprisez. Est-ce votre décision ou un ordre de votre maître ? Et qu'attendrez-vous de moi en retour ?

— Je ne veux rien de votre part, répliqua sèchement Jack. Si vous le souhaitez, je peux décréter que mon autorité ne s'étend pas plus loin que de vous ramener à votre fort pour que vous y viviez seule.

Elle poussa un petit cri, visiblement peu enchantée à l'idée d'être à nouveau prisonnière, même dans sa propre maison. Jack se contraignit au calme. Cette discussion ne les menait nulle part, et ils ne disposaient pas de suffisamment de temps.

— Pourquoi ne m'avez-vous rien dit au sujet de Fransez ? lui demanda-t-il.

Blanche écarquilla les yeux.

— Que savez-vous de lui ?

— Je l'ai vu en Angleterre. Il vit dans la résidence de Richard Marten. Il vous ressemble tellement, il ne pouvait qu'être votre enfant.

Blanche se jeta pratiquement sur lui pour attraper ses mains.

— Vous l'avez vu ? Lui avez-vous parlé ? Est-ce qu'il va bien ? A-t-il beaucoup grandi ?

Jack serra étroitement ses doigts entre les siens. Il sentit tout son corps se réchauffer à ce simple contact, son cœur accélérer et fouetter son sang. Comment avait-il pu penser un seul instant être capable de vivre sans elle ?

— Il se porte comme un charme. C'est un grand jeune

homme qui vous ressemble trait pour trait, et il paraissait heureux.

Blanche relâcha ses mains, et ses épaules s'affaissèrent de soulagement.

— Vous l'ont-ils pris de force ? l'interrogea Jack.

— Non, je vous l'ai dit, c'est moi qui ai demandé à ce qu'ils l'accueillent.

Blanche fit lentement le tour de la cellule. Elle rassembla la chaîne de ses menottes dans son poing et la serra avec détermination, relevant fièrement la tête.

— Personne ne m'a jamais contrainte à faire quoi que ce soit. J'assume tous mes actes. Je suis heureuse d'avoir assuré à Fransez un avenir pérenne, même s'il me manque. N'allez pas croire que je suis une victime qui mérite votre pitié.

— Je ne vous considère nullement comme une victime, lui garantit Jack. Je pensé que je comprends un peu mieux la situation maintenant que le jour où j'ai réalisé que vous étiez Bleiz Mor. Je ne suis plus en colère, simplement triste de ne pas avoir compris plus tôt et de ne pas avoir pu vous aider.

— Ne le soyez pas. Je ne le suis pas.

Blanche sourit, et une part de la femme qui avait tant captivé Jack reparut.

— Fransez est bien mieux là-bas qu'il ne l'aurait été ici, auprès de moi. Il pourrait même suivre un entraînement pour devenir chevalier, s'il fait ses preuves. J'avais gardé l'espoir de le revoir un jour, mais ce n'était que la faiblesse d'une mère.

Elle s'essuya les yeux discrètement.

— Ce n'est pas impossible. Je vais tout faire pour vous sauver, l'assura Jack avec détermination.

— Je n'ai pas besoin d'être sauvée ! s'exclama Blanche en dépit de toutes les preuves du contraire.

Jack s'efforça de ne pas contempler les chaînes qui entravaient ses minces poignets. Au vu de leur dernière entrevue, il ne s'était pas attendu à de chaleureuses retrouvailles, mais l'entendre jurer qu'elle pouvait s'en sortir seule était exaspérant. Il leva le menton.

— Vraiment ? Souhaitez-vous que je quitte les lieux maintenant avec vos navires ? Peut-être préférez-vous la sentence exigée par Ronec, plutôt que la mienne ?

Seigneur Dieu, elle ne choisirait tout de même pas la mort à une vie avec lui ?

— Ne baissez pas les bras, reprit-il avec rage. Vous avez blessé Ronec, mais il a survécu. Vous n'avez commis aucun crime qui mérite un châtiment aussi sévère que la pendaison.

Blanche ouvrit la bouche de stupeur.

— Vous pensiez qu'ils allaient me condamner à mort ? Est-ce pour cela que vous êtes revenu ?

La tendresse soudaine qui naquit dans son regard fit fondre son cœur. Blanche approcha de lui et, l'espace d'une seconde, Jack crut qu'elle allait le prendre dans ses bras, mais elle baissa les mains et garda ses distances.

— Ce sont les nouvelles qui courent en Angleterre. Elles ne sont donc pas fondées ?

— Comme vous l'avez dit, il n'y a aucune raison de m'exécuter. Je ne suis pas une meurtrière, et personne ne peut m'accuser d'être une traîtresse à la Bretagne. Mon crime est d'avoir attaqué Ronec et de m'être comportée comme un homme l'aurait fait.

Ce fut au tour de Jack de rougir de honte. Elle avait eu raison : jamais il n'aurait dédaigné sa carrière de corsaire de la sorte si elle avait été un homme. Elle acquiesça et plissa les yeux.

— Le prévôt a suggéré que je prenne ma retraite et que j'entre dans les ordres au sein d'un couvent, mais j'imagine que Ronec a d'autres projets pour moi. Il existe des moyens efficaces de disposer comme on le souhaite d'une femme récalcitrante.

— Le mariage, souffla Jack à sa place.

Blanche acquiesça sombrement.

— Erwan m'a informée que Ronec avait suggéré cette solution presque immédiatement après sa rémission. Naturellement, il s'est proposé comme époux, laissant entendre qu'une fois légalement autorisé à le faire il me « dresserait ». Il a même demandé à ce que je sois placée sous sa surveillance dans l'attente de mon procès.

Elle grimaça de dégoût et resserra ses bras autour de son buste.

— Je préfère encore une mort rapide plutôt qu'une vie de servitude avec lui.

— Et pourtant, vous hésitez à accepter ma tutelle ? murmura Jack en laissant sa rancœur et son dépit teinter sa voix. L'idée de cohabiter avec moi vous est-elle donc si odieuse ?

— Ce n'est pas ce que j'ai dit, répliqua Blanche avec colère.

Elle baissa la tête en se tordant les mains dans les plis de sa jupe.

— Mais elle doit l'être à vos yeux. Pourquoi m'aider alors que je vous ai trahi ? Vous avez les navires. Vous ne vouliez plus rien avoir à faire avec moi, ce sont vos propres mots.

Elle semblait totalement abattue. Un frisson glissa dans le dos de Jack.

— Vous vous trompez, Blanche, lui souffla-t-il.

Il l'observa avec attention, remarqua le frémissement de ses lèvres, la légère contraction des ridules aux coins de ses yeux. Elle se raccrochait à ses paroles comme à une bouée de sauvetage, et il prit brusquement conscience qu'il aurait pu leur épargner cet échange houleux en lui avouant dès le début ce qu'il ressentait.

Jack baissa la tête.

— Il était une fois un capitaine de navire qui combattait en France. Son épouse mourut avant qu'il ne puisse regagner son pays pour lui dire adieu et, pendant de longues années, son unique souhait fut de la rejoindre dans l'au-delà. Il avait toujours cru être un homme courageux, mais la bravoure dont il faisait montre sur le champ de bataille manquait cruellement à sa vie. Lorsqu'il perdit tout, jusqu'à son nom, seul le courage véritable d'une femme parvint à lui rendre ses forces. Une femme qui, elle aussi, avait tout perdu, mais s'était relevée au lieu de rester à terre. Sa détermination et sa hardiesse lui donnèrent une nouvelle raison de vivre. Sa générosité et sa compassion lui donnèrent une nouvelle raison d'aimer.

D'une main tremblante, il souleva délicatement le menton de Blanche et plongea son regard dans le sien. Les deux orbes d'encre l'enveloppèrent comme une couverture chaude, l'attirant vers les profondeurs de son âme. Il ne pouvait plus réprimer ses sentiments, désormais.

— C'est pour vous tout entière que je suis ici, Blanche. Pour vos rires et vos soupirs, vos baisers et vos caresses. Je veux m'endormir dans vos bras et m'éveiller chaque matin à vos côtés. Je suis venu pour réclamer votre amour, souffla-t-il.

Les yeux de Blanche scintillaient de larmes contenues. Jack sentit sa gorge se serrer sous l'émotion.

— J'ai cru que vous me méprisiez, murmura Blanche. Dans le cabinet du prévôt, vous étiez si froid. Si distant. Vous me regardiez comme si vous me haïssiez.

— Il le fallait. Ni Ronec ni Erwan de Larrion ne devaient deviner que j'avais un intérêt personnel dans cette affaire, sans quoi ils n'auraient jamais accepté de m'écouter.

— M'avez-vous pardonnée de ne pas vous avoir dit qui j'étais ?

— Oui et non. Je suis toujours contrit et blessé, mais, quand je vous ai crue en danger, tout cela n'a plus eu d'importance. J'ai déjà perdu une femme que j'aimais. Je refuse de retraverser cette épreuve alors qu'il est en mon pouvoir de l'empêcher. Mon voyage jusqu'ici a été un véritable tourment, tant je craignais d'arriver trop tard.

Il saisit sa main.

— Tout le temps où j'étais en Angleterre, je n'ai cessé de penser à vous. Rien ne pouvait me distraire de votre image. J'avais beau vous haïr pour tous ces secrets, votre visage inondait mon esprit jour et nuit. Notre existence est trop courte pour se cramponner ainsi à sa rancœur. Je ne veux pas vivre avec des regrets.

Il lui caressa la joue. Blanche ferma les yeux, et il lut dans son expression le même désir inextinguible que celui qui alimentait son cœur depuis des semaines.

— Après la mort de Margaret, je m'étais juré de ne plus jamais aimer, avoua-t-il. Mais je suis tombé amoureux de vous sans savoir que cela m'était interdit. J'ai tenté de vous résister, de renier mes sentiments, mais je ne peux pas. Je ne *veux* pas. Je vous aime, Blanche, aussi profondément et aussi sincèrement que l'on peut aimer quelqu'un. Je désire passer le restant de mes jours sur terre avec vous. Certes, nous avons tous deux connu des épreuves, mais ensemble nous pouvons construire une vie qui vaille la peine d'être vécue. Acceptez-vous ? Partagez votre vie avec moi, de la façon qu'il vous plaira, selon *vos* conditions. Amante ou épouse, dites-moi simplement que vous acceptez.

— J'accepte.

Blanche plaça délicatement sa paume sur la joue de Jack. Ce dernier maudit les menottes qui l'empêchaient de le serrer contre elle.

— Je ne pardonnerai jamais à ce malandrin d'avoir exigé que vous soyez enchaînée, grogna-t-il. Blanche, je ne vous ferai pas l'affront de suggérer que vous avez besoin d'aide pour vous sortir d'ici, mais ce serait pour moi un honneur de vous prêter main-forte afin de déjouer les plans de cette fripouille de Ronec. C'est un but louable et qui nous satisferait grandement tous deux.

Il l'observa avec tendresse avant d'ajouter :

— Vous m'avez un jour demandé si j'accepterais de naviguer sous la bannière du Loup de mer, et j'ai refusé.

Il lui tendit la main, pouce vers le ciel.

— Si vous voulez toujours de moi dans votre équipage, je suis prêt à changer d'avis.

Blanche la serra fermement, un sourire aux lèvres.

— Rien ne me ferait plus plaisir.

— Rien ? ronronna-t-il.

Il leva sa paume jusqu'à sa bouche et embrassa la peau délicate de son poignet. Elle frémit.

— Maintenant que j'y pense, il y a peut-être deux ou trois choses, concéda-t-elle, mais elles seront plus agréables ailleurs… et sans menottes. Libérez-moi, et je serai heureuse de payer le prix que vous nommerez.

— Non.

Jack lâcha sa main et la prit tendrement par les épaules.

— Pas de prix, Blanche, mon aimée. Plus de faveurs ni de négociation, murmura-t-il en caressant sa joue, avant d'y déposer un baiser. Tout ce que nous ferons, nous le ferons par amour et rien d'autre.

Elle le fixa dans les yeux un long moment.

— J'ai un dernier secret à vous dévoiler. J'ai dit que je n'avais pas besoin d'être sauvée, mais c'est faux. J'ai besoin d'être sauvée de moi-même. Je porte mes fardeaux seule depuis tant d'années et je suis trop têtue pour admettre que j'ai tort. C'est toujours vrai aujourd'hui ; je vous ai attribué les pires intentions possibles au lieu de vous faire confiance. Enseignez-moi à vivre et à aimer à nouveau.

Jack l'enveloppa dans son étreinte et la serra contre son cœur.

— Je vous le promets. Nous sommes donc d'accord ? Vous accepterez ma sentence ?

— Oui, acquiesça-t-elle.

Jack l'embrassa, pas aussi minutieusement qu'il l'aurait

souhaité, mais cela devrait attendre. Il frappa du poing contre la porte.

— Nous avons trouvé un terrain d'entente. Ouvrez.

Ils suivirent une nouvelle fois les gardes jusqu'au cabinet où Erwan de Larrion et Ronec patientaient. Blanche se rassit.

— J'accepte les termes de la sentence du lord lieutenant.

Le prévôt acquiesça d'un hochement de tête satisfait.

— Dans ce cas, l'affaire est close. Toutes les parties sont d'accord.

— Je ne le suis pas ! gronda Ronec.

Jack pivota sur les talons pour lui faire face. Il était presque heureux que le mécréant lui ait offert cette opportunité d'intervenir.

— Je vous connais, dit soudain le pirate en croisant enfin le regard de Jack.

Ce dernier s'approcha de la table de l'opposition et baissa la voix.

— Oui, vous me connaissez. Vous m'avez vu sur la plage et dans le hall d'entrée de Fort Carouel. Dois-je dire au prévôt de Larrion comment j'ai *échoué* ici ? Que penserait-il des circonstances dans lesquelles je me suis retrouvé chez Blanche ? Je crois qu'il n'a que peu de patience pour les activités illégales… comme les feux qui attirent les navires innocents sur les récifs ? Dois-je tester ma théorie ?

Ronec foudroya Jack du regard, puis Blanche. Il ne prendrait pas le risque de subir un procès qui mettrait immanquablement sa liberté et sa fortune en péril.

— Non, finit-il par marmonner entre ses dents.

Jack lui adressa un sourire sinistre.

— En échange de notre silence, vous allez retirer votre accusation contre Blanche, renoncer à toute compensation et vous rallier à ma sentence. Vous serez également relevé de vos fonctions de capitaine.

Ronec fronça les sourcils.

— C'est de l'extorsion.

— Absolument, répondit cordialement Jack.

— Elle me doit toujours trois nuits dans mon lit, rappela Ronec en déshabillant Blanche du regard.

Jack plaqua sa main sur la table, juste sous son nez.

— Elle ne vous doit rien, gronda-t-il, menaçant. Je vais vous compenser monétairement et vous allez accepter cet argent. À moins que vous ne préfériez régler cela dehors, « à la régulière » ? Je serais heureux de pouvoir vous montrer à quel point mes forces sont revenues.

Un éclair de panique brilla dans les yeux de Ronec. Il était bien trop couard pour affronter un Jack au meilleur de sa forme.

— Votre silence, maintenant et pour toujours, maugréa ce dernier entre ses dents.

— Entendu.

Ronec se leva et se tourna vers Erwan de Larrion.

— Si Mme Tanet décide de confier son sort à cet homme, je ne m'y opposerai pas.

— Bien, tout le monde est donc d'accord, conclut le prévôt. Madame Tanet, je vous place ainsi sous l'autorité et la supervision du capitaine Sutton.

Blanche se dressa sur ses jambes à son tour et vint se tenir face à Jack.

— Consentez-vous à vivre sous mon toit et ma protection ?

Ce n'était pas une façon très conventionnelle de demander une femme en mariage, sans compter qu'il ne pouvait l'étreindre et la couvrir de baisers comme il l'aurait souhaité. La promesse qui les lierait l'un à l'autre devrait être échangée en privé. Blanche baissa la tête en tentant d'adopter une expression docile et résignée. C'était toutefois peine perdue, car ce genre d'attitude ne lui venait pas naturellement, aussi finit-elle par abandonner la lutte en lui adressant un sourire radieux. Jack suivit son exemple et, sans plus se préoccuper de l'audience, rayonna à son tour.

— J'y consens, déclara-t-elle.

— Qu'en est-il des navires ? s'enquit Erwan de Larrion tandis que les gardes libéraient Blanche de ses menottes. Vous allez devoir recruter de nouveaux capitaines, je présume ?

— J'en commanderai un moi-même, répondit Jack avec chaleur. Quant à l'autre, je pense avoir une petite idée, admit-il en omettant délibérément de regarder Blanche.

Ils quittèrent la pièce avant que Ronec ne décide finalement d'émettre une objection.

Le soleil entamait sa lente descente vers l'horizon et jetait au sol les ombres interminables des Vierges de pierre ; Jack et Blanche longeaient le sommet de la falaise en silence. Ils seraient venus plus tôt s'ils l'avaient pu, mais, une fois rentrés à Fort Carouel et après avoir été accueillis par les étreintes larmoyantes d'Andrey et de Marie, Blanche avait souhaité prendre un bain. Avec un sourire taquin, elle avait invité Jack à la rejoindre dans le baquet en bois, offre qu'il n'avait pas pu refuser. Les heures suivantes s'étaient dissolues sous un sol de pierre trempé, de belles éclaboussures et de nombreux éclats de rire.

À présent, ils se promenaient bras dessus bras dessous au milieu des fleurs sauvages et des buissons d'ajoncs que Blanche lui avait décrits par le passé. Le panorama était aussi époustouflant qu'elle l'avait promis. Au loin, un navire suivait la côte, fendant les flots d'azur. Dans trois jours, le *Loup blanc* et le *Faucon blanc* entameraient leur périple à destination de l'Angleterre, où ils rejoindraient la puissante flotte du roi Édouard.

Jack étendit sa cape sur l'herbe, et ils s'assirent côte à côte. Blanche s'appuya contre lui, et il l'enveloppa de son bras. Ils saisissaient et savouraient chaque occasion de se toucher.

— Avez-vous enfin retrouvé la mémoire ? l'interrogea Blanche.

— Pas complètement, avoua Jack avec un soupir, tout

en étendant ses jambes. J'en sais davantage à mon sujet, mais j'ai encore souvent l'impression de me souvenir de mon ancienne vie comme d'un rêve. Il n'y a qu'à vos côtés que tout semble enfin réel.

— Dois-je désormais vous appeler Jack ou John ? ajouta-t-elle en nichant son visage dans le creux de son épaule.

Il réfléchit à la question. Jack était plus confortable. John appartenait au passé, telle une vieille connaissance. Il se demanda si sa mémoire serait un jour totalement restaurée, mais prit soudain conscience que cela n'avait plus vraiment d'importance. Seul comptait l'avenir radieux qui s'offrait à lui.

— Comme vous préférez. Mieux encore : appelez-moi « mon amour ».

— Je peux me résoudre à cela, plaisanta Blanche.

Ils s'embrassèrent, puis, lorsqu'il la libéra, Jack plongea son regard dans le sien.

— Je vous ai vue sur le pont… le jour où vous avez retenu vos navires.

— Je sais. Vous ne me croirez peut-être pas, mais je l'ai fait en ignorant que vous étiez à bord.

— Je vous crois, contra Jack. Comme vous me l'aviez assuré.

— Je n'ai jamais pris de vie innocente, confirma Blanche en se redressant. Mais je commence à penser que je ne devrais plus en prendre aucune.

Elle se tourna vers l'océan et admira la puissance brute des éléments.

— Nous naviguerons jusqu'à Calais, comme nous l'a ordonné la Couronne, mais après cela j'ignore que faire. Si Bleiz Mor doit un jour reprendre la mer, ce ne sera plus moi derrière le masque. Andrey ferait un excellent capitaine. Il est fiable et il a le sens de l'honneur. Qu'en pensez-vous ?

Jack sourit.

— Vous avez raison. Et vous, Blanche ? Que comptez-vous faire ?

— Me bâtir une vie et un avenir.

Elle prit sa main et tourna vers lui un visage empli de gratitude.

— Peut-être même un mariage, un jour, conclut-elle.

— Un mariage ?

Jack rayonna.

— Il est vrai que je suis un homme riche, désormais. Et je commande deux navires. M'épousez-vous pour mes navires, madame Tanet ? la taquina-t-il, le regard pétillant.

— Évidemment, ronronna-t-elle en posant une main sur sa cuisse. Quelle autre raison pourrait m'y pousser ?

Jack glissa ses doigts jusqu'à sa délicate nuque et l'attira vers lui, ravi de lui en donner quelques-unes. Ensemble, ils s'allongèrent sur la cape. Le soleil était toujours chaud, la soirée leur appartenait. En plongeant dans les yeux d'encre de Blanche, Jack sut qu'elle avait eu la même pensée que lui. Un extraordinaire mélange d'amour, de désir et de bonheur parcourut tout son corps.

— La vie, murmura-t-il en se penchant pour l'embrasser. Quelle merveilleuse idée. Tentons l'aventure ensemble.

Les Historiques

HARLEQUIN

Retrouvez en mars,
dans votre collection

Les Historiques

Un Viking pour captif, de Harper St. George - N°900

SÉRIE : LES GUERRIERS D'ODIN - TOME 2

Royaume de Maerr, Norvège, IXe siècle

Deux ans après l'assassinat brutal de tous les membres de son clan ainsi que de son père, le roi Sigurd, Rurik sillonne l'Angleterre dans l'espoir de retrouver les responsables de ce massacre. Hélas, alors qu'il traque l'un des meurtriers, il est attaqué et fait prisonnier par une jeune lady au tempérament de feu répondant au nom d'Annis. Les interrogations se bousculent aussitôt dans l'esprit de Rurik : que lui reproche Annis et pourquoi semble-t-elle lui vouer une haine indicible ? Et, surtout, pour quelle raison s'évertue-t-elle à le garder en vie, comme si elle n'était pas tout à fait insensible à la puissance virile de son captif venu du Nord…

Union de convenance dans les Highlands, de Marguerite Kaye - N°901

Édimbourg, XIXe siècle

Veuve et sans-le-sou, Ainsley apprend avec stupeur que son défunt père a placé son héritage en fidéicommis, et qu'elle n'en touchera pas un centime avant ses quarante ans. Désemparée, elle ne sait plus vers qui se tourner pour implorer de l'aide. Aussi est-elle surprise de constater que son sauveur se présente sous les traits d'un parfait inconnu. Un certain Innes Drummond, héritier du domaine de Strone Bridge dans les Highlands. Un lord dont elle aurait volontiers reconnu les charmes, s'il ne l'avait pas soumise à un terrible chantage : il lui apportera le soutien financier dont elle a besoin à la seule condition qu'elle l'épouse et le suive sur ses terres…

Entre les mains du chevalier, de Nicole Locke - N°902

Angleterre, XIIIe siècle

Cressida Howe n'est pas une jouvencelle comme les autres : surnommée «l'Archer », elle a été formée par son père, Richard, sicaire de métier, à devenir une arme de guerre qui tue sans état d'âme à l'aide de son arc. Mais depuis que Richard lui a ordonné d'éliminer le chevalier Eldric de Hawksmoor, un espion du roi Edward, elle ne peut se résoudre à lui obéir. Car elle est secrètement amoureuse d'Eldric depuis qu'elle a partagé une danse avec lui à l'occasion d'un bal masqué. Contrainte à l'exil dans les quartiers malfamés de Douvres, elle survit tant bien que mal, jusqu'au jour où Eldric la retrouve et l'enlève, persuadé qu'elle cherche toujours à attenter à sa vie…

Le secret de lord Lynford, de Bronwyn Scott - N°903

SÉRIE : SEIGNEURS DE CORNOUAILLES- TOME 1

Londres, 1 823

Eaton Falmage, marquis de Lynford, a définitivement tiré une croix sur tout espoir de prendre un jour une épouse. Aussi est-il décidé de tirer profit de ce célibat imposé en faisant la cour à nombre de femmes, à commencer par Eliza Blaxland, une jeune veuve aux traits délicats et aux courbes affolantes. C'était compter sans la farouche réticence de cette dernière à se laisser faire la cour par un libertin tel que lui ! Une force de caractère qui, Eaton doit bien le reconnaître, attise encore plus sa curiosité et son désir… Des sentiments qu'il s'efforce de repousser, car il peut courir le risque de révéler son secret le mieux gardé à la belle Eliza…

Le chantage du Viking, Michelle Styles - N°904

Angleterre, IXe siècle

Brand Bjornson. Lady Edith maudit ce nom depuis que cet arrogant Viking s'est imposé chez elle. La mort tragique de son mari, parti au combat, lui faisait redouter l'arrivée des envahisseurs. Et voilà ses craintes confirmées : ce Bjornson voudrait la chasser du domaine qui appartient à sa famille depuis des générations ! Non, hors de question de laisser son héritage et ses gens à la merci de ce barbare. Edith compte rester coûte que coûte. Même si, pour cela, elle doit accepter les conditions honteuses de Bjornson : devenir sa concubine pendant un an…

L'héritière de Sainte-Colombe, de Carol Townend - N°905

SÉRIE : CHEVALIERS DES TERRES DE CHAMPAGNE - TOME 4

Champagne, 1 173

« Sortez ma fille de ce couvent, séduisez-la et arrangez-vous pour qu'elle vous épouse. » Lorsque le comte Faramus lui donne cet ordre scandaleux, Eric est stupéfait. Le vieil homme a-t-il perdu l'esprit ? Épouser la douce Roxane, à qui on lui défendait autrefois de parler, serait pour lui un honneur, mais pas sans son consentement ! Bien sûr, Eric sait qu'il a une dette immense envers le comte, qui l'a recueilli enfant et a fait de lui un chevalier. Il sait aussi que s'il n'épouse pas Roxane, Faramus sera contraint, pour garder son titre et ses terres, de la marier à l'intendant du château, un homme détestable qui la rendra malheureuse. Et ça, Eric ne le permettra jamais.